開化鉄道探偵　第一〇二列車の謎

山本巧次

明治18年。6年前に逢坂山トンネルの事件を解決した元八丁堀同心の草壁賢吾は、井上勝鉄道局長に呼び出された。大宮駅で何者かによって貨車が脱線させられ、積荷から、謎の千両箱が発見された事件について調査してほしいと。警察は千両箱を、江戸幕府の元要人にして官軍に処刑された、小栗上野介の隠し金と見ているらしい。草壁と相棒・小野寺乙松鉄道技手は荷積みの行われた高崎に向かうが、乗っていた列車が爆弾事件に巻き込まれてしまう。更に高崎では、千両箱を狙う自由民権運動家や没落士族たちが不審な動きを見せる中、ついに殺人が！

登場人物

小野寺乙松……工部省鉄道局の技手。日本鉄道に出向中
草壁賢吾……元八丁堀同心
井上勝……工部省鉄道局長。長州五傑の一人
小野寺綾子……乙松の妻
奈良原繁……日本鉄道社長
足立昌平……日本鉄道の機関士
近藤和助……同、火夫
横山晋太郎……同、車掌
浜辺厳男……大宮駅長
渡野目広宣……高崎駅長
萩山吾郎……高崎駅の貨物掛《がかり》
加納清三……加納商店の店主
木島治三郎……運送店木島組の店主
栗原弥助……製糸場の手伝い人

新浪市左衛門……里見の大名主。綾子の親戚筋
小川惣助……新浪家の執事
谷川元蔵……人力車の車夫
犬塚小一郎……同
薗木泰輔……群馬県警察本署の警部補
岩元繁太郎……同、巡査
木佐貫義徳……警視庁の警部
久我勝之助……没落士族
村上太一……自由党員
佐川嘉吉……同
二村仙太郎……同

小栗上野介忠順……江戸幕府の要人。故人
森井康平……新橋工場の技手
田所勝佑……官鉄線工事の主任技手。小野寺たちの旧知
渋田元治郎……口入屋。元侠客

開化鉄道探偵　第一〇二列車の謎

山本巧次

創元推理文庫

THE DETECTIVE of MEIJI PERIOD RAILWAY 2

by

Koji Yamamoto

2018

目次

開化鉄道探偵　第一〇二列車の謎

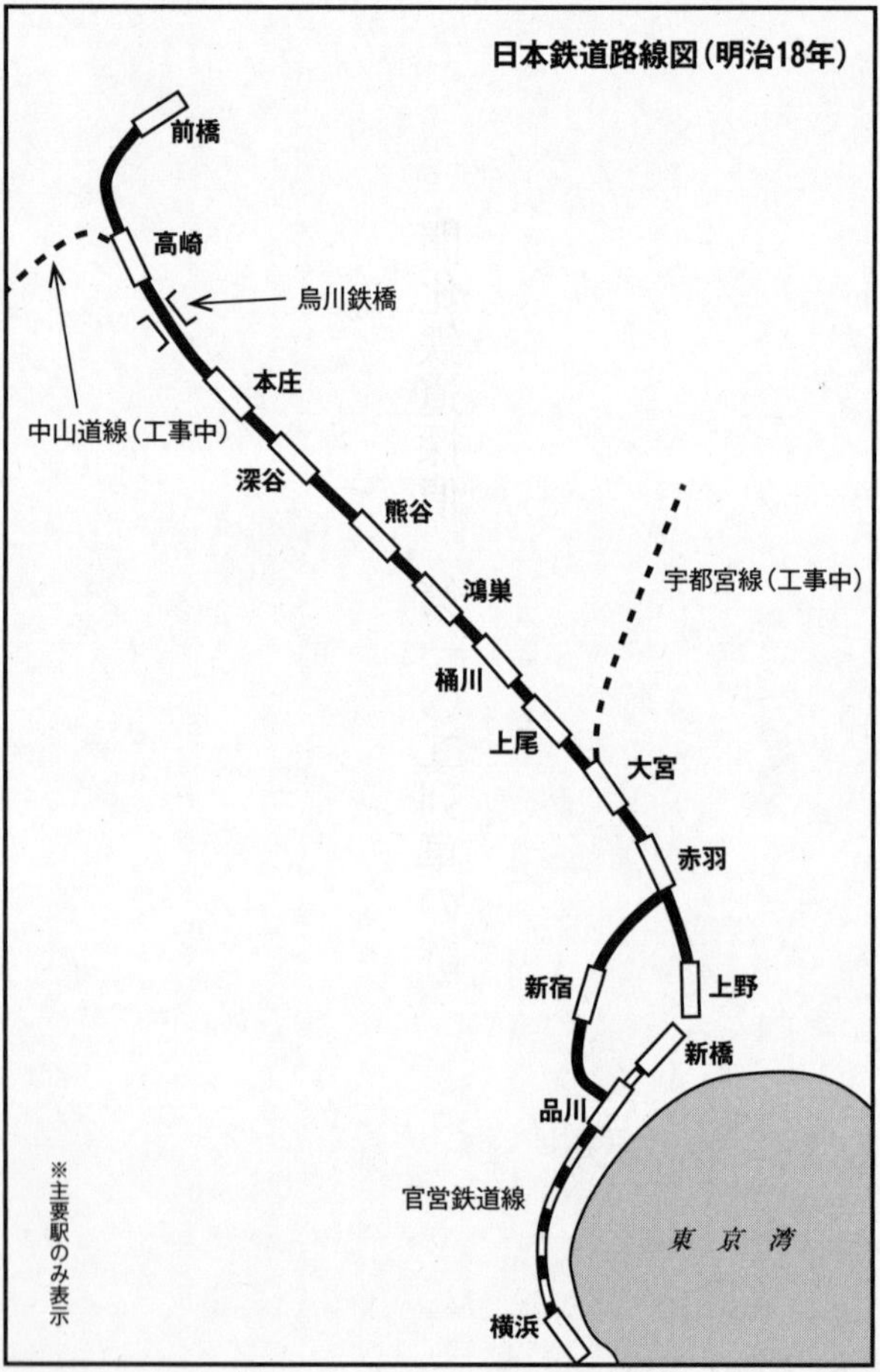
日本鉄道路線図（明治18年）
前橋
高崎
烏川鉄橋
本庄
中山道線（工事中）
深谷
熊谷
鴻巣
宇都宮線（工事中）
桶川
上尾
大宮
赤羽
新宿
上野
新橋
品川
官営鉄道線
東京湾
横浜
※主要駅のみ表示

第一章　貨物第一〇二列車に何が起きた

上野《うえの》から北を目指した日本鉄道会社が、明治十七年八月に前橋《まえばし》まで開通した時点では、大《おお》宮《みや》の町にまだ駅はなかった。日本鉄道ではさらに遙《はる》か北の青森へと線路を延ばすに当たり、上野―前橋間のどこかから分岐させることにし、分岐点として大宮が選ばれたため、新たに大宮駅が作られる次第となったのである。開業は、明治十八年三月であった。

開業した大宮駅の周りには人家もほとんどなく、畑が広がるだけだったが、駅自体は前橋方面用と宇都宮《うつのみや》方面用のホームを一面ずつ持ち、機関車庫や転車台《てんしゃだい》も備えた立派なものであった。宇都宮を経て仙台《せんだい》や青森まで路線が開通すれば、大きな発展を遂げるであろうことが約束された、期待の駅であったのだ。

開業から二カ月ほど経ったある日の黄昏時《たそがれどき》のこと。高崎《たかさき》を午後二時三十分に出発した貨物第一〇二列車は、所定の速度で大宮駅に接近していた。機関車は英国ダブス社製の九号で、機関車の次には空《から》の緩急車《かんきゆうしや》、その次に新しい客車二両、その後には有蓋《ゆうがい》貨車八両と車掌の乗った緩急車一両を繋《つな》いでいた。貨車には農産物と、高崎周辺の養蚕《ようさん》農家で作られた生糸《きいと》の梱《こり》が積まれていた。二両の客車、九十号と九十一号は最新のボギー客車で、マッチ箱のような従来の客車の三倍以上の長さがある。官営鉄道の新橋《しんばし》工場で作られ、試運転を行った後、回送のため貨物列車に連結されたもので、乗客はいなかった。

機関士は三十五歳になる足立昌平《あだちしょうへい》で、官営鉄道でお雇い英国人機関士から指導を受け、二年前の上野—熊谷《くまがや》間開通の時から機関士を務めている。火夫《かふ》の近藤和助《こんどうわすけ》は、昨年日本鉄道に入った十九歳の若者であった。二人とも、腕前は上々との評判である。車掌は二十八歳の横山晋太郎《よこやましんたろう》と言い、足立と同じく熊谷まで開通した時からの職員であった。

運転席に座った足立機関士は、ポケットから懐中時計を出して時間を確かめた。午後六時五分、定刻どおりであった。窓から顔を出し、場内信号機が「進行」を示しているのを確認する。それからブレーキハンドルを操作し、分岐器《ポイント》の通過制限速度である時速十キロメートルに減速して四号分岐器を通過、右側の線路に入った。

「だいぶ、できてきたなあ」

足立は、左側の線路を顎《あご》で示した。減速したので石炭をくべるのを控えた近藤火夫が、「そうですねえ」と応じた。左側では、宇都宮へ向かう線の工事がたけなわになっていた。

「早く両側の線を使わせてくれたらいいんですが」

近藤が汗を拭きながら言い、足立が「そうだな」と頷《うなず》いた。左側は、本来ならこの列車が走る上り線なのだが、宇都宮線も共通で使用できるようにする予定なので、現在は接続工事のため閉鎖している。今、第一〇二列車が進入しているのは、本来の下り線であった。工事完了まで、大宮駅は単線で使われているのだ。

前方にホームが見えて来た。そのずっと手前には、側線《そくせん》を右側に分岐させる五号分岐器がある。軽い振動で、足立は機関車が五号分岐器を通過したのを感じ取った。異状はない。そう思った直後、予期しない衝撃が後方から襲ってきた。

「何だ、今のは！」

反射的に非常ブレーキをかけた足立は、思わず怒鳴った。近藤も顔色を変え、すぐに身を乗り出して後ろを見た。そして叫んだ。

「足立さん、脱線です」

足立は、「くそっ」と顔を顰《しか》め、機関車が停止すると、ブレーキをかけたまま近藤に「ここは頼む」と告げて飛び降りた。そのとき、目の隅に何か黒い影が走ったように思ったが、気には留めず、そのまま後方へ急いだ。

状況は、一目瞭然《いちもくりょうぜん》だ。三両目の九十一号ボギー客車が斜めになっており、その後ろの貨車も数両、傾いていた。最後尾の方からは、横山車掌が走って来るのが見えた。

駆け寄って見てみると、三両目の客車に付けられている二つの台車のうち、前のものは本線上にあるが、後ろのものは本線から分かれた側線に入り込んで脱線していた。四両目の三十七号貨車は客車にぶつかって、五両目以降の貨車に押される形で車体が壊れ、転覆している。積荷の生糸の梱が荷崩れし、一部が車体からはみ出していた。貨車は六両目までが脱線し、七両目から後ろは無事であった。

「足立さん、こりゃいったい、どうしたんだ」

急《せ》き込んで尋ねる横山に、足立は怒りを露《あら》わにして答えた。

「どうもこうもあるもんか。これを見てくれ。このボギー客車が通過中に分岐器が転換しやがったんだ。畜生、誰がこんなことを」

そこへ、事態に気付いた浜辺厳男《はまべいわお》駅長以下、数名の駅員が駆け付けて来た。足立は浜辺駅長たちに分岐器と脱線した客車を指差し、誰がこんなヘマをやったんだと怒鳴り散らした。

浜辺たちは、顔を見合わせて当惑した。

「おい、待ってくれ機関士さん。この近くには駅員は居ない。誰もこの分岐器に手は触れてないぞ」

浜辺が言うと、今度は足立が戸惑った。

「じゃあ、誰が分岐器を動かしたんだ。勝手に動いちまうような代物じゃねえぞ」

「ここで言い合っても始まらん。とにかく調べてみよう」

浜辺の言葉で全員が周囲に散り、車両と線路を詳しく見始めた。足立もぶつぶつ言いながら、客車の下に潜り込んだ。

やはり足立の言った通り、五号分岐器は側線側に切り替わっていた。機関車と一両目の緩急車、二両目の九十号ボギー客車は無事通過しているので、九十一号客車が通過中に切り替わったのは明らかだ。そのため前の台車が本線を、後ろの台車が側線を進むことになり、車体が本線と側線にまたがる形で斜めにはみ出してしまったのだ。四両目の三十七号貨車は側線に入りかけたが、客車が斜めになったため、無理な力がかかった連結器がちぎれ、そのま

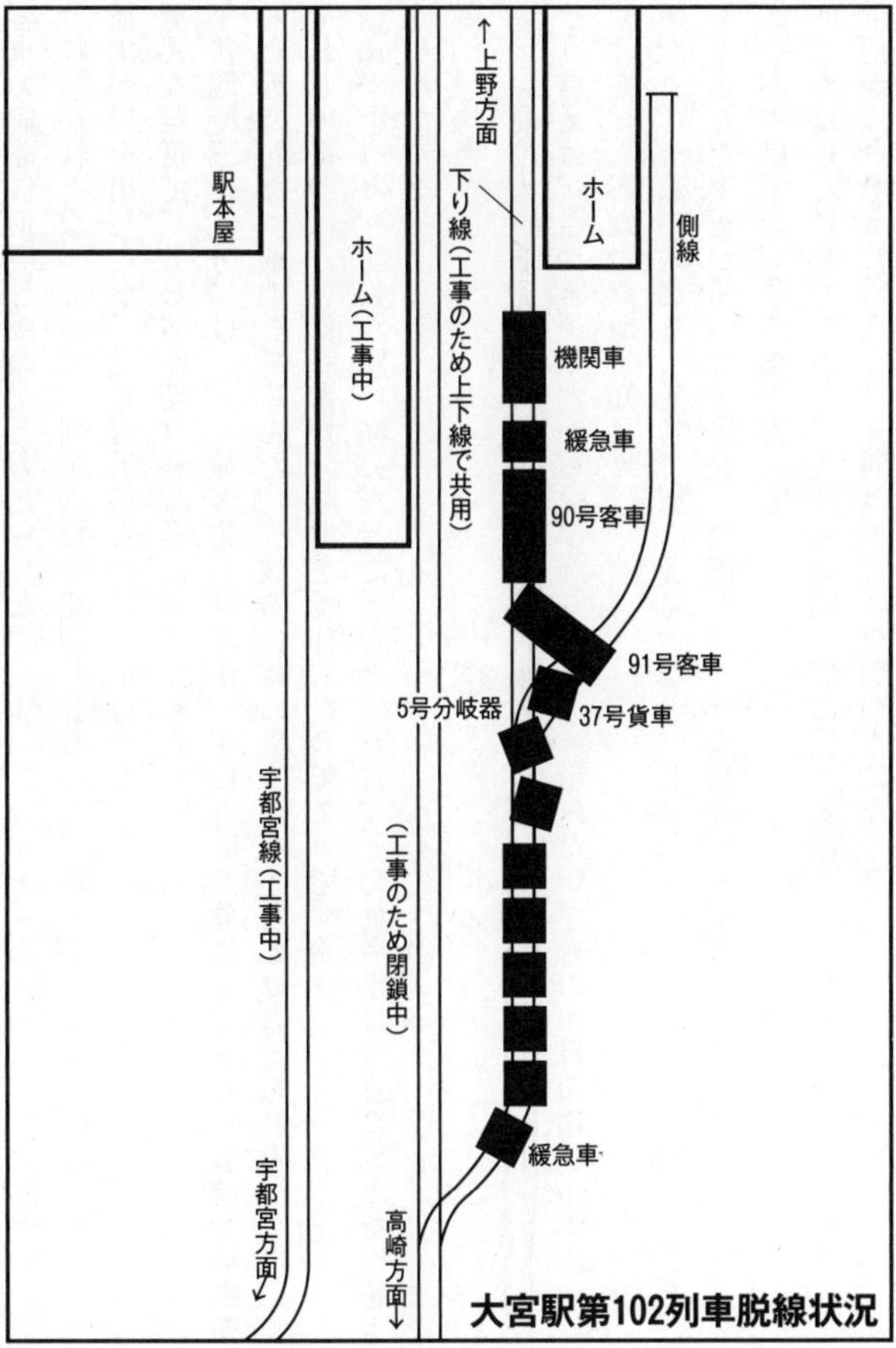
駅本屋
ホーム（工事中）
↑上野方面
下り線（工事のため上下線で共用）
ホーム
側線
機関車
緩急車
90号客車
91号客車
37号貨車
5号分岐器
宇都宮線（工事中）
（工事のため閉鎖中）
緩急車
宇都宮方面↓
高崎方面↓
大宮駅第102列車脱線状況

ま客車の側面に追突したのだと考えられた。

「分岐器が緩くなっていて、列車の振動で切り替わった、なんてことはないですか」

横山が口を出したが、足立も浜辺もかぶりを振った。

「そんな程度で、分岐器が切り替わったりするもんか」

「午後四時三十三分には、上り旅客第六列車が、午後五時八分には、下り旅客第七列車が、どちらも問題なく通過してるんだ。分岐器自体に異状があったとは考えられん」

「それじゃやっぱり、何者かが分岐器を操作したってことですか」

横山が言うと、全員が暗い顔になった。だとすれば、その何者かは故意に列車を転覆させようとしたのだ。

「あっ」

ふいに足立が声を上げ、周りの者が一斉に振り向いた。

「そう言えば、さっき運転台から飛び降りたとき、影みたいなものが目の端をかすめたんだ。ありゃあ、人影だったかも知れん」

「何だと。それが人なら、断じて駅の者じゃない。どっちへ行ったんだ」

勢い込んだ浜辺が聞いた。足立は側線の向こうの畑の方を指差した。

「あっちのはずだ。駅の裏の方だ」

「向こうは近くに家もないし、人気《ひとけ》もない。他に見た者は居《お》らんだろうな」

浜辺が残念そうに言うと、一同は不安げな顔つきになった。

「駅長、これはやはり警察に知らせた方が」

駅員の一人が言うと、浜辺も頷いた。

「そうだな。よし、警察署にひとっ走りして、巡査を呼んで来てくれ」

命じられた駅員は、わかりましたと言ってすぐに駆け出した。それを見送りながら、足立が声をかけた。

「駅長さん、巡査が来るころには暗くなってる。それまでに、調べられるところは調べておいた方がいいんじゃないか」

「もっともだ。みんな、何か不審なものはないか、特に注意しろよ」

皆が再び、動き始めた。何人かが分岐器を、残りは脱線した車両を検《あらた》めていった。

「七時五十二分の第八列車を通すのは、無理だなあ」

浜辺は当然のことを、無念そうに呟《つぶや》いた。

「上尾《あげお》で打ち切りかね」

「事故を見てすぐ、上尾駅に電信を打たせた。仕方ないさ」

足立に頷いてから、浜辺は肩を竦《すく》めた。

「明日の列車は通さないとな。こいつをどかせるのは、徹夜仕事になるぞ。脱線車両をどかせて、支障ないことが確認できたら、残った車両を上野へ牽《ひ》いてってくれ。運輸長には連絡しておく」

「わかった。いずれにしても、夜中まで足止めだな」

足立がぼやき気味に言ったところで、壊れた三十七号貨車の積荷の状態を調べていた横山が、叫び声を上げた。

「足立さん、駅長さん、来て下さい。変なものがあります」

振り向くと、横山は貨車の中を指して手招きしていた。足立と浜辺は、そこに駆け寄った。

「何だ。いったい何を見つけたんだ」

三十七号に積まれているのは生糸の梱だけのはずだが、何か異質なものが交じっているようだ。脱線の原因には直接関係ないだろうが、興味を引かれた二人は、横山の示す積荷をよく見た。それは菰《こも》にくるまれていたが、生糸の梱よりずっと小さい。試しに動かしてみると、妙に重かった。

「何だろうな、こりゃ」

浜辺が首を傾《かし》げた。

「送り状には、こんなものはないんだよな」

「生糸以外、積んでいるはずはなかったんですが。どうしましょう、開けてみますか」

横山は、中身が気になって仕方ない様子だ。足立はためらった。

「勝手に積荷を開封するのは、どんなものかな」

「いや、送り状と違うものが積まれているとしたら、それは鉄道としても問題だ。中を確かめた方がいい」

浜辺にそう言われると、足立も否定し難《にく》い。菰を解いて調べることにし、手元が暗いのでカンテラを持って来させた。

「じゃあ、解いてみます」

横山が紐をほどき、菰を広げた。出て来たものを見た一同は、唖然《あぜん》とした。

「ええっ、まさか」

「誰がこんなもの、積んだんだ」

それは、江戸の頃そのままの千両箱であった。


「と、まあ、これが先日、大宮で起きた脱線事故の顚末《てんまつ》じゃ」

一通り語ってきた鉄道局長、井上勝《いのうえまさる》は、その言葉で話を締めくくると、安楽椅子の背に体を預けた。それから、向かいに座って着古した絣《かすり》の着物に袴《はかま》という、いささか場違いな格好で事故の報告書を読んでいる男に改めて目を向けた。そして男が書類に集中してこちらを見ていないのに気付くと、苛立《いらだ》った声を出した。

「おい草壁《くさかべ》君、ちゃんと聞いちょったんか」

その声で、ようやくその男、草壁賢吾《けんご》は顔を上げた。

「ご心配なく、ちゃんと聞いてますよ。そもそも局長が、報告書を読めと言いながら同時に話を始めるからややこしいんです。相変わらずせっかちですなあ」

日本における鉄道の建設・運営全ての頂点に立つ鉄道局長に、面と向かってそういう言い方をする人間は少ない。井上は短気で有名だからなおさらだ。案の定、井上はぶすっとした顔になった。だが、草壁が権威など意に介さない男だというのは、井上も充分に承知しており、その上での付き合いであった。

「ふん、聞いちょったならよろしい」

井上はすぐ勿体《もったい》ぶった顔になり、わざとらしく扇子《せんす》でぱたぱたと顔をあおいだ。

このどこかとぼけたやり取りを隣で見ていた小野寺乙松《おのでらおとまつ》は、含み笑いを漏らした。

(破《わ》れ鍋に綴《と》じ蓋《ぶた》とまでは言わないが、まったくいい組み合わせだね)

元八丁堀《はっちょうぼり》同心で、類《たぐ》い稀《まれ》な頭脳を持ちながら宮仕えを嫌って長屋暮らしを続ける草壁と、伊藤博文《いとうひろぶみ》らと共に幕末、英国へ渡った維新の英傑でありながら、自身も認める鉄道馬鹿で政界中枢《ちゅうすう》から距離を置いている井上とは、偏屈同士で妙に気が合うらしい。六年前に逢坂山《おうさかやま》トンネル工事に関わる事件の解決を、草壁に委《ゆだ》ねて以来の付き合いである。草壁は井上の誘いにも奉職を断り続けているが、何か問題が生じるたびに井上の頼みに応じて、今回の如《ごと》く出馬しているのだった。

「ふむ。だいたいはわかりました」

報告書を読み終えた草壁は、書類の束から顔を上げた。

「それで、私にどうしろと言うんです」

この不遜《ふそん》な言い方に、井上の隣の椅子に座っていた人物が気色《けしき》ばんだ。

「おい、おはん、幾《いく》らなんでも無礼ではなかか」

「ああ、ええんじゃ奈良原《ならはら》さん。この男はこれでいつもの通りじゃから」

井上に笑いながら制され、不承不承に口を閉じたその人物は、日本鉄道社長の奈良原繁《しげる》で、今彼らが対座しているこの部屋、即《すなわ》ち日本鉄道本社の二階にある社長室の主《ぬし》である。薩摩人《さつまじん》で、内務省の権大書記官《ごんだいしょきかん》や農商務省の大書記官、静岡県令などを務め、去年から社長に就任していた。

「早い話が、この脱線事故の原因を調べて、誰かの仕業によるものなら、その誰かを見つけて引っ捕らえてもらいたいんじゃ」

井上は草壁の顔を見据えて、いかにも簡単な話という風に言った。草壁は首を傾げた。

「しかし局長、既に警察が出張《でば》っているんでしょう。脱線の原因などは、素人《しろうと》の私なんぞよりわ、優秀な技手が何人も居るんですから、そっちに任せればいい。何で私なんです」

草壁は「優秀な技手」と言いながら、わざとらしく小野寺の方に顔を向けた。小野寺は溜息をついた。確かに小野寺は鉄道局の技手である。そして、六年前の逢坂山トンネルの事件捜査で井上が草壁を雇ったとき、草壁の助手に付けられて以来、井上が草壁を呼ぶときは必ず、引っ張り出されているのだ。そのたびに気ままに動き回る草壁に振り回され、もはや腐れ縁、と小野寺は思っていた。

「おう、確かに優秀な技手は大勢居るよ」

井上はそう言って、やはりわざとらしく小野寺に目を向けた。

「しかしなあ。技術の話だけでは、誰が何でこんなことをやったのか、ちゅうことまでわかりゃあせん。それは君の領分じゃろう。それに、警察の方じゃが」

井上はそこで一旦言葉を切って、身を乗り出した。

「どうも妙な動きをしよる。事故そのものより、貨車に積まれちょった千両箱の方に関心があるようなんじゃ」

「ほう」

ここで初めて、草壁の目に興味らしき光が見えた。

「確かに、生糸や野菜を運んでいた貨車には似合わん積荷ですからな」

「いかにも、な。もちろん、貨物の発送伝票には載っちょらん。誰がなぜ積んだのかもわからん」

「中身は、本物の小判だったんですか」

「うむ。正真正銘の万延《まんえん》小判、千枚じゃ」

「今どきなぜそんな代物が出て来たか、ですな。これは確かに興味深い」

草壁がニヤリとしたところで、奈良原が口を挟んだ。

「おい、勘違いしてもろうては困る。おはんに千両箱についての調べを頼んじょるわけじゃあ、なか」

「ああ、そうでしたね。失礼」

草壁はまったく失礼と思っていない口調で応じた。奈良原がまた、苛立ちを見せたが、井上がすぐその先を続けた。

「警察はのう、その千両箱が小栗上野介《おぐりこうずけのすけ》の隠し金ではないかと疑うちょるようじゃ」

「小栗上野介の隠し金ですと?」

草壁の眉《まゆ》が上がった。これには小野寺も驚いた。

小栗上野介忠順《ただまさ》は、江戸幕府の最末期に勘定奉行《かんじょうぶぎょう》や軍艦奉行などの要職を歴任した大物である。官軍への徹底抗戦を主張して罷免《ひめん》された後、上州《じょうしゅう》高崎の近くの村に隠棲《いんせい》したが、進撃してきた官軍に捕縛され、処刑されていた。だが、小栗には勘定奉行時代に江戸城の御金蔵《おかねぐら》に蓄《たくわ》えられていた巨額の金《かね》を持ち出し、隠蔽《いんぺい》したとの噂《うわさ》がつきまとっている。それが事実なのかはわからないが、官軍が江戸城に入ったとき御金蔵は空っぽだったという話は、巷《ちまた》で囁《ささや》かれていた。

「あの……それは、第一〇二列車が高崎から出発したということが、疑いの理由なんでしょうか」

こらえきれずに口を出した小野寺を、奈良原が睨《にら》みつけた。小野寺は首を竦めた。が、井上は大きく頷いた。

「そうじゃ。千両箱の見つかった貨車の積荷は高崎で積まれ、大宮で脱線するまで貨車の扉は開けられちょらん。千両箱は高崎で積まれたのに相違ない。で、小栗が隠棲したのも高崎の近くじゃ。千両箱に入っちょった小判は、ほとんど使われたことのない新品に見えたそうでな。警察はそれを見て、これは江戸城から出た小判ではないか、と単純に結び付けて考えたらしい。まったくあのサツ……」

井上は、あの薩摩の連中は、と言いかけたようだが、隣の奈良原も薩摩人なのを思い出したらしく、語尾を濁《にご》して咳払《せきばら》いした。

「あん警察の石頭どもは、ほんのこち、しょうがなか連中でごわすな」

奈良原は、しれっとして井上の台詞《せりふ》を引き取った。この社長も、なかなか曲者《くせもの》だ。

「隠し金を捜すなんぞは、警察の仕事じゃなか。もし脱線事故が何者かの仕業なら、そいつを捕まえて鉄道の安全を守るんが、警察のやるべきことじゃ。まったく、誰の差し金か知らんが、考え違いも甚《はなは》だしい」

奈良原は鼻の下の立派な髭《ひげ》を逆立てて、同じ薩摩人の支配する警察をこき下ろした。その不満は、本物に見えた。若い頃は勤王《きんのう》の志士として暴れ回り、傲岸《ごうがん》との評判もある薩摩の有力者なのだが、今は鉄道会社の社長として、列車妨害事件の調べをおろそかにする警察に本気で怒っているのだろうか。

「なるほど。政府の誰かが、小栗の隠し金を捜し出せと警察に裏で指図している、というわけですな」

草壁は、小野寺がひやりとするほどはっきり言った。

「どうやらそうらしいの。政府は貧乏なのに、金のかかる事業を一杯抱えちょるからの」

井上は、あっさり肯定した。もっとも、その金のかかる事業の中には、井上の提唱する全国鉄道計画も含まれているのだが。

「ふむ。それで局長は、この脱線事故と隠し金の間には、関わりがあるとお考えなんですか」

「いや、それは正直、わからん」

井上は肩を竦めた。これまたあっさりとした言い方だ。

「では、他にも心当たりがおあり、ということですかな」

草壁が踏み込むと、井上と奈良原は揃って頷いた。

「知っちょるとは思うが、この日本鉄道は大勢の人から出資を募った株式会社じゃ。鉄道ちゅうのは、本来、全部国が敷設《ふせつ》せんにゃあいけんもんじゃが……」

言いながら井上は、ちらりと奈良原を横目で見た。

「局長殿がさっき言われた通り、政府には金が無か。そこで華族や士族を中心に、金を出してもろたとじゃ。きっちり、年八分の配当を約束して、の」

奈良原が井上の後を受け、髭を撫でながら言った。小野寺も日本鉄道の設立経緯については、熟知している。この会社は国策で作られた、いわば半官半民である。民間会社の体裁を取りながら、官有地は全て無償で使用し、民地の買収は政府が行ったうえで払い下げを受け、鉄道用地にかかる税は免除され、上野―前橋間の建設工事は鉄道局が代行する、という破格の優遇措置を受けているのだ。小野寺自身も、鉄道局の技手として前橋までの工事に携《たずさ》わり、今は大宮から宇都宮までの工事にも、出向の形で関わっていた。

「しかしのう、華族や士族ばかりか、沿線に住む平民の金持ちの懐《ふところ》まで漁って鉄道を敷く、というのが気に食わん奴らも居るんじゃ」

井上は渋い顔になった。

「鉄道なんかに金を使ってほしくない連中が居るわけですな」

「そうなんじゃ。政府の中では、近頃はそういう連中は減ったが、世の中にはまだだいぶ居ってのう。不平士族の中には、そんな金があるなら困窮しちょる士族の救済の方が先じゃ、と公然と言うちょる奴らが居る。税金ならまだしも、華族や士族の懐から出させる金なら、まず士族のために使え、ちゅうわけじゃ」

「なるほど……理屈としては、わからなくもないですな」

草壁は腕組みして、そんなことを言い放った。奈良原はまた眉を吊り上げたが、草壁の相手など慣れっこな井上は、口の端を歪《ゆが》めただけだ。

「左様《さよう》、わからなくもない。しかし、今はまだ国全体が貧乏なんじゃ。ここで士族らに金を配ったとしても、貰《もら》った連中は助かるじゃろうが、その場しのぎにしかならん。国としてその金は生きん。鉄道をどんどん敷けば、人と物が動く。産業が興《おこ》り、栄える。そうすりゃあ、国が富む。国全体が金持ちにならん限り、貧乏は救えんのじゃ。今はまだ、辛抱《しんぼう》のときなんじゃ。それがわからん連中が、少なからず居る、ちゅうことじゃ」

「明日の米の心配をせにゃならん者たちに、その辺をわからせるのは簡単ではないかも知れませんな」

草壁はそう言って顎を掻いた。奈良原はさらにむっとしたようだが、井上も小野寺も、草壁が話を充分理解したうえで、敢《あ》えて言っていることは承知していた。

「で、局長はその不平士族が、日本鉄道への不満を表すために列車を妨害した、とお考えなんですか」

「そういうこともあり得る、ちゅうことじゃ」

「そいだけでんなか。秩父《ちちぶ》んこっもある。おはんも、秩父困民党《こんみんとう》ちゅう奴らんこっは、聞いちょっじゃろう」

奈良原がまた口を出してきた。草壁が頷く。

「自由民権運動の一派ですな。去年、暴発して騒動になり、陸軍まで出張ってようやく抑え込んだんでしたね」

草壁の言い方には少しばかり棘《とげ》があった。

「そうじゃ。困民党は潰したが、首謀者の中にはまだ捕まっとらん者も居って、あちこちに散った残党は、今も蠢《うごめ》いちょる。そん奴らが、我が日本鉄道を襲ったちゅうこっも、考えられる。鉄道に恨みがあっじゃろうからの」

養蚕農家の多い秩父では、生糸価格の暴落で農民が困窮し、自由民権運動の思想家らが中心になって蜂起《ほうき》、役所や高利貸しなどを襲う事態となった。いわゆる秩父事件である。それを警察だけでは抑えられず、東京から陸軍の鎮台兵《ちんだいへい》を送り込んで鎮圧したのだ。去年の十一月初めの話で、まだ半年しか経っていない。

「ははあ、東京から巡査や鎮台兵を運んだのは日本鉄道だから、腹いせに襲ってやろうと考えたんじゃないか、というわけですか」

「腹いせぐらいならまだよかが、新しくどこかで蜂起を考えておって、その下準備ちゅうこつも考えられる。そもそも、そげんこつは警察が真っ先に考えるべきこっじゃなかか。それ が隠し金なんぞに目を眩《くら》まされおって……」

「ということは、千両箱が貨車に積んであったのは、ただの偶然とお考えで？」

言葉を遮《さえぎ》られる形になった奈良原は、腹立たしげに草壁を睨んだ。

「偶然とまで言い切るつもりはなか。奴らが千両箱のことを知って、軍資金にと狙《ねろ》たのかも知れん」

「しかし、列車は脱線したのに千両箱は手つかずでしたね」

「そいは……」

奈良原は言葉に詰まり、顔を赤くして草壁を睨みつけた。そこへ、井上が割って入った。

「それも全て、今は謎じゃ。だから君に、その辺も含めて答えを見つけてほしい、と頼んじょるわけじゃ」

「確かに五里霧中《ごりむちゅう》、というところですな」

草壁は肩を竦めた。

「まず、脱線事故が何者の仕業なのか、全くわからん。そういうことを仕出かしそうな連中が何組も居る。千両箱は誰がなぜ積んだのかわからん、その出元もわからん、脱線事故と関わりがあるのかどうかもわからん、こういうことですな。要するに、何もかも謎だらけなわけだ」

「まあ……そういうことじゃ」

草壁の言い方で揶揄《やゆ》されたように感じたか、井上は顔を顰めた。だが、要約すれば草壁の言う通りである。井上は真顔になった。

「なあ草壁君、この一件、焦点が絞りづらくて難しいのは認める。しかしな、この高崎までの路線は、中山道《なかせんどう》に沿って京都、大阪へと繋ぎ、この国の屋台骨になる大事な路線なんじゃ。その屋台骨を勝手な企みで傷つけるのを、誰であろうと許しておくわけにはいかん。いや、それよりも、人や物を運んでいる列車の安全を脅《おびや》かすような輩《やから》が居れば、誰も安心して鉄道を使えなくなってしまう。断じて見逃してはならんのじゃ」

井上は一気に喋《しゃべ》ると、草壁の顔をぐいっと覗《のぞ》き込んだ。

「局長の鉄道に関するご高説は」

草壁も目を逸《そ》らさず、井上の顔を見返しながら言った。

「逢坂山以来、何度も伺《うかが》って充分承知しています。鉄道への思い入れについても」

「ならば、力を貸してくれるか」

「さっきも言いましたが、何しろこの件は謎だらけですからな」

井上は眉をひそめた。

「手に負えん、ちゅうことか」

「いいえ」

草壁は顎に手をやり、ニヤリと笑みを浮かべた。

「頗《すこぶ》る面白い」

「ほう、そうか。面白いか」

井上が破顔した。それからすぐ、小野寺の方へ顔を向けていきなり告げた。

「よし、決まりだ。小野寺、草壁君の調べを手伝って、必要な便宜を図ってやれ。要領はよくわかっとるじゃろう」

ああ、やっぱりそういうことか。小野寺は天を仰ぎたくなった。

「ええ。ここへ呼ばれたときから、そのおつもりだろうとは思っていましたから」

溜息混じりに頷く。

「ですが局長、私は日本鉄道へ出向して宇都宮線の建設に当たっています。奈良原社長のご意向につきましては……」

「ああ、ええんじゃ。奈良原さんにはもう了解を貰《もろ》うちょる。宇都宮線の方は、もう山場をとうに過ぎて、仕上げの段階じゃろう。君が居らんと動かんような難しい工事はあるまい」

小野寺の反論は、言い終わりもしないうちに井上に切り捨てられた。小野寺は奈良原の方に目を移した。奈良原は視線に気付き、ひと言「左様」とだけ口にして横を向いた。井上に勝手に段取りを進められて、奈良原としてはあまり面白くないだろう。それでも、全国の鉄道を監督下に置く鉄道局長の意向には、従わざるを得ない。

小野寺も、草壁と仕事をするのが嫌というわけではない。だが、小野寺の本職はあくまで鉄道技手であり、事件の探索については素人である。にも拘《かか》わらずまたしても警察の真似事など、できれば勘弁してほしかった。それに、事件の謎が深くなればなるほど草壁の偏屈ぶりに振り回されることは、目に見えていた。

「局長があぁ言われるんだ。小野寺君、またよろしく頼むぜ」

草壁がそう言いながら、小野寺の腕を叩いた。小野寺としては、内心苦笑しながら、こちらこそ、と言うしかなかった。奈良原も、お義理のような調子ではあったが、二人に対して「よろしく頼む」と改めて言った。

「そいで、どこから始める。何か当てはあっとな」

確かめるように聞いてくる奈良原に、草壁はかぶりを振った。

「その当てを、これから探すんですよ。全くの一からです」

それから小野寺に声をかけた。

「取り敢えず明日、事故のあった大宮駅を見てみるか。朝の汽車は、何時だい」

「上野を五時二十五分発と八時四十分発ですが」

「よし、それじゃ明日八時、上野駅で会おう」

小野寺の都合など聞きもせず、草壁はそう決めて立ち上がった。

「それでは局長、奈良原社長、今日はこれで失礼します」

井上が、おう、と手を上げると、草壁はさっと身を翻《ひるがえ》して、すたすたと部屋を出て行った。その素早さに奈良原が呆気《あっけ》に取られているうちに、部屋の扉が閉まった。

「何じゃ、ありゃ……井上さぁ、あん草壁ち男は、ほんのこち信用できっとですか」

気を取り直した奈良原が、困惑と不満の混ざった問いを井上に向けた。井上は笑って答えた。

「先に言うたじゃろう、なかなかの偏屈じゃと。いや心配無用、八丁堀にこの男ありと言われた腕前は、鈍《なま》っちょらん。そうじゃろ、小野寺」

「はあ、局長のおっしゃる通りです。時に、凡人には真似のできない冴えを見せてくれます」

小野寺としては、正直にそう言うしかない。実際、一緒に仕事をしても、草壁の頭の回転にはついていけないのだ。奈良原はまだ不満らしく、「ふん、そうか」と言って髭を撫でた。

「まあよか。小野寺君、この一件がうまく片付くかどうかは君にかかっちょる。しっかりあん男の手綱《たづな》ば握っちょれよ」

「はい、無論です、社長」

実のところ、手綱どころか蒸気軍艦の艫綱《ともづな》を引くようなもんで、引っ張り回されるのはこっちですがね、と小野寺は胸の内でぼやいた。

上野駅を八時四十分に出た第三列車は、およそ一時間で大宮駅に着いた。小野寺は切符の代わりに乗降自由の鑑札《かんさつ》を用意して、言われた通り八時に駅長室で草壁を迎えた。前日の会合の後、大宮駅を始めとする各方面に、草壁の調べに必要に応じて手を貸すよう手配するのに大忙しだったのだが、草壁はそれを知ってか知らずか、小野寺には飄々《ひょうひょう》として「やあ」と挨拶《あいさつ》しただけだった。

大宮駅では、浜辺駅長がホームまで迎えに出て来ていて、二人が中等車から降りると、さっと敬礼した。小野寺は恐縮しながら敬礼を返したが、草壁は相変わらずで、ちょっと笑みを浮かべて「どうも」と軽く会釈《えしやく》した。浜辺は気を悪くする風でもなく、そのまま駅長室へ案内しようとした。それを草壁が止めた。

「あ、いやいや駅長さん、良ければすぐに脱線事故の現場を見たいんですが」

「え、すぐに、ですか」

浜辺は、気忙《きぜわ》しい人だと思ったようだが、すぐに駅本屋《ほんおく》に背を向けると、「こっちです」と言って、二人を連れ、ホームの高崎側の端へと向かった。

「あそこに見えるでしょう。あれが問題の五号分岐器です」

浜辺が指差す方、ホームの端から五十間《けん》余り（約百メートル）のところに分岐器が見えた。そこから側線が外側に分かれ、ホームの裏側へ延びている。側線には、貨車が二両止まっていた。

「あの貨車は……」

貨車に目を留めた草壁が言いかけると、浜辺がすぐに答えた。

「ああ、脱線した一〇二列車の五両目と六両目です。脱線したのを線路上に戻したんですが、連結器などが壊れているので、修理のため工場へ運ぶのを待っているんです」

「残りの貨車と、脱線した客車はどうなりましたか」

「脱線しなかった車両は損傷も少なかったので、切り離して上野へ。荷を積んだままでしたからね。脱線した客車は何とかレールに戻して、新橋工場へ運びました。せっかく新しく作ったのに、働かないうちに修理で工場へ逆戻りですよ」

荷も積んだままにはしておけないし、何より本線を早く通れるようにしなくてはならない。動かせる車両をすぐに移動させたのは、当然の処置と言える。

「それで、転覆した三十七号貨車はどこに？」

小野寺が横から聞いた。すると浜辺は、側線の脇を手で示した。

「あれですよ」

「え？　あれ……ですか」

浜辺の示したところにあるのは、積まれた廃材だった。

「もしかして、バラしてしまったんですか」

草壁が顔に困惑を浮かべた。千両箱の積まれていた貨車を、自身の目で調べてみるつもりだったようだ。材木に戻ってしまっていては、役に立たない。

「ええ、台枠《だいわく》から折れてしまっていたので、もうレールの上には戻せませんし、早く撤去しないと復旧できませんから」

浜辺はさも当然、というように言った。駅長の立場ではその通りだろう。草壁が小さく溜息をつき、三人はホームを下りて分岐器に向かった。

「貨車ってのは、全部木でできてるのか。鉄の部分があると思ってたんだが」

草壁が首を傾げながら、小野寺に尋ねた。

「車輪はもちろん、鉄ですよ。車体は、全部が木製のものと、台枠だけ鉄になっているものがあります。三十七号貨車は、全部木製だったみたいですね」

「他の貨車と客車は、その台枠とやらが鉄製だったんですか」

草壁は振り返って浜辺に確かめた。浜辺はちょっと考えてから答えた。

「ええと、そうですね。十一両目の三十三号貨車と最後尾の緩急車は全木製で、その他の車両は鉄台枠だったはずです」

「つまり、木製の三十七号は、丈夫な鉄台枠の車両に挟まれて押し潰されたわけですね」

小野寺がそう解説すると、草壁はまた首を傾げた。

「機関士はブレーキをかけたんだろう。どうして貨車は止まらずにぶつかり合うんだ」

「ブレーキがあるのは機関車と緩急車だけで、貨車にはないんです。だから、ゆっくり止めてやらないと、行き足のついた貨車は前の貨車に順繰りにぶつかってしまいます。人が一列になって歩いているとき、先頭の人が急に立ち止まったらどうなるか、想像して下さい」

言われて草壁はしばし考えていたが、やがて納得したらしく「なるほど」と呟いた。

「欧米では貫通ブレーキと言って、列車の全車両に一斉にブレーキがかかる装置が開発されているそうですが、我が国の車両にそういうものが普及するのは、かなり先でしょうね」

小野寺はそんな説明を付け足したが、草壁はあまり興味がなさそうだった。代わりに、分岐器を指して浜辺に聞いた。

「分岐器というのは、駅で操作するんではなかったんですか」

草壁も近頃は多少、鉄道のことがわかるようになっている。分岐器を切り替える装置を「転てつ機」と称し、指摘の通り、本線のものは駅本屋にある人の背丈ほどもある梃子《てこ》を動かして操作するのだが、ここにあるような側線の分岐器の場合、転てつ機の梃子はすぐ横に置かれている。梃子の長さもだいぶ短い。

「普段あまり使わない分岐器は、直接この場で操作します。この方が簡単ですから。常時使っている本線用の分岐器は、列車が通るたびに操作しに来るのは大変なので、細い鉄の管を繋ぎまして、駅本屋の梃子でそれを動かして操作できるようにしています」

草壁は浜辺の話を聞きながら、目の前にある側線用の転てつ機をじっと見ていた。

「何だか、西洋の剣を金梃子《かな》に突き刺したような代物ですねえ」

「ははあ、言い得て妙ですな。確かにそんな形です」

浜辺が笑って頷いた。

「これを動かすのに力は必要ですか」

「いや、一人で簡単に動かせます。やってみますか」

浜辺に促され、草壁は屈《かが》んで梃子を握ると、ヤッ、と力を込めて一気に動かした。がちゃんと音がして、分岐器が切り替わった。

「ふうむ、確かに造作ないですな」

草壁は感心したように、一人で頷いた。

「今、転てつ機の操作で動いたレールの部分をトングレールと言って、これが動くことによって列車を左右に振り分けるんです」

小野寺が分岐器のレールを指し示すと、草壁は覗き込んで、聞いたことを咀嚼《そしやく》するように盛んに首を振った。

「するってぇと、その何とかレールが客車が通過している最中に動いて、前の台車と後ろの台車が、右と左に分かれちまったわけか。自然に動くってことは、ないんだな？」

「ちょっと考え難いですね」

「誰かの仕業、ってことだけは、やっぱり間違いねえか……」

草壁は、誰にともなく口にすると、その場にしゃがんで改めて分岐器を見つめた。それから、唐突に振り向いて浜辺に聞いた。

「この側線、何に使ってるんです」

「え？　あ、はあ、専《もつぱ》ら工事用ですが」

いささか戸惑い気味の浜辺に代わって、小野寺は言葉を継いだ。

「向こう側の、宇都宮線の工事で使う資材を荷下ろしするのに使ってたんです」

小野寺はそう言って、駅本屋側のホームを指した。そちらのホームからは、敷かれたばかりのレールが、高崎方面への線路に沿って延び、ずっと先で右手の方へ分かれていくようになっている。その付近では、工夫がひとかたまりになって何かの作業をしているのが見えた。

「枕木《まくらぎ》とか、利根川《とねがわ》で採った線路に敷く砂利《バラスト》を、運搬車《トロリー》に積んできて、この側線で下ろすんです。工事が終わった後は、駅本屋で操作できる転てつ機に付け替えて、客車や貨車を一時置いておく留置線《りゆうち》にするつもりです」

「そうか……」

草壁はまた何か、考え込む表情になった。

「ただ汽車に乗って来た客じゃあ、この側線のことはわからんだろうな」

「それはまあ……そうでしょうね」

「転てつ機とやらの動かし方も、素人じゃあわかるまい」

そう言われると、小野寺にも草壁が言いたいことはわかった。

「つまり草壁さん、これは鉄道の関係者の仕業だと言うんですね」

それを聞いた浜辺が、眉を吊り上げた。

「まさか、うちの駅員がやったと言われるんじゃないでしょうな。事故があったとき勤務していた駅員は皆、私の目の届くところに居ましたし、休みや非番の者は、一人も駅に姿を見せていませんよ」

「まあそう慌てんで下さい。ここの駅員の仕業とまでは言っていませんよ」

草壁は宥《なだ》めるように言った。

「一応申し上げておきますが、転てつ機の操作自体は、今やっていただいたように簡単ですから、操作を見たことのある者なら、素人でもできます」

浜辺は、素人でも、というところで声を強めた。

「念のため伺いますが、最近辞めた駅員は居ますか」

「いいえ、そういう者は居ません」

抗議でもするようにはっきり言い切る浜辺に、草壁は頷きを返した。

「わかりました。まあ、その件はいいでしょう」

そう言ってから、以前は貨車だった廃材に目をやった。

「草壁さん、あの廃材を調べますか」

草壁の視線に気付いた小野寺が問いかけた。草壁はちょっと考えてから、かぶりを振った。

「いや、あそこまでバラバラにされていてはなあ」

「申し訳ないです。一刻も早く本線を空《あ》けなくてはならなかったので、斧《おの》と鋸《のこぎり》で解体しました。どのみち、修理するより潰した方が早いですから」

「なあに、気にせんでいいですよ。貨車そのものに細工されたわけじゃないでしょうし」

確かにその通り。貨車よりも、問題なのは積荷だった。

「それで、積んであった千両箱ですが、駅で保管されていると聞いてますが」

小野寺としては、隠し金であれ何であれ、取り敢えず我が目で確認しておきたかった。

「ええ、駅の金庫に入っています。最初、警察が持って行こうとしたんですが、発送簿に載っていようといまいと、貨車に積まれた以上は鉄道の貨物です。犯罪に関わるものという証拠もなしに、警察が勝手に持ち去るのは如何《いかが》なものか、と言ってやったところ、警察も困って、それじゃ鉄道の方で預かるように、ってことになったんです」

なるほど、理屈は浜辺の方が正しい。警察も一旦引き下がらざるを得なかったのだろう。

ご覧になりますかという浜辺の問いに、是非にと応じると、駅長室に通された。

駅長室には、建物に不釣り合いなほど立派な、西洋式の大型金庫が鎮座していた。浜辺は金庫に歩み寄ると、ダイヤルを回して番号を合わせてから、ポケットから出した鍵を差し込んで扉のハンドルを引いた。油がたっぷり差してあるのか、金庫はほとんど音を立てずに開いた。三段になった棚の下段に、件《くだん》の千両箱が収まっていた。

「何とかここに入る大きさで、良かったですよ」

浜辺が指差して言ったので、小野寺も覗き込んだ。生来大金には縁がなく、本物の千両箱を見るのは初めてだ。縦が十二、三寸、横が五寸というところか。思ったより小さいんだな、と小野寺は思った。

「そう言えば、ずいぶん大きな金庫ですな」

草壁が感心したように言うと、浜辺は苦笑した。

「駅の売り上げだけなら、こんな代物は要りません。工事で使う金も、ここで保管できるように考えたんです。実際は、大して使うこともなく持て余していたんですが、こんなところで役に立つとは」

小野寺が浜辺に手を貸し、千両箱を引き出した。千両箱の鍵はかかっていない。無理に開けられたらしく、傷が付いていた。

「これは、警察が開けたんですか」

「そうです。止めたんですがねえ」

困ったもんだというように、浜辺が嘆息した。

「どうぞ開けてみて下さい」

促されて、小野寺は蓋を開けた。中には、思い描いた通り、帯封《おびふう》の付いた光り輝く小判がぎっしり並べられていた。

「ほう。確かに、まだ全く使われていない新品に見えますな」

後ろから覗き込んだ草壁が言った。

「正直、こんなものを預かったままでは、落ち着かなくていけません。この金庫を破るのは、並の盗人《ぬすっと》では無理だとは思いますが、それでも万一ということがありますから」

浜辺は本当に迷惑そうだ。思いがけず厄介《やっかい》なものをしょい込まされたのだから、当然だろう。草壁は同情するような目を向けてから、手を伸ばして小判の束を一つ取り上げた。

「万延小判の新品に違いなさそうだな」

「箱の方には刻印も何もありません。どこから出たものか、これだけではわかりませんね」

一通り千両箱を検分した小野寺が言った。

「警察は、どうしてこれを小栗の隠し金だと考えたんでしょう」

「新品のまま使っていない小判千両が、高崎辺りの商家や農家から、今頃突然に出てくるとも思えんから、ずっと捜していた隠し金かも知れんという見方に飛び付いたんだろう。まあ、誰がこれを貨車に積み込んだか、それがわかればはっきりするだろうが」

「それなら、まず千両箱を積んだ奴を捜し出すのが先決ですね」

小野寺が意気込みを見せると、草壁は眉根を寄せた。

「おいおい、俺たちの仕事は、列車を脱線させた奴を捜し出す方じゃないのかい」

「え？　草壁さんは、脱線事故は千両箱と関わりがないと思っているんですか」

小野寺は驚いて草壁の顔を見た。千両箱を積んだ貨車が、偶然脱線に巻き込まれたなどということがあるだろうか。両者に繋がりがあるのは明白ではないのか。そう言いかけると、草壁は大袈裟《おおげさ》に目を丸くして見せた。

「俺はそんなことは、一言も言っとらんぞ」

「じゃあ、どっちなんです」

「何事も、最初から決めつけてかかってはいかん、ということさ」

やれやれ、またこんな調子か。小野寺は、草壁にもわかるような大きな溜息をついた。草壁は間違いなく頭は切れるが、どうもこんな風に、人を煙《けむ》に巻きたがる傾向がある。どうやら今回も、この偏屈男にだいぶ振り回されそうだ。

第二章　生糸の町

大宮駅で一通り、事故の様子を聞いた草壁と小野寺は、午後の汽車で上野に引き返した。分岐器《ポイント》の周辺をもう一度よく見てみたが、脱線した車両のために傷ついたレールと枕木は、新しいものに取り替えられていたので、あまり意味はなかった。転てつ機は元のままだが、特に異状は見当たらず、事故から四日も経っているので、周辺の地面にも犯人の痕跡らしきものは何一つ見出せなかった。

上野に戻るのは、機関士と車掌に話を聞くためである。幸い、第一〇二列車に乗務していた足立機関士、近藤火夫、横山車掌の三人は、大宮を午後四時半過ぎに出る上野行き第六列車を担当していることがわかったので、草壁と小野寺もその列車に乗り、上野の詰所《つめしょ》で乗務を終えた三人と話してみることにしたのだ。

「大宮駅に進入して五号分岐器を通過したときは、全く何も変わったことはありませんでした」

詰所で卓を囲んで椅子に座ると、まず最も年長の足立が口火を切った。お雇い機関士から早々に腕前を認められて、二十五歳で機関士になったつわものである。

「分岐器を通過して少し進んだところで、急に後ろから引っ張られるような衝撃が来まして、えらい音がしたんです。すぐブレーキを一杯にかけたんですが、近藤が後ろを見て、脱線だと言うじゃありませんか。後を任せて、運転台から飛び出しました。ええ、その時分はまだ明るかったんで、充分様子は見えましたよ。そうしたら、試運転の客車のうち後ろ側の九十一号が、線路から斜めに大きくはみ出して傾いてましてね。後ろの台車が側線の方に入り込んで脱線したんだと、すぐわかりましたよ」

足立は、列車がどんな風に脱線していたかを事細かに説明した。浜辺より詳しかったが、中身はまったく同じであった。草壁は最後まで「ふむ」「なるほど」などと言葉を挟みながら聞いていたが、足立が一通り話し終えると、すぐに尋ねた。

「足立さんは、運転台を降りようとしたとき、誰かが走り去るのをちらっと見た、と言われたそうですね」

「え？　ああ、見たというほどではなくて、走って行く後ろ姿が目の端にちらっと映った、ぐらいの話で。そいつをもう一度どこかで見たって、あのときの奴だなんて思い出すことはないでしょう」

「目の端にちらっと、ですか」

小野寺はがっかりした。せめてどんな人物か特定できるほど見えていたら、重要な手掛かりになったのに。草壁の方は、残念そうな素振《そぶ》りなど見せずに話を続けた。

「五号分岐器に差しかかる前には、人影は見えなかったんですね？」

「ええ、少なくとも機関車からは見えませんでしたね」

足立は黙って聞いていた近藤火夫のほうを向き、お前はどうだと目で問うた。まだ子供の面影《おもかげ》が残る近藤は、慌てて、やはり何も見えませんでしたと答えた。

「横山さん、あんたは」

足立が車掌に、念のため、という感じで聞いた。

「私は後方監視で後ろを見てましたからねえ。もちろん、人影なんぞは見ていません」

結局三人は、分岐器を操作したであろう犯人について、何ら新しい情報を提供してくれることはなかった。草壁は諦《あきら》めたか、話を積荷の方へ移した。

「件の千両箱が、どう積まれていたか、ですか」

横山車掌は、首を捻《ひね》った。

「あの三十七号貨車が壊れたので、積荷の具合を見てみたんですが、中は生糸の梱が荷崩れして、滅茶苦茶になってましたね。その中に一つ、生糸とはだいぶ大きさが違っている、菰に巻かれた荷を見つけました。その様子から言うと、結構重そうでした。どうも変なので菰を開いてみたら、千両箱だったんです」

「他は全部、生糸の梱だったんですな」

「そうです。その下の、扉に近い側にありました」

「扉は事故の衝撃で壊れていたんですよね」

「ええ、他にも壁があちこち破れて、台枠も折れて……あんな事故がなければ、千両箱が見つかることはなかったでしょうね」

「千両箱の行き先は、どこだと思いますか」

「さあ……生糸の発送伝票、つまり送り状は上野の駅止めになっていましたから、千両箱も同じでしょう」

「東京のどこかへ運ぶつもりだったんでしょうか」

小野寺は当然の推測を口にしてみたが、草壁は肩を竦めただけだった。

「ところで、脱線したときの速度は、毎時十キロメートルだったそうですね。間違いありませんか」

草壁は唐突に話を変えた。足立は少し戸惑ったが、すぐにはっきり答えた。

「はい、間違いないです」

「人が小走りする程度の速さだと思うが、駅に入るときはそういう規則なんですか」

「はい。ずいぶんゆっくりだと思われるかも知れませんが、十年ほど前に新橋駅で、分岐器を通る速度が速過ぎて脱線転覆事故を起こしたんです。その後、規則で分岐器の通過は十キロメートル以下と決められていまして。で、駅に入る四号分岐器を通過するとき十キロメートルに落とし、そのまま五号のところまで進みました。でも、それで良かったです。本線走行中なら三十キロメートルは出ていますから、脱線したらあの程度では済みません」

草壁は、「そうですか」と言って腕組みし、しばらく考える素振りを見せた。小野寺には草壁が速度にこだわる理由が今一つわからなかったが、質問は控えておいた。

「つまり、どの駅でも分岐器を通るときには、十キロメートル以下に速度を落とすんですな」

「その通りです」

「で、大宮までに通った他の駅では、何一つ変わったことはなかった、と」

「ええ。ああいう側線がある駅は限られてますし」

ははあ、そうか。小野寺は、草壁の意図《いと》がわかった気がした。おそらく、犯人が列車を脱線させるために大宮を選んだ理由を探ろうとしているのだろう。

「第一〇二列車は試運転の新しい客車を繋いでいたわけですが、そういうことは度々あるんですか」

草壁はまた質問の向きを変えた。

「貨物列車に試運転の客車を繋ぐことが、ですか？　いいえ、滅多にありません」

足立がそう答えてから、小野寺が補足した。

「今回は、ボギー客車を前橋まで走らせてみて、支障がないか確認する意味もあったんです。行きは客車二両だけで走りましたが、帰りはちょうど貨物列車があったので、それに連結することにしたそうです。列車を一つにすれば、機関車も乗務員も、一組で済みますから」

「うん、それは道理だな」

「ええ。一週間前からそういう予定を組んで、各駅にも知らせていました」

「試運転そのものにも、問題はなかったんだな？」

「脱線事故に遭うまで、全く無事でした」

小野寺が断言すると、草壁はいくらか強めに頷いた。足立と小野寺の話から何か得るところがあったのか、表情からは読み取れない。

さらに三十分ばかり三人から話を聞いたが、重要と思われることは出て来なかった。第一〇二列車は、高崎を出てから大宮で脱線するまで、ごく普通に何事もなく走って来た、ということがわかっただけだ。

礼を述べて駅の外に出たときには、もう暗くなっていた。草壁は懐手《ふところで》をして、ガス燈に照らされた駅前を悠然と横切って行く。

「大宮駅を狙ったということは、犯人はあの近辺の者でしょうかね」

草壁が何も事件の話をしようとしないので、小野寺から声をかけた。草壁は振り向いたが、あまり気が乗らない様子である。

「そうかも知れんが、今まで聞いた話からは、まだ言い切れんな」

それだけ言ってから、草壁は顎を撫でて、呟くように付け足した。

「やっぱり高崎へ行かんことには、話が進まんか」

「ああ、そうですね。次は高崎ですか」

千両箱が積まれたのが高崎である以上、これは当然予期していた。

「手配します。いつがいいですか」

「うん、明日だ。朝一番の列車は、五時二十五分だっけか」

「え？　明日一番？」

これは予期していなかった。

「ちょ、ちょっと待って下さい。そんな急に……草壁さんは身軽な独り身《ひと》だからいいですが」

「ああ、そうか。君はようやく所帯持ちになったんだったな」

「ようやく、は余計です」

小野寺がむすっとして言い返すと、草壁はニヤニヤと笑った。またからかわれているのだ。

長く独身だった小野寺が嫁を貰ったのは、去年のことである。鉄道局技手というしっかりした職に就いているので、縁談は幾つかあったのだが、鉄道は国の根幹を成すという井上局長の熱意が浸透し、技手が不足する中で鉄道建設が各地で興されたため、小野寺も各地を飛び回ることになり、忙しさに紛れて縁談も流れてしまっていた。心惹《ひ》かれるほどの話がなかったのだ、と小野寺は言ったが、草壁は負け惜しみだと思っていたようだ。

それが去年、少しばかり小野寺の手が空いたとき、父親の旧知の士族から持ち込まれた縁談の相手に、一目惚れしてしまったのだ。相手は新政府の役所に職を得た士族の娘で、父親は武州《ぶしゅう》、母親は上州の出だった。後から考えると、なかなか嫁を貰わない小野寺に業を煮やした井上局長の差し金だったのかも知れないが、そのときは思いもしなかった。

話はトントン拍子に進み、祝言《しゅうげん》を挙げた二人は、上野に近い鉄道官舎に入った。そこでお兼《かね》さんという五十近い下働きの女性を雇い、新たな暮らしを始めた。

披露宴には、草壁も招いた。新妻の綾子《あやこ》は小野寺より四つ下の二十五で、嫁入りの時期としてはやや遅いが、それには理由があったことを、小野寺は後になって知った。だが、結婚当初の小野寺のでれっとした有様は、草壁も呆《あき》れるほどで、今もからかいのタネになっている。

一方、草壁の方は相も変わらず、神田《かんだ》の長屋でやもめ暮らしを続けていた。女嫌いというわけでもないようで、後家さんなどとの噂も聞くことがある。しかし、面倒なのか何なのか、所帯を持つという話は一向に出て来なかった。井上はお節介にも何とかしようとしたらしいが、早々に匙《さじ》を投げてしまった。

「じゃあ、明後日《あさって》ならいいか」

「まあ、それならいいです。明日中に、高崎駅の方へは電信で知らせておきます」

「よし、それで決まった」

草壁は懐から手を出して、ぱん、と叩くと、周りを見回し、二十間ほど先の赤提灯《あかちょうちん》を指差した。

「まずは景気づけに一杯やっていくか」

「はあ。草壁さんの奢《おご》りですか」

「馬鹿言え、俺は浪人者だぞ。そのぐらい、日本鉄道に払わせろ」

そう言うなり、溜息をつく小野寺を尻目に、草壁はさっさと提灯を目指して歩き出した。

翌々日、午前五時二十五分発の第一列車で、草壁と小野寺は上野駅を発《た》った。形式上、草壁には日本鉄道嘱託《しょくたく》という肩書が用意されていた。草壁は小野寺から「嘱託ニ任ズ」という簡単な辞令を渡されたが、一瞥《いちべつ》しただけでさっさとしまい込んだ。取り敢えずこの肩書があれば、日本鉄道の路線内なら切符なしで中等車に乗って、どこへでも行ける。

客車に乗り込んでから、綾子が朝飯にと用意してくれた握り飯の包みを広げ、草壁にも一つ差し出した。草壁は有難く頂戴《ちょうだい》すると言って受け取ると、それを齧《かじ》りながら聞いた。

「奥方は何か言っていたかい」

「まあ、僕の出張には慣れてますからね。気持ちよく送り出してくれましたよ」

本当は、しばらくはこちらだと思ってたのに、また出張ですかと膨れたのだが、そんな話をする気はなかった。

「奥方の母上は上州の出だったな。高崎にも知った人が居るのかな」

「あ、確かに出張先が高崎だと言ったら、あの辺には親族が居ると言ってましたね」

そう言えば、高崎と聞いた途端、機嫌が直って笑みを浮かべていた。その割に、その親族のことはあまり話さなかった。それが少しばかり気になるが。

「それなら、君はそのご親族のところに世話になっちゃどうだい。不案内な土地では、何かと便利だろう」

「いえ、女房の親族と言っても、会ったこともない人たちですから。そんな迷惑はかけられません。宿の方は、高崎駅で手配してくれていますし、誰かに会う必要があれば、駅長が口の利きしてくれるでしょう」

「いっそ奥方も連れて来りゃ良かったじゃないか。そうしたら、昼はともかく夜くらいは、こんなむさ苦しい男と顔を突き合わせんでも済むのに」

「まさか。女房連れで事件の探索なんかできませんよ」

小野寺が顔を顰めると、草壁は面白そうに笑った。

中等車は区分け室になった下等車と違って、中に仕切りがなく、一車両が一部屋のようになっている。その中に乗客は数人だったので、ゆったり過ごすことができた。一時間後、大宮に着いたとき、ホームに出ていた浜辺駅長が二人を見つけ、窓越しに敬礼を寄越《よこ》した。小野寺は落とし窓を開けて一昨日《おととい》の礼を述べ、高崎に向かう旨を告げた。浜辺は、それはご苦労様ですと一礼し、その場で列車が出るのを見送った。

列車が動き出して間もなく、五号分岐器を通過した。やはり、人の速足ぐらいの速度である。ごとごとと震動が伝わったが、もちろん何事も起きなかった。

「おい小野寺君、ちょっと気が付いたんだが」

窓から線路を見ていた草壁がふいに言った。

「これは下り列車用の線路だよな。脱線した一〇二列車は上りだろう。本当ならあっち側を通るんじゃないのか」

草壁は、反対側の窓の外に見える線路の方へ顎をしゃくった。小野寺はそれに答えて頷いた。

「本来は、そうです。ですが、あっちの線路は、宇都宮へ行く線と共用になるんです。今はそのための工事をしているので、閉鎖してあります」

「じゃあ、大宮駅で列車の行き違いはできないのか」

「今のところは。現在のダイヤグラムでは大宮で行き違う列車はありませんから、支障はないです。けど、脱線事故でこの線路が塞がると、上下どちらの列車も通れなくなりまして。だから余計に復旧を急がないといけなかったんですよ。一晩の徹夜仕事で済んだようですが」

それから、蛇足かとは思ったが、言い足した。

「一〇二列車があっち側の線路を通っていたら、例の分岐器で脱線することはなかったわけですけどね」

「ああ……そうだな」

草壁はそう呟くと、また腕組みして何か考え始めた。こうなると、邪魔しない方がいい。小野寺は座席に座り直し、窓に首を向けた。列車は大宮駅の構内を出外れ、次第に速度を上げていった。

早起きのせいで、列車に揺られているうち、眠くなってきた。桶川《おけがわ》を出た頃までは覚えているのだが、その後寝入ってしまったらしい。突然、続けざまに鳴った汽笛で起こされたとき、慌てた小野寺は窓枠に額をぶつけてしまった。同時に急ブレーキがかかり、車体が前後に激しく揺さぶられた。

「何事だ、いったい」

草壁が眉をひそめ、小野寺に問うような目を向けた。車内の他の乗客も、不安げに左右を見回している。小野寺はぶつけた額を手で押さえていたが、さすがに頭ははっきりした。

「危険を知らせる短急汽笛《たんきゆう》です。何か異常なことが起きたようですね」

懐中時計で時間を確かめると、熊谷を出て十分ほどだった。小野寺は急いで窓を開け、顔を突き出して前を見た。中等車は機関車のすぐ後ろなので、前方の様子はよくわかる。周囲は一面の畑で、土を盛って高くした道床《どうしよう》の上を、真っ直ぐにレールが延びている。異変は、その先で起きていた。

機関車が止まった位置から十一、二間（二十メートル余り）くらいの線路際で、男が一人、喚《わめ》いている。男が向いている方向に目をやると、畑を挟んだ畦道《あぜみち》に、十人ほどの巡査が居た。男は、巡査に追われて逃げて来たらしい。

「来るなーッ」男が巡査たちに叫ぶのが聞こえた。男は右手を振り上げた。その手には、竹筒のようなものが握られている。なぜか、巡査たちが一瞬、怯《ひる》んだように見えた。

男は懐から何か取り出すと、竹筒を持った右手を下ろした。何をやってるんだろう、と目を凝らした刹那《せつな》、竹筒から煙が上がった。

「いかん、あいつ……」

草壁が身を乗り出した。小野寺も、男が何をしているのかすぐにわかった。懐から出したマッチで、導火線に火を点けたのだ。あの竹筒には、火薬が詰まっているに違いない。

「爆弾だッ！　危ないぞーッ」

思わず小野寺は叫んでいた。それを耳にした乗客たちが、驚いて床に伏せた。男は腕を振り回し、巡査たちに向かって竹筒を投げた。巡査たちも、慌てて身を伏せた。

竹筒は畦道に届かず、畑に落ちて爆発した。やはり、火薬を詰めた手製爆弾だ。爆発音を聞いた乗客が、仰天して身を竦めた。

「やめんかぁ、もう逃げられやせんぞ」

巡査の隊長らしいのが、気を取り直したらしく怒鳴った。男は「うるさい」と怒鳴り返し、また懐から竹筒爆弾を出して点火した。巡査たちは散らばり、また身を伏せる。男はさっきより大きく振りかぶり、巡査の隊長めがけて爆弾を投げつけた。隊長が後ろへ飛び退《すさ》った。

二発目の爆弾も、手前の畑に落ちて爆発した。それを見た巡査たちが、次々に立ち上がった。しかし、間合いを詰められずに遠巻きにするだけだ。そのとき、男がはっとしたように後ろを振り向いた。小野寺も反対側の窓に目を向けた。すると、そちらの側からも巡査の一隊が駆け付けて来るのが見えた。挟み撃ちで、男はもう袋のネズミだ。

男は仁王立ちになり、前と後ろを交互に睨んだ。それから、おもむろにもう一本の爆弾を取り出した。様子からすると、最後の一本らしい。草壁はそれを見てぎくっとし、車両の前の乗降用デッキに走り出た。小野寺も急いで後を追った。

「やめろーッ」

デッキに出た草壁は、男に向かってあらん限りの声で叫んだ。男は一瞬、ちらりとこちらを見たが、すぐ畦道の巡査たちに向き直った。そして、ニヤリと笑みを浮かべると、導火線に火を点けた。

また投げつけるかと思いきや、男は爆弾を持ったまま走り出した。驚いた巡査たちが、後ろに下がる。小野寺が為《な》す術《すべ》もなく見守っていると、畑の真ん中に来たところで男は急に立ち止まり、膝《ひざ》をついて背を丸めた。

「あの馬鹿め」

草壁が呟いた直後、爆発音が響き、男の姿は黒い煙に包まれた。

「いったいこれは、何事だったんですか」

デッキから線路敷に降り、畑を取り巻いている巡査たちに近寄った草壁が、大声で尋ねた。巡査たちの囲んでいる真ん中には、男がボロボロになって突っ伏している。あのぐらいの量の黒色火薬なら、体が吹き飛ぶほどではないにしても、胸から腹にかけて致命傷を負ったに違いない。まず、即死だろう。

その声を聞いた巡査の隊長が振り向き、草壁を睨みつけた。

「お前たちには関わりない。列車に戻っておれ」

草壁がさらに何か言おうとするのを抑え、小野寺は前に出た。

「鉄道局の小野寺です。あの男は、列車を狙ったんですか」

こちらも役人だ、と知ると、隊長は眉を上げ、忽《たちま》ち態度を和らげた。

「これはどうも。熊谷警察署の城田《しろた》警部補です」

「あの男は何者です」

草壁が聞くと、城田はその風体を見て、これも役人なのかと訝《いぶか》しんだようだが、隠すことなく答えた。

「秩父で蜂起した、自由民権派の残党です。見ての通り、火薬を集めて爆弾を作っておったのです。隠れ家を突き止めて乗り込んだんだが、その場では逃げられ、ここまで追って来たわけでして」

城田はいくらか面目《めんぼく》なさそうに言った。

「その男、線路に向かって逃げた、ということですか。何をする気だったんでしょう」

小野寺が聞くと、城田は、それは自明だとばかりに列車を指差した。

「もちろん、汽車を爆弾で転覆させるつもりだったのでしょう。いや、危ないところでした」

「あの爆弾で汽車を、ですか」

小野寺の頭に、秩父の残党は鉄道を恨んでいるだろうとの奈良原の言葉が甦《よみがえ》る。だが少し考えてみると、理屈に合わなかった。

「そうではなさそうです。あの竹筒の火薬ぐらいでは、線路や汽車を吹き飛ばすのはとても無理ですよ。高利貸しの店先をめちゃめちゃにする程度が関の山でしょう」

「え、しかし……」

小野寺の指摘に戸惑いながら、城田は男の死骸に目をやった。

「捕まるまいと自決までしたんですから、何か大きなことを企んでおったはずですぞ。奴はあの爆弾でも、汽車を吹き飛ばせると思ったのではないですか」

「そりゃあるまい。自分の扱う爆薬の力も知らずに、爆弾を作る奴が居るものか」

草壁にいなされ、城田はむっとしたようだが、反論はなかった。

「草壁さん、あの男、爆弾で何をしようとしていたと思いますか」

小野寺が考えを聞いてみたが、草壁は肩を竦めただけだった。

「これから考えるさ」

「とにかく、汽車にはもう危険はない。ここは我々に任せて、出発して下さい」

少々苛立ってきたらしい城田が言った。早く邪魔者を追っ払いたいのだろう。まあ、小野寺としてもここに長居をするつもりはない。列車もあまり遅らせるわけにはいかない。草壁も同じ考えらしく、わかったと言ってさっさと背を向け、列車に戻り始めた。小野寺も城田に礼を言って、すぐに取って返した。

機関車の横に来ると、機関士はまだ半ば呆然とした様子で、爆発のあった畑の方を眺めていた。

「もういいですよ。出発させて下さい」

小野寺がそう言ってやると、機関士は明らかな安堵《あんど》の表情を浮かべた。

高崎に着いたのは、十時五分。所定では九時三十二分着なので、三十三分の遅れだ。とは言え、鉄道ができる前は東京から三日はかかったので、文明とは実に有難いものである。

「これはこれは、遠路はるばるお疲れ様です」

ホームに降り立つと、駅長の渡野目《わたのめ》広宣《ひろのぶ》が、すぐさま寄って来て敬礼し、深々と頭を下げた。駅長と言えば名士で、だいたい偉そうな者が多いのだが、渡野目の物腰は丁寧《ていねい》過ぎるくらいで、小野寺は恐縮しかけた。

「いえ、私たちこそいろいろとご面倒をおかけします」

そう言ってこちらも深くお辞儀したが、草壁は相変わらず、横柄と紙一重だ。

「やあ、お世話様です。いろいろお願いするかも知れんので、よろしく」

顔を上げた渡野目は、気を悪くもせず大袈裟に頷いてみせた。

「ああ、あなたが草壁さんですか。井上局長閣下直々のご推薦と伺っております。このたびは、誠にご苦労様です。ご用があれば、何なりと承《うけたまわ》りますので」

草壁のことを余程の大物と思っているのだろうか。まあ、井上局長と奈良原社長の意を受けて出張ってきたとなれば、駅長としては粗略《そりゃく》にできまい。

渡野目は、ちょっと失礼しますと言って小野寺たちの乗って来た第一列車に出発合図を送った。第一列車は汽笛を鳴らし、終点の前橋に向けて発車した。応対の腰は低いが、さすがに仕事はきびきびしている。

「深谷《ふかや》駅からの電信によると、爆弾騒ぎがあったそうですね。列車にもお二方にも、何事もなくて本当に良うございました。列車を狙った事件なら、大変なことです」

列車を送り出してから、渡野目は眉をひそめ、本当に心配げな様子で言った。小野寺は、大丈夫ですよと手を振った。

「手製の爆弾を作っていたらしいですが、威力は大きいものじゃありません。警察から追われ、苦し紛れに持っていた爆弾を使った、というところでしょう」

「これで終わればよろしいんですが。その爆弾男は、どうなりましたか」

「逃げ切れないと悟り、自分の爆弾で自決しました」

渡野目は、「なんと」と呟き、嘆息した。

「お聞き及びかどうかわかりませんが、去年この駅が開業するとき、事件がありまして」

「自由党《じゆうとう》の一派が、開業式を襲う計画を立てていたことですな」

小野寺は、思わず草壁の顔を見た。最初の話のとき奈良原は触れなかったが、草壁の言う通り、群馬自由党の一派が、去年五月に高崎駅での開業式典を狙って蜂起しようと企んだ事実があり、小野寺も小耳に挟んでいた。開業式が五月から六月二十五日に延期されたので、計画が頓挫《とんざ》したこともあって、大きく報道されたような記憶はない。

「草壁さん、その事件、知ってたんですか」

小野寺が小声で聞くと、草壁はさも当然という風に言った。

「下調べくらい、してあるさ」

「恐れ入りました。その連中が、またぞろ鉄道を襲う計画を立てたのなら一大事だ、と存じまして」

「その心配には……」

及びません、と小野寺が言おうとするのを、草壁が遮った。

「鉄道を襲うかどうかはわかりませんが、何か企んでいるようではありますな。一つ気になるのは……」

草壁は、勿体をつけるかのように咳払いをした。

「あの爆弾男が、群馬へ向かう下り列車で逃げようとしたことです」

「列車で逃げようとした、ですって」

小野寺と渡野目が、ほとんど同時に声を上げた。

「あそこで列車に乗り込もうとした、と言うんですか」

「ここへ着くまでに考えたんだがね。列車を転覆させるつもりはないとしたら、あの爆弾は脅しだ。恐らく、警察に見つかったので駅には行けず、途中で列車を止め、機関士を爆弾で脅して乗り込むつもりだったんだ」

「機関士と乗客を人質に取る気だったんですか」

渡野目が身震いした。草壁は首を横に振った。

「人質を取るなら、警官たちに囲まれたあのときこそ、そうすべきだった。それはできたはずだが、奴は自死を選んだ。ならば、人質が目的ではない。列車に乗って逃げたかったんですよ。だが、巡査に追い付かれて思う通りにいかなかった」

「ではその、爆弾を作った男は、群馬を目指していたと言われるんですか」

「ただの偶然ならいいんですが、そうでないとしたら、奴らはこの地で何か起こす気でいるのかも知れない。心に留めておいた方がいいでしょう」

小野寺は、ぎくりとした。そこまでは考えていなかった。渡野目は、生真面目《きまじめ》な顔で「承知いたしました」と神妙に頷き、その後気を取り直したように話を変えた。

「さて、どうしましょう。まず、宿の方へ落ち着かれますか。駅を出て通りを先に行った新町《あらまち》にある、河田屋《かわたや》というところです」

渡野目はそう言って、案内する駅員を呼ぼうとしたが、草壁がとどめた。

「いや、まず一〇二列車が出発したときの様子を知りたい。貨車への積み込みを扱ったのは、誰ですか」

「はい、それなら貨物掛《がかり》の萩山《はぎやま》という者です。今は駅に居りますので、ここへ呼びましょう」

「いや、及びません。積み込みの現場も見たいので、こっちから行きます。案内を願います」

渡野目は、ずいぶん忙《せわ》しい男だと思ったかも知れないが、愛想笑いを浮かべ、自ら案内して貨物掛のもとへ向かった。

高崎駅は木造瓦葺《かわらぶ》きの平屋だが、間口はかなり広く、それなりに大駅の風格を備えていた。

ホームには立派な大屋根も付いている。その駅舎と大屋根のいちばん端のところに、貨物の積み込み場があった。屋根の下には、生糸らしい梱が二十ばかり置かれ、貨車へ積まれるのを待っていた。

渡野目は左右を見回し、人足《にんそく》に何か指図していた駅員に目を留めると、手を上げて呼んだ。

「おうい、萩山君。こっちに来たまえ」

萩山と呼ばれた駅員は、渡野目の顔を見ると急いで駆け寄って来た。

「はい、駅長。何でしょうか」

「こちらは本社から来られた、草壁さんと小野寺技手だ。例の一〇二列車がここを出たときのことを聞きたいとおっしゃる。君が知っていることは、何でも全部お話しするように」

「はあ、わかりました」

萩山は、草壁と小野寺をいくらか不安げな目付きで見て、一礼した。

「萩山吾郎《ごろう》と申します。わざわざ東京からお越しですか。ご苦労様です」

「仕事の邪魔をして申し訳ない。ちょっと時間を貰って、一〇二列車のことを聞かせてくれるかい」

草壁が如才《じょさい》なく言うと、硬くなっていた萩山の表情が、少し緩んだ。

「承知しました。立ち話も何ですから、むさ苦しいところですけど、あちらの詰所へどうぞ」

招じ入れられたのは、構内の隅にある小屋だった。西側のすぐ脇の柵の外には、大きな木造の倉庫が三棟ばかり並んでいる。大宮ほどではないが、高崎駅も街並みからは離れているので、駅の周りには建物があまりない。裏手になる東側は、一面の田んぼだった。その中で、三棟の大きな倉庫はずいぶん目立つ。詰所の小屋が押し潰されそうに見えた。

「あの倉庫は、ここから積み出す貨物のためのものかな」

草壁が指差すと、萩山が頷いた。

「はい。この町の商店が共同で建てたもんで、貨車に積む前に一旦、集めた荷をしまっておくための建物です。だいたいは生糸ですが」

「じゃあ、あの日の一〇二列車に積んだ荷も、ここへ集められてから貨車に積んだのか」

「そうです。一〇二列車には貨車を八両用意できたので、荷主さんから発送を頼まれたうちの八両分を積みました」

詰所の小屋に入った三人は、置いてあった丸椅子にそれぞれ腰を下ろした。草壁が、確かめるように質問を続ける。

「分量はどれくらいかな」

「一両分でだいたい五ないし六トン、つまり千五百貫くらいですから、満載するとその八倍、一万二千貫ほどですかね。生糸が六両、野菜が二両分です」

「ふむ、結構な量だな」

草壁は、頭の中で積荷の嵩《かさ》を考えて、感心しているようだ。小野寺はニヤリとした。貨物列車の輸送力は、大八車などと比べると桁《けた》違いである。今さらながら、草壁も鉄道がどれだけ人の役に立つか、改めて感じ入ったのだろう。

「それで君、三十七号貨車の千両箱については、聞いているかね」

「ええ、話は聞きました。ですが、そんなものが積まれたなんて、全然気付きもしませんでしたよ」

萩山は困った顔をした。駅長などから、なぜそんなものが積まれたのを見逃したかと叱《しか》られたのだろう。

「警察は来たかい」

「はあ、巡査が二人来ました。ですが、千両箱なんて気付きもしなかったし、その気になれば積み込むくらい誰でもできるだろう、と話したら、すぐに帰りました。どうやって貨車に積んだかより、荷主の方が気になるみたいで」

三十七号貨車の荷主は、発送伝票から、この高崎の本町《もとまち》に店を構える加納《かのう》商店であることがわかっている。警察としても、加納商店をまず疑うのは道理だろう。

「気付かれずに千両箱を積み込むには、どうしたらいいんだ」

「なに、別に難しい話じゃありません。私も、積み込みのときは荷が盗まれないよう見張っていますが、正直、ずうっと間なしに荷を見続けているわけではないし、私が目を逸らした隙に積み込むことはできると思います。私も、目を光らせているのは持ち出されるものに対してで、持ち込まれるものについては、甘くなってしまいますね」

「積み込みの人足は、鉄道の雇員《こいん》じゃないんだね」

「ええ、大概は荷主の店で用意して、賃金を払ってます」

ならば、一人ぐらい外から紛れ込んでも、気付かないかも知れない。

「積み込みは、いつ終わらせたんだ」

「昼前、十一時頃だったと思いますよ。発車の三時間半ほど前ですね」

「貨車はそのまま置いてあったのかい」

「そうですねえ。二時間は放ったらかしでしたね。午後の一時過ぎになって試運転列車が着きまして、貨車と連結して一〇二列車に編成する作業をやってたんですが、それまでは、誰も見ていないうちに貨車の扉を開けて千両箱を仕込む、なんてこともできたと思います」

「貨車の扉には南京錠《ナンキンじょう》がかかっているのでは？」

「かかってますが、金具なんぞを使って錠前を破る、というのは珍しくもないでしょう」

しまった、と小野寺は思った。三十七号貨車の南京錠を調べれば、道具を使って無理に開けたかどうかわかるだろうに、現物はもう三十七号貨車と一緒に処分されてしまっていた。

「一〇二列車がここを発車するとき、三十七号の南京錠はかかっていたんだね」

「私は荷積みが終わった後は休みでしたから、発車するときは見てません。でも、開いていれば発車のときに駅員か車掌が当然気付きます。何か変なことに気付いたって話は、聞いてませんがねえ」

残念ながら、一〇二列車について萩山から聞き出せたのは、そのくらいだった。これでは、犯人について何一つわかっていないのと同じだ。草壁と小野寺は、萩山に礼を言って駅長室に戻った。

「如何でしたか」

二人は渡野目駅長の、興味に輝く目に迎えられた。事件の手掛かりと言うほどのものは出て来ない、と言うと、渡野目も仕方ないですね、と肩を竦めた。

「次はどうされます。やはり荷主ですか」

「ええ、加納商店さんに伺って来ようかと。道は……」

「中山道へ出て北の方へ歩けば、見つかります。今すぐ行かれるんでしたら、宿も通り道ですから、取り敢えず荷物を置かれては。宿まではうちの者に案内させます」

渡野目はそう言うと、小野寺に礼を言う間も与えず、駅の雇員を呼んだ。


駅の前から真っ直ぐ延びる通りは、駅のために作られた新道で、街に入ると中山道に突き当たる。その辺りが新町《あらまち》の中心で、宿の河田屋は中山道を右に折れてすぐのところにあった。立派な構えの二階建ての宿は、思いのほか新しく見えた。部屋に入って仲居に聞いてみると、五年ほど前に大火があって以前の建物が焼けてしまったので、建て直したという。火事は災難だが、建て直された部屋はなかなか快適で、何日逗留《とうりゅう》することになるかわからない身としては、有難かった。

加納商店の場所は、帳場で聞くとすぐにわかった。宿から四、五町（約四、五百メートル）ほど行ったところで、かなり大きな店だから見逃すことはない、と言われた。中山道は本町まで行くと左に折れているが、その角を曲がると、加納商店と大書きされた看板が見えた。加納商店を含めたその界隈《かいわい》の建物は、やはり大火のせいだろう、新しいものが多かった。

事前に渡野目が話を通していたらしく、店に入って番頭に来意を告げると、すぐに奥へ通された。言われるまま八畳の座敷に落ち着くと、すぐに店主が姿を現した。

「加納清三《せいぞう》でございます。東京から遠路ご苦労様でございます」

加納は、渡野目と同じように労《ねぎら》いの挨拶をすると、畳に手をついた。四十を二つ三つ出たくらいの、なかなか端整な容貌の人物である。芸者衆などにはさぞ人気があるだろう。

「草壁と申します。日本鉄道より委嘱され、先般大宮駅で起きた脱線事故について調べております。こちらは日本鉄道技手の小野寺君です」

さすがに加納の前では、草壁も折り目正しい挨拶をした。

「ご多忙の中、ご厄介をおかけいたします」

「ご厄介などと、とんでもない」

加納は、真面目な顔でかぶりを振った。

「私どもが発送した荷の中に千両箱があったということで、警察から痛くもない腹を探られて、往生いたしておりました。鉄道の方で別にお調べいただけるなら、誠に有難いお話です」

「痛くもない腹、と言われますと、警察はやはり、千両箱の出元は加納さんだと考えているわけですな」

「左様でございます。千両箱の積まれていた貨車の荷主が私どもでしたので、当然千両箱も私どもが積んだに違いない、ということで。そう思われるのはわかりますが、あまりに芸のない話と申しますか、そもそもなぜ、私どもが千両箱など運ばねばならないのですか」

「確かに。一応お伺いしておきますが、加納さんのところでは、商《あきな》いの取引に小判を使われる、ということはないんですね」

「全く無いとまでは申しませんが、今は無論、ほとんどが紙幣です。ただ、ご存知の通り紙幣には政府紙幣やら国立銀行の出した紙幣やら種類があって、相場も若干異なりますから、面倒と言えば面倒ですが」

「そうですな。ですが今後は、三年ほど前にできた日本銀行が一手に紙幣を発行するようにして、統一を図ると聞き及びます。そうなれば、ずいぶんとわかり易くなるでしょう」

草壁は世間話のような調子でそんなことを言ったが、小野寺は驚いた。今後、日本銀行が紙幣を一括するというのは確かだが、まだ世間一般が広く知るところではない。そういう知識を、草壁はいつ溜めこんでいるのだろう。

「おっしゃる通り、そうなればよろしゅうございますな」

加納も大店《おおだな》の主人らしく、そういう話は承知しているらしい。草壁は頷いて先を続けた。

「千両箱が加納さんのものでなければ、いったい誰のものか、お心当たりはありませんか」

「いや、それで正直、困惑しております。御一新《ごいっしん》からしばらくの間は、小判も普通に使っておりましたから、私どもの蔵にも千両箱はありました。それはもうございませんが、他の商家や近郷の名主《なぬし》など、隠し金として持っておられる方はあるかも知れません」

「隠し金、ですか」

草壁が加納の漏らした一言を繰り返すと、加納も気付いて慌てて言い添えた。

「これは不用意なことを申しました。そうです、警察ははっきりとは口に出しませんでしたが、明らかに小栗上野介様の隠し金とあの千両箱を結び付けております」

「加納さんのお考えは、違うのですか」

「さあ、それは」

加納は首を傾げた。

「私としましては、何とも申しようがございません。小栗様は、江戸でのお役目を辞されて権田村《ごんだむら》に移られるとき、御一行をお見かけしただけです。ですが、隠し金の気配など全く見えませんでした。今でもかまびすしく騒ぎ立てる者が居りますが、実際にその金を目にした者の話は、聞いたことがございません。私はもう、与太話だろうと考えております。まさか警察が本気で探索してくるなどと、思いもしませんでした」

「そうですか。よくわかりました」

草壁は隠し金の話を、そこでひとまず打ち切った。

「加納さんの荷ですが、全て生糸だったんですね」

「はい、そうです。列車が出る前日までに駅の横の倉庫へ集めていたものです」

「倉庫から貨車に積むまでは、加納さんのところで雇った人足が扱ったんですね。駅の貨物掛からはそう聞いていますが」

「より正しく申しますと、私どもが頼んだ木島組《きじまぐみ》という運送店の人足です。生糸などを荷車で運ぶときも、そこに頼んでおります」

「身元は確かなんでしょうか」

「は？　ええ、木島組さんとは長いお付き合いで、他のお店の方々も取引されていますし、近頃は御城跡に入った陸軍の連隊の御用も請け負われているそうです。ですが、人足一人一人となりますと、それは木島組さんでお確かめいただかないことには……」

もっともな話だ。木島組自体は間違いのない運送業者のようだが、人足は日雇いであろうから、身元が確かな者ばかりではあるまい。

「木島組さんの人足の誰かが、私どもの荷に千両箱を紛れ込ませたとお考えでしょうか」

逆に加納の方から聞いてきた。草壁は思案顔をしてみせた。

「加納さんではないならば、そう考えるしかないでしょう。貨物掛も、自分の隙を見て千両箱を運び込むことはできなくもない、と認めています」

「いったい、何のためにそんなことをしたんでしょうなぁ」

加納は呟くように言って、首を捻った。

「今のところは、それが一番の謎です」

草壁も、五里霧中なのをあっさり認めた。

「草壁さんは、隠し金のことをどう思われますか。本当にそんなものが、あるんでしょうか」

「どうでしょうねぇ。実際に目の前に現れない限り、あるとは言えないでしょうな」

草壁は曖昧《あいまい》に答えた。

「幽霊を追いかけているようなものでございますな」

加納は腕組みして嘆息した。


木島組の店は、中山道を新町《あらまち》の方へ戻る途中にあった。加納商店に行くときに、前を通っている。店の脇には荷車が並び、馬も何頭か繋がれていて、活気のありそうな感じだ。暖簾《のれん》を分けて店に入ると、帳場に居た番頭が顔を上げたが、二人の姿を見た途端、顔が強張《こわば》った。

「何かご用で?」

尋ねてくる言葉もつっけんどんだ。明らかに余所者《よそもの》とわかる二人を警戒しているのだろうか。小野寺はちらと自分の服装《なり》に目を落とした。東京では普通だが、シャツに上着にズボンという洋装の小野寺は、この高崎の町では広告看板並みに目立った。

「ああ、ちょっとお尋ねしたいことがあって。加納商店さんにこちらを聞いてきました。東京から来た草壁と言います」

草壁は、懐から小野寺が用意して渡しておいた名刺を抜き出した。

「ああ、鉄道のお方でしたか。これは失礼いたしました」

番頭の愛想が目に見えて良くなり、生憎《あいにく》主人は出かけておりますが、自分がお話を伺いますと、二人を座敷に上げた。

「おかげさまで、鉄道の皆様にはご贔屓《ひいき》を賜《たまわ》っております」

丁寧にそう挨拶されてみれば、確かに運送店は、近隣の荷を駅に運んで荷役をすることが生業《なりわい》だ。日本鉄道が開通して荷動きが大幅に増えているはずだから、木島組は鉄道のおかげで潤《うるお》っていると言えるだろう。

「実は、大宮で脱線した貨物列車のことを調べていましてね。加納さんの荷を積んだ貨車から千両箱が見つかった件は、ご存知と思いますが」

草壁がそう切り出すと、永井《ながい》と名乗った番頭は、大きく頷いた。

「やはりそのことでしたか。新聞に出ましたし、警察がここへも調べに来ましたよ」

「こちらで雇った人足が、千両箱を積んだのではという調べでしたか」

「左様です。生糸など大事な荷を扱うわけですから、人足はできるだけ身元の確かな者を雇うようにしているんですが、全てを確かめるわけにもまいりませんので」

「身元を偽る者がいないわけではない、ということですか」

「有《あ》り体《てい》に申しますと、そのようなことで」

それから永井は、声を低めた。

「ご承知かも知れませんが、埼玉県から群馬県に数多くある養蚕農家は、一昨年《おととし》からの生糸相場の値下がりで、ずいぶんと苦しくなっておりまして。高利の金を借りて返せなくなり、逃げ出した者も大勢居ります。そういった連中が流れて来て、人足などの口を探すんです」

「なるほど。借金に追われて逃散《ちょうさん》した人なら、身元を偽ることもあるでしょうな」

「それだけではございません。去年秩父で起きたあの騒動のことですが」

ああ、と草壁も小野寺も頷いた。永井の言うのはまさしく先日、奈良原社長が口にしていた秩父事件だ。

「あの事件に関わって、警察から追われている者もこの辺に入り込んでいるようです。私どもの店の人足に紛れていないか、というお調べも一度ならずありました」

「この上州は、連中を指導した自由党の力が強いですからな。秩父に先立って、群馬事件というのもあったそうですな」

「はい、ちょうど一年ほど前になります。高崎駅の開業式を襲う計画が駄目になり、妙義山《みょうぎさん》の麓《ふもと》の辺りで蜂起しました。おっしゃる通り秩父の先触れのような騒動でしたが、竜頭蛇尾《りゅうとうだび》と申しますか、最後は腰砕けであっけなく終わりました」

永井は、困ったものだというように首を振った。

「いずれにしましても、私ども商売をやる者にとりましては、迷惑な話です。農家が困窮しているのはわかるんですが」

確かに加納商店や木島組にしてみれば、大金を扱っているというだけで襲撃の対象になりかねない。しかし、貧乏御家人《ごけにん》の倅《せがれ》で御一新直後は苦しい暮らし向きを強《し》いられた小野寺としては、困窮する農家の方にどうしても肩入れしたくなる。蜂起は良くないが、誰もが平等に生きられるようにという自由民権思想には、心惹かれるものがあった。草壁の手前、今ここでそれを口に出すつもりはなかったが。

「それで、加納さんの荷を積んだ人足には、怪しい者は居なかったんですか」

草壁は本題に戻って確かめた。永井は、自信ありげに「はい」と言い切った。

「ただ、気になることがございます。警察は、どうもある男に目を付けているようです」

「ほう、ある男、とは」

草壁は、俄然《がぜん》興味を引かれたらしく、目が鋭くなった。

「栗原弥助《くりはらやすけ》という人です。実はこの男、小栗上野介様のもとで従者をしていたのです。どうも、警察はあの千両箱が、小栗様のいわゆる隠し金の一部と疑っているのではないかと」

またその話か。やはり警察は、隠し金の証拠を摑《つか》もうと躍起になっているのだ。

「栗原さんとやらが人足に紛れ込んで、千両箱を積んだと疑っているわけですか」

「そうなんです。ですが、先ほども申しました通り、そんな人は入っていません。私は、栗原さんを知っているんです。顔を見れば、すぐわかります」

「え、お知り合いなんですか」

小野寺は驚いて、つい口を出した。草壁が横目でちらりと小野寺を睨んだ。

「はい。小栗様が亡くなった後、うちの仕事をしたこともありますので」

「ふむ。それで栗原さんは、今はどこに住んで何をしてるんですか」

「本郷《ほんごう》という村で製糸場の手伝いをしています。近郷の大名主の、新浪市左衛門《にいなみいちざえもん》さんの口利きだそうで」

新浪市左衛門？　その名を聞いた小野寺は、おや、と思った。聞き覚えのある名だ。さて、どういう関わりだったろうか。

新町《あらまち》の家並みを出ると、正面の高崎駅の建物がずいぶんと大きく見えた。宿屋など数軒の建物は建っているが、通りの左右は大半が畑で、駅までの視界を遮るものはあまりない。

「どうも駅の周りというのは、どこへ行っても寂しいもんだな」

草壁が左右に目をやって、ぼそっと言った。

「土地が手当てできませんから、街外れに作るしかないんですよ。そのうち、街の方が駅に近付いて来るでしょう。鉄道の便利さについては、だいぶ知れ渡ってきましたから」

「そうかい。それじゃ、あちこちの駅の傍《そば》の田畑を少しずつ買っておけば、十年もしたら大金持ちというわけだな」

金など無いのを承知で、草壁は軽く言った。小野寺は肩を竦めた。

「いっそ鉄道の株でも買っちゃどうです」

草壁は鼻を鳴らしただけで、答えなかった。

駅は、思ったより多くの人で混み合っていた。小野寺はポケットから懐中時計を出して時間を確かめた。午後四時四十分。上野を十二時四十分に出た第五列車が、もうすぐ到着する。この人々は、到着する乗客の出迎えだろう。

「あと五、六分で第五列車が着きます。駅長は今、忙しいんでは」

「そうだな。駅の事務室で待たせてもらおう」

木島組を出てからは、宿へ入っても良かったのだが、草壁が駅長に確かめておきたいことがあると言うので、再度駅に戻って来たのだ。

駅事務室に入って窓の外のホームを見ると、渡野目駅長が列車を迎えるため、ホーム立ちしている姿が見えた。小野寺が内勤掛の駅員に来意を告げると、駅長室に入ってお待ち下さいと言われた。草壁はすぐに駅長室の扉を自分で開け、主のような顔で安楽椅子にどっかりと腰を下ろした。小野寺は横目にその様子を見てから窓辺に寄り、列車の到着を待った。

間もなく窓枠がカタカタと揺れ、辺りの空気を震わせて、活気溢れる蒸気の音と共に、第五列車を牽く十二号機関車が、その黒々とした偉容を現した。ちらりと窓越しに改札口付近を見ると、出迎えや見物の人々の中には、ポカンと口を開けて、畏怖《いふ》するように目の前を通り過ぎる機関車を見送っている人も居た。今日初めて、汽車を目にしたのかも知れない。

小野寺は微笑を禁じ得なかった。何と言っても、鉄道の魅力を体現するものは、機関車をおいて他にない。小野寺自身、煙と蒸気を噴き上げて驀進《ばくしん》する機関車を見るたび、血が沸きたつような心持ちになった。

(やはり、機関車はいいな)

目を細めていると、ブレーキの軋《きし》む音が響き、第五列車はゆっくりと停止した。駅員が小走りに扉の掛け金を外していく。第五列車は高崎が終点なので、扉を開けた乗客が一斉に降り始めた。早々に待ち人を見つけた出迎えの面々が、柵から身を乗り出して手を振った。

中等車から、一人の若い女性が降りて来た。当世風に着物と袴《はかま》姿で、婦人用の鞄《かばん》を自分で持っているところを見ると、下女を連れない一人旅のようだ。近頃はこういう女性も増えて来たなと思いつつ目を逸らしかけて、小野寺は固まった。慌てて見直し、間違いないのを確認する。そして、啞然とする内勤掛には目もくれず、脱兎《だっと》の如く駅長室を飛び出すと改札へ駆け寄った。

降車客の波の後ろの方から、その女性は改札にやって来た。優雅な手つきで改札掛に切符を渡すと、そのまま改札を出、顔を正面に向けた。小野寺は、怒鳴りたい気持ちを抑えてその名を呼んだ。

「綾子！」

呼ばれた女性は、にっこり笑って小野寺の前に歩み寄った。

「あら乙《おと》さん、ご機嫌よう。まさかお出迎えではありませんよね。駅にはお仕事ですか。ほんとに、ちょうどよろしかったわ」

第三章　優雅なる助っ人

「いったい全体、何だってこんなところに居るんだ。家で留守番のはずじゃ……」

あまりの驚きに口を開けたり閉じたりした後、ようやく小野寺は言った。今朝早く、行ってらっしゃいませと家の玄関で小野寺を送り出したはずの女房が、どうしてその日の夕方に高崎に現れなくてはならないのだ。だが、綾子は焦る小野寺を軽くいなした。

「だって、一人で家に居てもつまらないでしょう。上州は私の母の出たところですもの。高崎の周りにも親戚がいっぱい居ますし、しばらくお会いしていない方もおられますから、乙さんが高崎へ出張なさるって聞いて、いい機会だと思って」

「お兼さんはどうしたんだ」

「七日ほど、暇をあげましたの。横浜《よこはま》の息子さんの様子を見に行ける、って喜んでましたわ」

「それで、どこへ泊まるつもりなんだ」

「大八木《おおやぎ》村《むら》の田倉《たくら》の叔父様のところに。昨日のうちに電報を打っておきましたから、迎えが来ていると思います」

昨日のうちだと。では、今朝は知らん顔で自分を送り出したというわけか。小野寺が怒ると、綾子はあっさり切り返した。

「だって、先にこんな話をしたら、駄目だっておっしゃるに決まってますもの。それなら、不意打ちに限りますでしょ」

「田倉の叔父さんたちに知れたら、大目玉を食らうぞ」

田倉の叔父、とは綾子の母のすぐ下の弟だ。小野寺もさほど知っているわけではないが、どちらかと言えば昔気質《かたぎ》だろう。新妻が夫の留守に断りもなく一人で遠出しているとなれば、雷の一つも落としてくれそうだ。

「あら、叔父様はそんなに堅物ではありませんことよ。それに、あなたのご出張にお供して行くと伝えてますから、心配には及びません」

お供してって……勝手にそんな話を作られてはたまらない。

「お前、こっちに滞在してどうするつもりなんだ」

「さっきも言いましたでしょ。しばらくお会いしていない親戚を回って来ます。お仕事の邪魔はしませんから」

嘘だ。綾子は絶対、何か企んでいる。おそらく興味本位で、こちらの探索仕事に首を突っ込んでくるつもりだ。綾子は以前から小野寺の仕事、特に草壁とやって来た事件の調査に並並ならぬ関心を寄せて、いろいろ話を聞きたがっていた。今回、それを直に見聞きする機会を得て、乗り出して来たに違いない。好奇心と向こう気が人一倍強い綾子のことだ。策を弄《ろう》して一人で高崎へ出向くくらい、何でもあるまい。

さらに小野寺が追及しようとすると、駅長室の扉が開いて草壁が出て来た。どうやら駅長との話は終わったらしい。

「何だ、こんなとこに居たのか。話は済んだぞ」

そう言いかけて草壁は、綾子に気付き、目を丸くした。

「まあ、草壁さん。ご無沙汰しております。いつも小野寺がお世話になっております」

綾子が先に、丁寧に腰を折って挨拶した。

「ああ、いや、どうも。こいつは驚きましたな」

さすがの草壁も、ややうろたえ気味に頭に手をやった。

「おいおい、小野寺君。綾子さんが来るなんて聞いてなかったぞ」

「僕だって知りませんでしたよ」

怪訝《けげん》な顔をする草壁に、小野寺が説明しようとすると、綾子が先に口を出した。

「いいえ、私の方で勝手に参りましたの。この辺りの親戚巡りを久しぶりにと思いまして」

「ほう、そうですか。そう言えば御母堂《ごぼどう》はこちらのご出身でしたな」

草壁はそう言いながら小野寺と綾子を交互に見て、だいたいの状況を理解したらしくニヤリとした。

「小野寺君も、奥方が近くに居れば、出張中でも何かと助けになるだろう」

「ええ、夫を助けるのは妻の務めですもの」

綾子は冗談とも本気ともつかぬ台詞を吐いて、可笑《おか》しそうに笑った。

「本当の話、この辺りで何かお調べがあるのでしたら、うちの親戚たちが何かお役に立てるかも知れませんので、どうぞ遠慮なくお申し付け下さいませ」

「ああ、それは助かりますね」

草壁は真顔で言った。確かに、例えば栗原という男に会おうとしても、いきなり東京から来た人間が顔を出しては煙たがられる。綾子の親戚筋を通じての話であれば、村でも邪険にはされないだろう。

そこで小野寺は、はっと思い出した。

「綾子、新浪市左衛門って確か親戚に……」

綾子はすぐに反応した。

「まあ、新浪の大叔父様ですか。どうして市左衛門さんが？　ああ、もしや今のお調べに関わりが出て来たのですね」

木島組で聞いたとき、どこか聞き覚えのある名だと思った。小野寺も直接会ったことはないが、結婚式には新浪の名で立派な祝いの品が届けられていた。丁重に礼状と内祝いを返したが、それ以来、名を耳にしたことは今日までなかった。栗原のことでは新浪に話を聞かねばならないが、綾子の親戚となると話が早くなり、小野寺としては大いに助かる。だが問題は、綾子の目が急に輝き出したことだった。

「私は長いことお会いしてませんけど、田倉の叔父様ならすぐ話が通じるでしょう。早速叔父様に頼んで市左衛門さんに使いを出してもらいます。何でしたら、私もご一緒に……」

「ああ、いやいや、そこまで煩《わずら》わせては申し訳ない。話を通していただくだけで充分です」

草壁がそう言ってくれたので、小野寺はほっとした。綾子の方は、ひどく残念そうな顔になった。

そこへ、人力車夫の姿をした四十くらいの大柄な男が、急ぎ足で近寄って来た。

「あのう、失礼でがんすが小野寺様の奥様で？」

「はい、そうですが」

「大八木村の田倉の旦那《だんな》さんに言われて、お迎えにあがりました。表でお待ちしとったもんで、気付きませんでえれぇお待たせを」

「ああ、そんな。私たちがここで話し込んでましたから」

恐縮する人の好さそうな車夫にそう言ってから、綾子は二人に聞いた。

「お泊りはどちらですの」

「新町《あらまち》の河田屋ですよ」

草壁は小野寺の方を向いて付け加えた。

「何なら君も、綾子さんと一緒に田倉さんのところに泊まっちゃどうだい。俺は構わんよ」

「いやいや、とんでもない」

小野寺は咳払いして、綾子に言った。

「それじゃあ、田倉の叔父上にはよろしく言ってくれ。それから、くれぐれもこちらの仕事の邪魔はしないように」

亭主の威厳をもって告げたつもりだったが、綾子は気軽そうに笑った。

「それでは、市左衛門さんのことについては、後ほどお宿の方へお知らせします。今日はこれで失礼しますね。草壁さん、主人をよろしくお願いいたします」

どっちが保護者かわからない言い方だ。小野寺はいささかむっとしたが、草壁は面白がるばかりのようだ。

綾子は人力車の上からもう一度二人に礼をすると、傾きかけた日に照らされた通りを去って行った。その姿を見送った後、小野寺は草壁に、背中をどん、とどやされた。

「いやあ、なかなかに立派な奥方じゃないか」

「何が立派なものですか。あれこそじゃじゃ馬というやつですよ」

「何の何の、披露宴のときも思ったが、目もきりっとして聡明そうだし、鼻筋も通った美形じゃないか。この上何を望むかね」

「からかうのは止《よ》して下さい。甘やかすと、本気で事件に首を突っ込んできますよ。なまじ女学校を出ているだけに、襖《ふすま》の後ろに控えているだけの昔の女とは違うんだって、はっきり態度に出してますからね」

「女学校出はみんな厄介だ、と言ってるように聞こえるぜ」

「そうは言いませんけど。でもあの、何々ですわ、とか何々ですことよ、っていう、女学校で流行《はや》りだしたらしい言い方は、どうも鼻につきませんか」

「なあに、それが新しい時代の女、ってもんさ。あと二、三十年もすりゃ、女はそういう喋り方をするのが当たり前になってるだろうよ。とにかく俺は、ご婦人でも役に立ってくれるなら大歓迎だが」

「確かに親戚筋を使うということでは、役立つかも知れませんが」

それを認めるのは業腹《ごうはら》ではあるが、致し方ない。

「このまま図に乗らせると、何を仕出かすか」

「そんなに危険かね」

草壁は、相変わらず面白がっている。

「草壁さんの言う通り、頭はいいです。それだけに、余計危険かも」

「それほど危なくは見えんがなあ」

「あの容姿なのに行き遅れてたのは、そういう何を仕出かすかわからない性分のせいです。結婚が決まったとき綾子の家は、盆と正月に神田祭《まつり》と山王祭《さんのうさい》を併せてやったような騒ぎだったそうですよ。僕は迂闊《うかつ》にも気付きませんでしたが」

「そりゃあ、一目惚れしちまったんだから、しょうがない」

「ええもう、放っといて下さい。それより、渡野目駅長とどんな話をしてたんです」

「おおそうだ、忘れるところだった」

草壁がわざとらしく額を叩いた。

「大宮の事故の日、高崎の鉄道員、あるいは最近鉄道を辞めた者で、朝から高崎に居なかった者の心当たりがないかと聞いたんだ」

ああ、そういうことか。小野寺は頷いた。

「高崎で勤務している鉄道員が、大宮まで行ってあの事故を起こしたかも、と見たんですね」

「ああ。千両箱の出元がこっちである以上、高崎側の人間が絡んでいると考えた方が道理に合うからな。しかし、空振りだった」

「高崎を離れていた者は、居なかったんですね」

「うん。当日、萩山さんを含め午後から休みをとった者とか非番になった者が三人ほど居たが、朝から高崎を出ていた者は居ないようだ。それに、高崎駅ができてから今までに、辞めた者は一人も居ないそうだ」

「大宮と高崎の鉄道員は皆、事件との関わりなし、ということですか」

「そうまではっきり言い切っていいかどうかはわからんが、今はこの筋を追っても駄目だな。となると、千両箱の方を調べるしかないか」

「結局、警察と同じ方向に行ってしまいますね」

「そうでもないさ。向こうは隠し金、というか、千両箱の残りを捜す。こっちは、千両箱がなぜ貨車に積まれて、なぜ襲われたのかを探る。切り口は反対と言ってもいい」

そこまで言ってから、草壁は自嘲するように頭を掻《か》いた。

「とは言うものの、やっぱり五里霧中だな。ここは一つ、綾子さんにご出座《しゆつざ》願って、女の勘というやつを働かせてもらっちゃどうだろうね」

「やめて下さい。悪い冗談です」

小野寺は苦虫を嚙み潰したような心持ちで言った。客たちが去ってがらんとした駅前広場に、草壁の哄笑《こうしよう》が響いた。

翌日は、高崎駅や加納商店の周りで、千両箱らしきものを運び込む様子を見た者がいないか、一応聞き回ってみた。大して期待はしていなかったが、やはりこれはという話は拾えなかった。

午後になって宿に戻ると、田倉家からの使いの者が待っていた。見ると、昨日綾子を迎えに来ていた車夫であった。

「ああ、こりゃあ小野寺の旦那さん、昨日はどうもご無礼を。谷川元蔵《たにがわげんぞう》ちゅう者でがんす。田倉の旦那さんの言いつけで、新浪の大旦那さんのところへ行って来ました。書付《かきつけ》を預かっておりますんで」

そう言いながら差し出した書付を受け取り、開いてみると、確かに新浪市左衛門から草壁と小野寺宛の書面であった。明日夕刻にでもお越しいただければ、一献《いつこん》差し上げながら喜んでお話しさせていただきます、と書かれている。小野寺は一読して、草壁に書付を渡した。

「明日、会ってくれるそうです。夕餉《ゆうげ》もご馳走《ちそう》してくれるようですよ」

「ほう、そうか。奥方の威光はなかなかのもんだねえ」

「別に綾子の威光というわけじゃないでしょう。さっきこの宿の主人が言ってましたが、市左衛門さんはこの辺りでは結構な大物だそうです。やはり田倉さんを通じておいて良かったですね」

「うん。では有難くお邪魔させてもらおう。谷川君と言ったか、君、先方にその旨、伝えてくれるかい」

「へい、承知しました」

「市左衛門さんのお宅には、どう行けばいいのかな」

「ああ、ご心配なく。あっしがお迎えに上がります。田倉の旦那さんからそう言いつかっておりますんで」

「そりゃあ助かる。じゃあよろしく頼むよ」

谷川は、それじゃあ失礼します、また明日、と言って宿を出て行った。草壁は土間に下りて、暖簾の間から少しの間、その後を見送り、左右にさっと目をやってから板敷に戻って来た。

「人力車を牽いていないから、今日は俺たちへの使いだけの用事らしいね。明日も送り迎え付きとは、行き届いているじゃないか」

「ええ。田倉さんには、後から挨拶に伺わないといけないですね」

小野寺はそう言いながら、擦《す》り切れかけた着物に袴という、いつも通りの草壁をじろっと見た。もう少しましな格好ができればいいのだが、紋付の羽織など持って来てもいないだろうし、井上局長や奈良原社長の前でもこのままなのだから、言っても無駄だろう。

「ところで小野寺君、ここも少しばかり賑《にぎ》やかになってきたようだぜ」

ふいに草壁がそんなことを言った。

「え？ 何が賑やかなんです。人通りはありますけど、普段と変わらないんじゃ」

「そうじゃなくてさ。今覗いてみたら、谷川君がここへ入って出て行くのを、じっと見てたらしいのが居てね。若い男だが、俺に見られそうになった途端、さっと背を向けたよ」

「何ですって。見張っている男が」

「さっきもね、加納商店の周りで聞き込みをやっているとき、こっちの様子を窺《うかが》っている奴が居たよ。そいつは年格好三十くらいかな。顔ははっきり見えなかったがね」

そんな男にはまったく気付いていなかった小野寺は、慌てて下駄をつっかけると、表に飛び出した。だが、いくら見回しても、それらしい姿を見つけることはできなかった。

翌日、宿の時計が午後四時を指す頃、表に二台の人力車が止まった。一台は谷川の牽く車で、もう一台は谷川より若い頑健そうな男が牽いていた。谷川が、車夫仲間の犬塚《いぬづか》小一郎《こいちろう》と紹介した。彼の弟分らしい。寡黙《かもく》な男らしく、ぺこりと頭を下げただけで何も言わなかった。それでも、田倉家が贔屓にしているだけあって、車の手入れは行き届いており、傷も破れ目もなく、塗装には艶があった。草壁と小野寺が礼を言って乗り込むと、車はすぐに向きを変えて走り出した。

街を出ると、中山道から分かれて北寄りの草津《くさつ》街道を進んだ。今日も晴天で、烏川《からすがわ》の川風が心地良い。街道脇の田んぼでは、田植えが始まっていた。腕組みして車の揺れに体を預けていた小野寺は、いつの間にかうとうとし始めた。

着きましたよ、という声で、小野寺は目を覚ました。車は、武家屋敷かと思うような立派な門の前で梶棒《かじぼう》を下ろしていた。懐中時計を出して見ると、午後五時を少し過ぎたところだ。門の奥の母屋《おもや》から人が出てくるのがちらと見えたので、小野寺は急いで車を降りて酒手《さかて》を渡した。谷川は有難そうに受け取り、終わるまでお待ちしてますから、と愛想よく言った。草壁はもう先に車を降りていて、遠慮のない眼で、新浪家を値踏みするように見ていた。

「いらっしゃいまし。この家の家人で小川惣助《おがわそうすけ》と申します。主《あるじ》、市左衛門がお待ちしております。こちらへどうぞ」

母屋から出て来たのは、四十五、六と見える白髪《しらが》交じりの男で、ザンギリ頭だが髷《まげ》の方がずっと似合いそうな感じだ。小川の案内に従って屋敷内に入る。母屋は巨大と言っていいような二階建てで、その隣には蔵が三つも建っている。奥に馬小屋もあり、色艶のいい馬が二頭、繋がれているのが見えた。やはりかなりの素封家《そほうか》のようだ。

玄関を入ると、玄関の間の畳の上で羽織を着た小柄な老人が待っており、小野寺たちを見ておもむろに頭を下げた。

「新浪市左衛門でございます。ようお越し下さいました」

「東京から来ました草壁です。本日はどうもお招きありがとうございます」

草壁はここでもあっさりした挨拶を返した。小野寺の方は、綾子の親戚に当たることだし、簡単に済ませるわけにもいかない。

「日本鉄道の小野寺です。過日の婚礼の際には、大変ご丁重なお祝いを頂戴し、誠にありがとうございました。早々に御礼にお伺いすべきところ、すっかり取り紛れてご無礼をいたし、申し訳ございません」

「おお、あなたが田倉の綾子さんの……それはそれは。今日はお会いできて良かった」

市左衛門は相好を崩した。

「ささ、お上がり下さい。大したおもてなしもできませんが、まずは一献差し上げながら、ゆるりとお話をお伺いしましょう」

市左衛門は立ち上がり、二人を奥の座敷へと導いた。奥はだいぶ広そうだ。屋根こそ茅葺《かやぶ》きだが、小大名の家老の屋敷ぐらいはあるのではないか。柱に使われている材木も、太さや木目からすると、選《え》りすぐったものらしい。貧乏御家人であった自分の生家と引き比べて、気圧《けお》されそうになるのを振り払い、小野寺は背筋を伸ばした。

「総二階建てとは、立派な御家ですな」

草壁が感心したように言うと、市左衛門は、いえいえ、とかぶりを振った。

「大きく見えますが、二階は全て蚕室《さんしつ》になっておりまして」

「さんしつ？」

「はい、お蚕様《かいこ》の部屋、というわけで」

ああ、と草壁も小野寺も頷いた。蚕を飼っている部屋だ。養蚕農家では、蚕は家の中で大事に育てられている。市左衛門は謙遜しているが、これだけの規模の蚕室を持つ家は、なかなか無いだろう。ますます感心しながら、二人は座敷に座った。

「小栗様が隠居された権田村は、ここから草津街道をずうっと、信濃《しなの》の方へ五里ばかり行ったところにありましてな。江戸でお役を退《しりぞ》かれてこちらにお移りの際、行列を見ました。ええ、覚えております。確か、鳥羽伏見《とばふしみ》の戦の少し後、慶応《けいおう》四年の弥生《やよい》の一日《ついたち》でございましたな。あれからもう、十七年も経つんでございますなあ」

草壁と小野寺からだいたいの顚末を聞いた市左衛門は、用意させた膳から徳利《とっくり》を持ち上げ、二人に注《つ》ぎながらそんな話を始めた。

「小栗様は、官軍に歯向かおうとなさって処刑されたと喧伝《けんでん》されていますが、実際は違うんでしょうな」

草壁が遠慮なく言うので、小野寺はまたひやりとした。綾子の親族が皆、小栗の味方というわけではないだろうが、市左衛門は間違いなく小栗派だ。小栗がろくな調べもなしに斬首されたという話は、巷でも囁かれているが、市左衛門の前でいきなりそれに触れるのは拙《まず》くないだろうか。

一瞬、市左衛門の目元が強張った気がした。が、すぐに元の穏やかな顔で続けた。

「政府の手前、大きな声では申せませんが、官軍はあのとき、小栗様が陣屋《じんや》を構え、大砲を据え付けて立てこもろうとしている、などと言いがかりをつけたのです。無論、根も葉もないことで。陣屋と言われたのは、お住まいになるただの家でした」

「新政府としちゃ、小栗様のような頭の切れる大物を、生かしておくのが怖かったんでしょうな」

草壁はまた、あっさり言い放った。市左衛門の方は、我が意を得たりとばかりに力強く頷いた。

「いかにも左様で。いや、なかなかそんな風に言っていただける方は居りません。それだけでも有難いことで」

市左衛門は頰を緩め、ささどうぞと酒を注ぎ足した。どうやら草壁は、ほんの二、三の会話で市左衛門の懐にうまく入り込んだようだ。

「小栗様は、権田村でどんな暮らしをされていたんですか」

小野寺が聞くと、市左衛門はいかにも残念そうな顔になった。

「畑を作ってお暮らしになっていましたが、新しくお建てになった家では、塾を開かれるおつもりでした。近郷の村から志《こころざし》ある若い者を集めて、新しい世に必要な学問をなさるということで。実はうちの倅も塾に入れていただくはずだったのですが、何も始まらないうちに官軍に……」

市左衛門はそこで目を落とした。

「用水などを引くこともされていまして、それで助かった百姓も多いのですが」

「小栗様の知識があれば、この界隈の村々も大層立派になっていたかも知れませんな」

元八丁堀同心で、世事に通じていた草壁は、幕閣《ばっかく》に居た頃の小栗の評判も漏れ聞いていたのだろう。その言葉に誇張はなさそうだった。

「そのような小栗様を、本来であれば村々で盛り立て、あるいは庇《かば》い立てすべきところ、情けないことに官軍を恐れて刃を向けた連中も居りましてな」

市左衛門の口調が苦々しいものになった。

「小栗様の御一行が権田村に着かれてすぐのことです。野州《やしゅう》の方から流れて来た悪党が、官軍の手先を騙《かた》って、権田村の周りの村の者を脅したり煽《あお》ったりしまして、大勢で権田村を襲ったのです」

「それは、官軍の指図があってのことだったんですか」

「と言いますより、金目当てでございましょう。小栗様が勘定奉行を何度も務められ、幕府の金蔵を差配なすっていた、という話は、誰もが聞いておりましたから、おおかた御一行の運ばれた家財道具を見て、千両箱の山とでも思ったのでしょう」

千両箱という言葉が出たので、小野寺は思わず身じろぎした。小栗の隠し金云々《うんぬん》という話は、この辺から始まったのだろうか。

「その権田村襲撃は、失敗したんですな」

草壁が聞くと、市左衛門は笑みを浮かべて頷いた。

「小栗様は、陸軍奉行もなさったお方です。このときも、権田村には西洋式の兵術を習った元幕府軍の若い衆が十何人も居りまして、小栗様のお指図で待ち構えておりましたのです。相手は千人以上とは言え、烏合《うごう》の衆《しゅう》です。忽ち蹴散らされ、二十人ほども討ち取られて逃げ去ったということです」

「ほう、さすがですな」

草壁も小野寺も下っ端とは言え幕臣だったので、フランス式装備で訓練を受けた幕府軍のことは知っている。小栗がそんな配下を連れていたのなら、ごろつきと百姓の集まりが陸軍の一個小隊に正面から戦を仕掛けたようなもので、勝負にならなかったろう。

「そんなことがありましたので、襲撃に加わった村の者は、今でも小栗様に対して申し訳ないと思う一方、もう関わりたくもない、という気もあるようです。小栗様が賊軍扱いされているという事情もございますから、表立って小栗様を持ち上げるのは難しいのです」

権田村はともかく、周辺では村人の思いもなかなかに複雑なようだ。

「それで、栗原というお人のことですが……」

「おお、そうでした。話がだいぶ逸れてしまいまして」

草壁に促された市左衛門が、膝を叩いた。

「栗原弥助はもとは三《さん》ノ倉《くら》村の出でしてな。伝手《つて》を頼って、江戸で小栗様の従者をしていたこともあります。一時、三ノ倉へ帰っておったのですが、小栗様が権田村に来られるとき、三ノ倉に悪党が入り込んで来たので、小栗様の元へ走って手勢に加わったのです」

「三ノ倉村は、権田村襲撃に加担したんですね」

「左様で。弥助は騒動が終わってからも小栗様のところに居たのですが、小栗様が処刑された後も、三ノ倉へは戻りませんでした」

「自分の村が襲撃に加わったことに、わだかまりがあったのですね」

「はい。かと言って、権田村に弥助の居場所があるわけでもないので、高崎へ出て人足をやったりしていたようですが、権田村の名主から何とかしてやってくれ、と頼まれまして。それで、私の伝手で本郷の方に紹介しましたので」

木島組の番頭に聞いた通りの話だ。草壁はそれを聞いて市左衛門に頼んだ。

「栗原さんにお会いして、ちょっと話を聞いてみたいんですが」

「弥助に、ですか」

市左衛門は小首を傾げた。何の用があるのかと怪訝に思ったらしい。

「実は、貨車から見つかった千両箱に絡んで、警察が栗原さんに目を付けているらしいのです」

「警察が弥助に？　はて、何を……」

市左衛門はさらに大きく首を傾げたが、すぐに納得したようだ。

「ははあ、先刻のお話からしますと、警察は小栗様の隠し金について、弥助が何か知っているのではと思ったのですな」

「そのようですな。ところで……」

草壁は市左衛門の目を覗き込むようにして言った。

「新浪さんは、隠し金の話をどう思われます」

そう聞かれても、市左衛門は動じる様子もなかった。

「一言で申しますと」

市左衛門の口元に、薄笑いが浮かんだ。

「人の欲が生み出した幻、でございますな」

「つまり、隠し金など存在しない、と」

「はい、左様で。小栗様は権田村に移られるとき、荷車で運ばれたもの以外にも舟で運んだ荷物がございましたが、全てお住まいで御入用のものばかり。無論、当座お使いの費用などはお持ちでしたが、何千両というものではない、と聞いております。幽霊の正体見たり枯れ尾花ではございませんが、欲の皮が張った者の目には、箪笥《たんす》長持《ながもち》が千両箱に見えたのでございましょうな」

市左衛門の答えは明快だった。少なくとも、小栗が自身で権田村に大金を運び込んだ事実はないようだ。

「警察も枯れ尾花を追っているわけですか」

「追うのは盗人下手人だけにしていただきたいものです」

市左衛門は、小馬鹿にしたように言って笑った。

「さて、そういうことでしたら承知いたしました。明日、私がご案内いたしましょう」

「おお、新浪さんご自身が。それは有難い。よろしくお願いします」

「何の、お安い御用です。それでは明日、そうですな、お昼前にでもお出かけ下さい。お待ち申し上げております」

市左衛門はそう言ってから席を立ち、奥へ向かって手を叩き、おうい、と呼ばわった。厨《くりや》の方からだろうか、はい、ただいまと女衆の声が返り、間もなく新しい徳利と料理の載った膳が運ばれて来た。

「難しいお話はこのぐらいで。田舎《いなか》料理で、東京のお方のお口には合わんかも知れませんが、まあ、ごゆるりと」

市左衛門は田舎料理と謙遜するが、三の膳まであって、芋や蒟蒻《こんにゃく》の田楽《でんがく》などの他、天婦羅《てんぷら》や鶏肉なども並んでおり、なかなかの馳走である。小野寺は、焼いて味噌《みそ》を添えた普通より随分太い葱《ねぎ》に目を留めた。

「これは、下仁田《しもにた》の方で採れるというあの葱ですか」

市左衛門が目を細めた。

「おお、いかにも下仁田の葱です。ご存知とは嬉しゅうございますな。どうぞお試し下さい」

勧められるまま、箸《はし》をつけた。他の葱のような、つん、と鼻に通る刺激の代わりに、まろやかな甘みが口に広がった。

「これは旨《うま》いです……」

「お口に合いまして何よりです」

「葱は冬のものと思っていましたが」

「おっしゃる通り、採れるのは冬場ですが、根に土を被せて冷暗所に置きますと、日持ちします。高崎から汽車で東京へ運ぶなども、しておりますようで」

東京では、運送代も乗せられるから安くは手に入らないだろう。遠方への出張が多いことについては、綾子がたまに不満を漏らしているが、このように東京では手が出ない名物を口にできるのは役得だ。草壁は隣で、愛想も言わず黙って箸を動かしている。それでも、味に満足しているようなのは表情でわかったので、小野寺はくすっと小さく笑った。


市左衛門の屋敷を出たときには、夜の八時を過ぎていた。谷川らは律儀に待っていたが、待つ間に彼らにも膳が出されたようだ。よく見ると、酒も出されたと見えて目の周りがほんのり赤い。小野寺は、帰り道が少しばかり不安になった。

街道は月明かりで照らされ、梶棒に吊るした提灯がなくても不自由ないほどだった。幾らか飲んではいても、谷川の走りは全く危なげない。小野寺は安心して肩の力を抜いた。遠くに浮かぶ黒い山影は、赤城《あかぎ》の山だろうか。

十七年前、小栗上野介とその家族、家臣の二十人ばかりの一行は、この街道を権田村へと向かったのだ。おそらく小栗は馬、奥方は駕籠《かご》だったろう。馬上の小栗は、そのとき何を思っていたのか。幕府を支えようとして果たせなかった口惜《くや》しさだろうか。それとも諦念か。

あるいは、権田村での新たな暮らしに何かを見出そうとしていたのか。

一方、その小栗を狙う悪党どもも、街道筋のどこかから様子を窺っていたのかも知れない。官軍の密偵も、目を光らせていたのかも知れない。酔いが回って来たのか、小野寺は目を閉じた。小栗の行列が、閉じた瞼《まぶた》にありありと浮かんで来た。どこか遠くで、馬のいななきが聞こえたような気がした。

翌朝は、再び谷川と犬塚の車に迎えられ、九時に宿を出た。空にはうっすら雲がかかっているが、雨になることはないだろう、と谷川は請け合った。道に慣れた谷川の走りは昨日より速かったようで、十時にならぬうちに市左衛門の屋敷に到着した。懐中時計を見た小野寺は、さすがに早過ぎたかな、と思ったが、市左衛門は既に支度を整えて待っていた。

「おはようございます。早くからご厄介をおかけします」

車を降りて頭を下げると、市左衛門は「いえ、とんでもない」と急いで手を振った。

「本郷へは、半時間もあれば着きます。ひとまずお休み下さい」

庭先に長床几《ながしょうぎ》が出されていた。草壁と小野寺は、そこで茶をもらって小休止した。表で谷川らも、水を飲みながら汗を拭《ぬぐ》っている。

「弥助さんの苗字の栗原は、小栗様の一字を貰って付けたものですかな」

湯呑みを置いた草壁が、ふいにそんなことを聞いた。市左衛門はすぐに肯定した。

「その通りです。正式に一字を拝領したというわけではなく、弥助が自分で付けたのですが。

やはり弥助にとって小栗様は、格別のお方でございましたから」

ならば、小栗が裁きらしい裁きもないまま、斬首されてしまったのは、弥助にとって受け入れ難いことだったろう。今でもそれを強行した新政府に、恨みを抱いているのだろうか。

そんなことを考えていると、玄関にもう一台の人力車が止まった。

「ああ、うちの車の用意ができました。それでは、よろしければ参りましょうか」

新たに来た車は市左衛門の家のもので、牽いているのは、本業の車夫ではなく新浪家の下働きの男らしい。休憩していた谷川と犬塚が立ち上がり、草壁と小野寺も話をやめて車に乗り込んだ。

市左衛門の車が先導し、三台の人力車は一列になって畑の間の道を進んだ。薄曇《うすぐも》りで日差しが弱いせいか、昨日よりは涼しい。桑畑を縫って三十分ばかり揺られると、もう本郷であった。

村に入り、集落の中をそのまま抜けて行った。人力車が珍しいのか、家に居た年寄りや子供たちが、揃ってこちらを眺めていた。先頭に乗っているのが市左衛門だと気付き、頭を下げる者も居た。

三台は、集落の北の外れにある農家の隣の、大きな納屋《なや》のような建物の前で止まった。車を降りた市左衛門が寄って来て、建物を指した。

「こちらが本郷の製糸場です。弥助は、この奥の小屋に住み込んでおります」

市左衛門の指差す方を見ると、確かに物置のような小屋があった。以前は家ごとにやっていた製糸を、市左衛門らが村ごとにまとまってやるように工夫したものらしい。見たところ、広さは長屋の三、四部屋分くらいだろう。入り口の戸は、半開きになっている。市左衛門は製糸場の戸を自分で開け、中に呼ばわった。

「おうい、新浪の市左衛門じゃが、弥助は居るかね」

奥でぱたぱたと音がして、前掛けを付け、頭に手拭いを巻いた中年の女が出て来た。ここで働いている農家のおかみさんだろう。

「あれ、これは新浪の大旦那様」

おかみさんは手拭いを取って、腰を二つ折りにした。

「手を止めさせて済まんねえ。弥助はどうしたんかな」

「へえ、弥助さんなら居ません。今朝から姿が見えないんで」

「姿が見えん？」

市左衛門は眉をひそめた。

「小屋にも居らんかったか」

「へえ。朝飯に呼びに行ったら、見当たりませんで、それきり仕事にも来ねえです。困ったもんで」

おかみさんは、弥助は仕事を放り出してどういうつもりでしょう、と言いたいようだ。市左衛門は、急いで小屋に向かった。草壁と小野寺も後に続いた。

市左衛門が半開きの戸に手をかけ、がらりと一気に開けた。その後ろから中を覗き込む。

板敷きの真ん中に、小さな囲炉裏《いろり》が切ってある。そこに置かれた鍋と、隅の方に畳んである布団と小さな古びた箪笥以外には、家財道具らしきものはない。実に殺風景な住まいだった。

「昨夜は寝た様子がなさそうですな」

首を突っ込んで、さっと見回した草壁が言った。

「ちょっとよろしいですかね」

草壁は市左衛門にそう声をかけると、返事を待たずに小屋に上がり込み、布団の間や箪笥の引き出しを調べ始めた。調べると言っても大して何もない小屋だ。あっという間に済んだ。

「破れた着物が一枚あるだけです。まさしくもぬけの殻、ですな」

「まあ、もともと何も持っとらん男ですからなあ」

「あの、これはつまり、弥助さんは逃げた、ってことでしょうか」

小屋の隅々に目を走らせながら、確かめるように小野寺が言った。

「どうもそのようだな」

草壁は振り向き、肩を竦めた。

「しかし……どうして、今。何で逃げねばならんのです」

すっかり当惑した様子で、市左衛門が言った。草壁も小野寺も、その答えは持ち合わせていなかった。

第四章　警察と自由党と御家人

本郷の村を出たところで、市左衛門は、三ノ倉や権田の方など、心当たりを捜してみますと言って、小野寺たちと別れ、屋敷の方へ帰って行った。草壁と小野寺は、谷川らの車に乗ってそのまま高崎へと向かった。

小野寺は車に揺られながら、考え込んだ。弥助が姿をくらましたのは、警察が睨んでいる通り、例の千両箱に関わりがあるからだろう。それしか理由は思い付かない。だが、なぜ自分たちが会いに行く前の晩に逃げたのか。まるで市左衛門や小野寺たちが来るのを知って、避けたかのようだ。しかし、弥助は小野寺たちのことを知るはずがない。とすると、市左衛門を避けようとしたのか。だとしても、どうして来訪を知ったのか。それともただの偶然か。

懸命に頭を回転させていると、突然、街道沿いの祠《ほこら》の陰から、黒っぽい詰襟《つめえり》に真鍮《しんちゅう》のボタンが並んだ洋装の男が二人、現れた。頭には赤い帯の付いた帽子、腰にはサーベル。巡査の制服だ。二人の巡査は、小野寺たちの車に止まるよう合図した。谷川がぎょっとして足を止めると、どこに居たのか街道の両側から、着物の裾《すそ》を端折《はしょ》った男が三人、出て来て車を囲むように立った。いずれも目付きの鋭い、三十前後と見える屈強そうな奴らだ。小野寺と草壁は、仕方なく車を降りて街道に立った。

巡査の一人は鼻の下に立派な髭を蓄え、制服の袖口に銀筋が入っている。こいつは警部補か警部だな、と思っていると、その銀筋の男が口を開いた。

「おはんらのことは、知っちょる。日本鉄道に雇われた探偵じゃろう」

面と向かって「探偵」という言葉で呼ばれたのは、初めてだった。

「いや、僕は技手ですが」

「そいも知っちょっ。おはんのこっじゃ」

銀筋の男は、草壁の方に顎をしゃくった。草壁は懐手で一歩踏み出した。

「で、あんたは」

「おいは、群馬県警察本署の薗木《そのき》泰輔《たいすけ》ちゅう者じゃ」

「袖の銀筋からすると、警部補殿か。そっちの巡査殿は」

「同じく本署の、岩元繁太郎《いわもとしげたろう》じゃ」

岩元も髭を生やしているが、上司に遠慮してか控え目な髭だ。薗木は薩摩人のようだが、岩元はいくらか純朴そうだ。地元の人間だろう。着物姿で取り巻いている三人は、薗木の配下の密偵に違いない。

「それで、往来の真ん中で呼び止めておいて、何の用かな」

「ちっと話がある。後から宿の方へ行っても良かったが、ちょうどここで姿が見えたもんでな」

藺木はそう言って、三十間ばかり先にある小さな鎮守《ちんじゅ》の森に顎をしゃくった。草壁は頷き、藺木の後に付いて歩き出した。小野寺も仕方なく、谷川と犬塚にここで待つよう言って、後を追った。

「栗原弥助は、雲隠れしたようじゃな」

お堂の縁先に腰を下ろすと、藺木が言った。

「あんたら、弥助さんを見張ってたのか」

「うんにゃ。奴についての聞き込みはさせちょったが、四六時中見張るところまではしちょらんかった。今朝、一度引っ張ろうち思うて、こん連中に様子を見に行かせたが、奴はもう居らんかった」

藺木は、密偵たちを目で示した。三人の密偵は、俯《うつむ》き加減になった。

「どうも感付かれたようじゃな。後手に回ってしもた」

そういうことか。弥助は、警察の密偵が嗅ぎ回っているのに気付いて、夜中のうちに出て行ったのだ。

「おはんらは、弥助に何の用があったとか」

小野寺はどう言ったものかと考えた。千両箱について調べていることを、警察に知らせていいものかどうか。が、草壁は気にしていないようだ。

「貨車に積まれていた千両箱について、あんたらが弥助さんに目を付けているらしいと聞いてね。こっちも弥助さんに話を聞こうと思ったんだ」

案の定、千両箱と聞いて薗木の眉が吊り上がった。

「ないごて鉄道が千両箱のことを調べっとか」

「あれは送り状もなしに勝手に積み込まれた荷だ。脱線事故に深く関わっていると我々は見ている。鉄道として調べるのは当然だろう」

薗木は、何か言い返そうとして、ぐっと言葉を呑み込んだ。草壁にこう言われては正面切って反論するのは難しいだろうし、この件に関しては余計なことを言いたくない、との考えもあるのだろう。

「警察は、弥助さんが小栗上野介の隠し金とやらについて、何か知っていると見てるのか」

逆に草壁の方からずけずけと聞いた。薗木は露骨に顔を顰めた。

「それこそ鉄道には関わりなかろうが。余計なことには首を突っ込まんごつ、してほしか」

邪魔をするな、要するにそう言いたいわけだ。腹立たしくなった小野寺は、前へ出た。

「そもそも、警察が脱線事故の調べをきちんとやってれば、僕らが出張ることはなかったんだ。こっちは鉄道局長直々の命令で来ている。こっちがやるべきと思ったことは、やらせてもらう」

小野寺も警察官と同様、官吏《かんり》である。そして、小野寺が判任官の七等技手であるのに対し、警部補は同じ判任官でもそれ以下のはずだ。薗木もそれは承知しているのだろう、小野寺を睨みつけたが、頭ごなしに怒鳴るような真似はしなかった。

「俺たちは、隠し金なんぞに興味はない。脱線事故はなぜ起きたのか、千両箱がなぜ積まれていたか、知りたいのはそこだ」

草壁が締めくくるように言うと、薗木はふん、と鼻を鳴らした。

「好きにしたらよか。じゃが、この辺りには自由党の残党とか、侍崩れがうろうろしちょる。せいぜい気を付けるこっじゃな」

薗木はそう言い捨てると、岩元巡査と密偵たちを促して、街道の方へ戻って行った。岩元は、いくらか戸惑い気味に小野寺たちの顔を見たが、結局一言も喋らないまま、薗木を追って急ぎ足で去った。

「ふうん、君も意外と骨があるじゃないか」

小野寺の顔をしげしげと見ながら、草壁がニヤリとした。

「馬鹿にしないで下さい。僕だって言うときは言います」

「うん、無役の俺と違って、君の肩書は頼りになるからな。当てにしておくよ」

どうも揶揄されているようだ。小野寺は口をへの字に曲げた。

「ところであの土地の者らしい巡査だが、警部補殿の考えにはもう一つ乗り気じゃないように見えたね」

「ええ、何となくそんな気が。隠し金捜しなんかに使われるのが面白くないんでしょうか」

「と言うより、薩摩の好きにされるのが気に入らんのかもな。気付いたかい、岩元巡査の制服も靴も、薗木警部補のものに比べてだいぶくたびれてたぜ。そういうのも、薩摩人とこの土地の者の立場の差を表してるのかも知れんな」

草壁は、目で薗木たちの靴跡を示した。よく見ると、靴跡には差があり、一方は真新しい靴のしっかりしたもので、もう一方は踵《かかと》のところに傷の入った、すり減った感じのものだった。それぞれがどちらの靴跡か、一目瞭然だった。

「何だかちょっと気が滅入りますね」

「まあ、それが今の世の中ってもんさ」

草壁は、靴跡に冷めた視線を向けて、肩を竦めた。

「さて、あの大将、ちょっと気になることを言ったな」

「自由党や侍崩れが、うろついているという話ですか」

「うん。薗木警部補がこの辺り、と言ったのは、この土地界隈という意味だけではないかも知れんな」

「ということは……自由党員や侍崩れとやらが、この事件の周辺に居ると？」

小野寺は目を丸くした。ただでさえわかり難い事件なのに、これ以上余分な関わりが増えてほしくはなかった。

「あの爆弾の男も、これに関わってるんでしょうか」

「列車で高崎を目指そうとしていたのなら、そうなのかも知れんね」

ならば、あの男は爆弾を携えてこの地の自由党員に合流しようとしていたのか。

「自由党はわかりますが、侍崩れって、そもそもどういう意味でしょうか」

自由党自体は、自由民権運動家たちが国会開設に備えて板垣退助《いたがきたいすけ》を首班に立ち上げた政党だが、地方の急進派を抑えられずに去年、解党してしまった。上州ではその急進派の連中が活動を続け、木島組番頭の永井が語ったように、妙義山周辺で武装蜂起して失敗している。その後、秩父事件にも深く関わった。だが藺木が言う侍崩れは、全く別物のようだ。もしや、先日奈良原社長が口にした、不平士族のことだろうか。

「さあな。まあ、そのうちわかるだろう」

草壁は、それほど難しくは考えていないようだ。

「さて、俺たちも行くか。谷川君らをあまり待たせちゃ気の毒だ」

草壁はさっと袖を翻すと、街道に向かってすたすたと歩き出した。

高崎の町に入りかけたところで、街道に蕎麦屋《そばや》を見つけた。前を行く草壁の乗った車は、その前で止まった。車を降りた草壁は小野寺に目で合図して、蕎麦屋の縄暖簾をくぐり、谷川たちを手招きした。二人の車夫にも蕎麦を振る舞うつもりだろう。皆で遅い昼食を、というわけだ。谷川は恐縮しながら、犬塚と共に、続いて縄暖簾をくぐった。

小野寺たちの隣の卓に座った谷川は、目を入り口に向けて、新たに店に入って来る者がないことを確かめた。それから草壁に顔を寄せ、小声で話しかけた。

「旦那、お気付きでがんすか」

何のことだ、と小野寺が聞こうとするのを目で制し、草壁が頷いた。

「ああ。尾《つ》けられてるな」

「恐れ入りやす。へい、鎮守の森を出たところから、ずっと」

小野寺は仰天した。全然気が付かなかった。

「さっきの警察の密偵ですか」

思わず聞いたが、草壁と谷川は首を横に振った。

「いえ、巡査と一緒に居た連中じゃありません。見たことのねえ、若い奴で」

「警察の密偵なら、もう少しましな尾け方をするだろう。ありゃあ、素人だ」

その素人に気付かない自分は、だいぶ油断していたようだ。小野寺は照れ隠しに聞いた。

「何者だと思います」

「今のところ、わからん。このまま尾けさせておこう。店の外で待ってるだろう」

「どこかへ誘い込んで、捕まえますか」

多少は腕に覚えがありそうな谷川が言ったが、草壁は頷かなかった。

「まだいい。ただの通行人だと言い逃れするだろう。宿へ帰ってから考えよう」

谷川が了解したところで蕎麦が出て来たので、話はそこまでになった。外からじっと見られている気がして、小野寺はどうも落ち着かなかったが、草壁は平然と蕎麦を平らげていた。

宿へ着き、谷川たちに充分な酒手を渡してから、部屋に落ち着いた。まだ日は高いが、尾けられているとなれば、下手《へた》に動かない方がいいだろう。部屋は二階なので、小野寺は障子を開けて外を見下ろした。表通りの側ではなく、裏手の庭に面していて、塀の向こうは表通りから東に入る路地になっている。

小野寺は塀越しに路地に目を凝らした。すると、麦藁帽《むぎわらぼう》を被った頭が塀の上越しに見えた。麦藁帽は、ゆっくり表通りの方へ歩いて行く。それを目で追って行くと、麦藁帽は通りへ出たところで折り返したらしく、また戻って来た。少し歩いては、立ち止まっている。こちらの様子を窺っているとしか思えない動きだった。

「どうだい、怪しい奴は居たかい」

後ろで畳に寝そべっている草壁が、面白そうに声をかけてきた。

「怪しいとしか言いようのない奴が一人、裏の路地に居ますよ」

「そうかい。じゃあ、しばらく勝手にさせておこう。逃げやしないだろうから、こっちから見張っていなくてもいいぜ」

草壁は、言うなり寝返りを打って背を向けてしまった。そう言われては仕方がないので、小野寺も障子を閉めた。どうも手持無沙汰だ。

「そいつは麦藁帽を被ってます。この辺じゃ、扱う店も少ないでしょう。ずいぶん洒落者《しゃれもの》ですね」

「顔を隠したいんだろう。昔ながらの手拭い頬かむりでうろついていたら、盗人と間違われるからな」

「僕らを見張って、どうするつもりでしょう」

「さあね。後で聞いてみるか」

草壁の言い方は、本気とも冗談ともつかない。小野寺は会話を諦めて、座布団を枕に横になった。

いつの間にか、寝てしまったらしい。目を覚ますと、外はだいぶ暗くなっていた。小野寺は起き上がり、ランプを灯した。

「どうだい、先刻の客人はまだ居るかい。ちょっと覗いてみてくれ」

草壁が欠伸《あくび》をしながら言うので、小野寺は障子をそっと開け、外を窺った。路地は既に闇に沈みかけている。ガス燈のような立派なものはないので、小野寺は目を凝らした。かすかに、黒い影が動くのが見えた。

「居るようですよ」

それを聞いて、草壁はむっくりと起き上がった。

「それじゃあ、そろそろ挨拶しに行くとするか」

草壁は立ち上がって、廊下に出る襖を開けた。小野寺がランプを消そうとすると、草壁はそのままで、と手で合図した。小野寺は了解し、草壁に続いて廊下に出た。

階段を下りると、玄関と反対の厨の方へ行った。飯の支度をしていた下女が驚いて、何かご用ですかと問いかけた。草壁は無言で手を振り、土間に下りて草鞋《わらじ》をつっかけ、裏木戸を開けた。その先は、隣家の裏を伝う狭い通り道になっている。知らない間に、草壁はこんな道筋を調べてあったらしい。

草壁の後について行くと、隣家の角を曲がって表通りに出た。それから右に曲がり、一本裏側の通りへ入って、宿の裏手へと戻る。先の四つ角は、麦藁帽の男が居る路地と交わるところだ。草壁はその角まで来ると足を止め、塀の陰から路地を覗き込んだ。ぼんやりとした黒い影が、宿の塀の傍に立っている。小野寺より上背はありそうだった。麦藁帽は夜には不要なので、もう被っていないようだ。

草壁は音を立てずに塀の陰から出ると、黒い影の男の肩を、いきなり摑んだ。影は、文字通り飛び上がった。

「ちょっとこっちへ来たまえ」

草壁は有無を言わさず、影の男を表通りの角近くまで引き摺《ず》って行った。そこには提灯が吊るされているので、ようやく男の顔が見えた。三十前後の若い男だ。着古した着物に股引《ももひき》という農夫然とした格好に、背中に吊った麦藁帽がいかにも不釣り合いである。

「君は誰で、我々にどんな用かな」

腕を摑んだまま聞いた。男は、むっとした顔で草壁を睨んだ。

「何のこった。お前らなんか、知らねえ」

「じゃあこの路地で、三時間も何をしてたんだ。こっちを見張ってたんだろう」

「何の話だよ。知らねえって言ってるだろ。俺は通りかかっただけだ」

下手過ぎる言い訳だ。草壁は鼻で嗤《わら》った。

「三時間もかけて路地を通りかかるとは面白い。君は素人のようだから、警察でないのはわかっている。もういっぺん聞くが、君は何者だ」

男は何も言わず、ただ正面から草壁を睨んでいる。なかなか太々しい奴だ。

「言いたくないか。こっちは急がんよ。宿へ戻って、ゆっくり聞かせてもらおうか」

草壁は笑みを浮かべて、男の腕を引いた。そのとき、小野寺は何かの気配を感じて振り向いた。影がもう一つ、路地の奥から迫って来ていた。

危ない、と叫ぼうとした瞬間、草壁がさっと身をよけた。影が振り下ろした棍棒だか材木だかが、空《くう》を切った。

「何すんだ、こいつ」

小野寺が叫ぶと、影に突き飛ばされた。そのとき提灯の灯《あか》りが届いて、影の上半身が見えた。手拭いで頬かむりをした、肩幅のある男だ。男はそのまま、路地の闇の中に走り去った。一瞬のことでよくわからないが、年格好は草壁が捕まえた男と同じくらいに思えた。

「あっ、待てッ」

振り向くと、草壁の手を払った麦藁帽の男が、表通りに走り出るところだった。慌てて路地から飛び出してみたが、男は猛然と駆け、もう背中が小さくなっていた。小野寺は舌打ちして、路地に戻った。

「小野寺君、大丈夫かい」

草壁が尋ねるのに、大丈夫ですと答えて、小野寺は路地の奥に目をやった。やはり真っ暗で、逃げた男の影も形もない。

「仲間が居たとは。どうも逃げられてしまいましたね」

「構わんさ。どうせまた現れるだろう」

草壁は、さして残念がってはいないようだ。

「何度も言うようですが、何者でしょうね」

「そうさな。侍のようには見えなかった。農夫だろうね。少なくとも、薗木警部補の言う侍崩れじゃなさそうだ。無論、警察でもない」

「とすると……自由党、ですか」

上州辺りで自由党に加わったのは、困窮した養蚕農家の者が多い。さっきの男の意志の強そうな目付きは、いかにも自由民権運動にのめり込んだ者らしく思えた。

「自由党に見張られる覚えはないですがねえ」

「あるとしたら、やっぱり隠し金絡みだろうな」

「隠し金、ねえ。自由党の連中も、あれを欲しがってるんでしょうか」

小野寺は、奈良原社長が、秩父事件の残党らが隠し金を軍資金にしようと狙っているのかも、と言ったのを思い出した。奈良原は思い付きで口にしただけだろうが、ここに来て現実味を帯びて来たようだ。

「市左衛門さんは、隠し金を頭から否定してましたけど」

「そうは思ってない連中が、政府の中にさえ大勢居るらしいからな。ま、何百万両って金《かね》だ。そう簡単に諦められんのだろう」

草壁は嗤い、いい運動になったから晩飯にしようと言って、宿の玄関口へ向かった。

それから三十分も経たない頃である。宿の女中が、慌ただしく部屋にやって来た。

「あれ、もう飯が用意できたのかい」

小野寺がのんびり聞くと、女中は「いいえ、お客様でがんす」と言った。今時分に客とは、と小野寺が訝しく思っていると、その客が案内されて来て、襖をすっと開けた。

「あ……綾子！」

思わず小野寺が叫んだ。綾子はにっこり微笑《ほほえ》むと、小野寺が何か言う前に、さっさと部屋に入り込んで、二人の前に座った。

「お邪魔いたします。今日はお疲れじゃありませんこと？」

「いやいや、今日は割に暇だったのでね。あなたならいつでも大歓迎ですよ」

草壁が普段と違って愛想よく言った。

「おいおい、僕たちはこれから夕飯を……」

「はい、帳場の方には私も一緒にいただきますと申し上げておきました。よろしいでしょうか」

言いながら、綾子はまたにっこりする。よろしいも何も、勝手にそう決めてしまっているのだ。

「よろしいですとも。是非ご一緒に」

草壁がまた、小野寺より先に言った。小野寺は、溜息をつくしかなかった。

「それで、何しに来たんだい」

何とかそれだけ聞くと、綾子は平然として答えた。

「今朝、新浪の大叔父様のご案内で、本郷の栗原弥助さんのところに行かれたそうですね。弥助さんは、姿が見えなくなっていたとか」

小野寺は、ぎょっとして綾子の顔を見た。

「どうして知ってるんだ」

「ええ、谷川さんから聞きましたの」

くそっ、谷川か。まさかあいつ、綾子に言い含められて、僕たちの動きを逐一知らせてるんじゃあるまいな。

「では、谷川さんの車で来られたんですな」

草壁の問いに、綾子が「ええ」と頷く。

「階下《した》で待ってもらっています。なので、帰りはご心配なく」

何がご心配なく、だ。胸の内でぼやく小野寺を尻目に、草壁は今朝の様子を綾子に話した。

「警察が来るのを察したんでしょうか、とにかく昨夜のうちに出奔したらしい。村の人には行き先の心当たりはなさそうです。市左衛門さんは、捜してみるとおっしゃっていましたが、容易には見つからんでしょう」

「弥助さんは、どうして逃げなくてはいけなかったんでしょう。警察に聞かれては困るようなことを、知ってらしたんでしょうか」

「そりゃあ、どうもまだよくわからない」

草壁が隠し金の話をして綾子が食い付く前に、小野寺は急いで言った。

「だいたい、どうしてお前が首を突っ込んで来るんだ。市左衛門さんは親族だけど、弥助さんは関係ないだろう」

「あら、だって」

綾子は、さも当然という風に小野寺を見返す。

「親戚が関わっているかも知れない事件を、夫が調べているんですよ。妻として、興味を持たないわけにはいきませんもの」

「いや、妻としては、夫の仕事に口を差し挟まないのが嗜《たしな》みじゃないのか」

「まあ、口を差し挟んでなんかいませんわ。ただ、何がどうなっているのか、私も知りたい、というだけです。夫を心配するのは、妻として普通ではございませんこと」

何が普通なものか、と小野寺は声を上げたかったが、何とか抑えた。夫の心配などではない。綾子は、事件そのものに興味を引かれて、あわよくば自分も調べに加わろうと考えているに違いない。御一新前なら一喝して終わりだったかも知れないが、近頃は西洋思想が入ったせいか、男に負けぬ働きを目指す女が現れ始めている。綾子がまさしくそういう性向だということは、結婚してから初めてわかったのである。

「いや、まさにその通り。実に頼り甲斐のある奥方じゃないか、小野寺君」

小野寺が勘弁して下さいと言いかけたところへ、女中が三人分の夕飯の膳を運んで来た。綾子に帰れとも言えなくなり、小野寺は仕方なく膳の前に座った。酒の徳利も二本ばかり付けられていたので、綾子が取り上げて草壁と小野寺に酌《しゃく》をした。そうしていると、全く普通の愛すべき妻なのだが、どうも猫を被っているようで、小野寺は却って落ち着かなかった。草壁はそんなことには構わず、機嫌よく盃《さかずき》を受けている。

食事中は、事件の話は控えた。田倉の家の様子を聞いてみたが、皆息災で変わりなく、小野寺にも暇が許せば一度寄ってほしいと言っている、などと他愛無い話で終わった。幸い、田倉の叔父たちが、今回の一件を気にしているということはなさそうだ。

食事を終えて膳が下げられると、綾子は「さあ」とばかりに草壁と小野寺を見つめた。小野寺は困って草壁を見た。草壁の顔には、苦笑が浮かんでいる。いや、やはり面白がっているのだろうか。

「ところで、警察の方は何とおっしゃってましたの」

「えっ」

綾子がまた別の方向から聞いてきたので、小野寺は一瞬戸惑った。

「帰り道で会われたのでしょう。どんな話だったか、谷川さんは聞いていないそうですし。弥助さんのことについて、何か言われたんですか」

「おいおい、それを聞いてどうするんだ」

「だって、警察に呼び止められたと聞けば、心配になるじゃありませんか」

「別に僕たちが悪いことをしてたわけじゃない」

「それはわかってますけど」

そこで草壁が口を出した。

「なあに、大したことじゃない。栗原に何の用があったのか、と聞かれて、警察の邪魔はするなと釘を刺された、それだけのことですよ」

それを聞いて、綾子は憤然とした。

「まあ、邪魔をするな、なんて。こちらが警察のやるべきことを、代わりにやっているようなものですのに。ずいぶんな言い方ですわ」

小野寺はあの場に綾子が居なくて良かったと思った。居合わせたら、平気で薗木警部補に食ってかかったかも知れない。

「あのう、ごめん下さい」

襖の向こうから、女中の声が聞こえた。

「うん、何だい」

草壁が応じると、意外な答えが返ってきた。

「また、お客様です。今度は男の方で」

「男の客?」

草壁と小野寺は、顔を見合わせた。客の心当たりはと言えば、思い付くのは薗木警部補か渡野目駅長くらいだが、それなら女中も、ただ「客」と言わず、その旨を伝えるだろう。

「どんな男だ」

「へえ。初めて見るお方で、お客さんくらいの年格好でがんす」

女中は草壁に向かって言った。草壁は首を傾げたが、「まあいい、通してくれ」と返事して、綾子に向き直った。

「どんな奴が来たのか、見当がつかない。念のため、綾子さんは隣の部屋に行ってくれますか」

言われて綾子は、ちらと小野寺の顔を見た。小野寺は、そうしろと頷いた。綾子は少し緊張した面持ちで、わかりましたと言って席を立ち、隣室に入って襖を閉めた。

間もなく、廊下を歩く足音が近付いて来て、小野寺の部屋の前で止まった。失礼します、という女中の声と共に襖が開き、中年の男が一人、のっそりと入って来た。見たことのない顔だ。

「失礼する。草壁さんと小野寺さんかな」

男は入るなり、太い声でそう尋ねた。

「そうだが、どなたかな」

草壁は腕組みをし、その闖入者《ちんにゆうしや》をじろりと睨んで聞き返した。

「お初にお目にかかる。久我《くが》勝之助《しようのすけ》という者です。突然邪魔をして、申し訳ない」

久我と名乗った男は、勝手にその場に座った。

「それで、どんなご用かな」

「他でもない。あなた方は、貨物列車に積まれていた千両箱のことについて、調べているとお見受けする。そのことで、少々ご相談申し上げたい」

「ほう。千両箱について、ね」

草壁の目が鋭くなった。この久我という男、少なくともこちらの名前と目的を知っている。それを調べる伝手は持っているようだ。久我の風体はシャツの上に着物と袴という、草壁と同じようなものだ。女中が言ったように年格好も似ている。肩幅は広く、着物の下の筋骨は、だいぶ鍛えてあるように思えた。小野寺の頭に、薗木警部補が言っていた「侍崩れ」という言葉が浮かんだ。

「あなたは、もとは奉行所の役人と拝察するが、如何かな」

小野寺は驚いた。名前だけでなく、素性も調べて来たらしい。

「いかにも、元は八丁堀だ。だが、もう二十年近く前の話だ」

「結構。あなたの方も、御家人の出ではないかな」

久我は小野寺の方に顔を向けて言った。そう言われれば、頷くしかない。

「確かに御家人の出ですが、御一新のときはまだ数え十三でしたよ」

「いや、お二人とも徳川《とくがわ》の臣《しん》だったことがわかればいい。私も、元は御家人だ」

徳川の臣、と言われればそうだが、小野寺はもう、そんな意識はとっくに失せていた。一方、久我の方は座しても背筋は伸ばしたままで、肩を張っている。気負いもあるのだろうが、刀を脇に置いているのが似合いそうだ。髷こそ結っていないものの、久我からは因循姑息《いんじゅんこそく》の香りがぷんぷんしていた。

「お互い、徳川に仕えていたというのはわかったが、それが相談事とやらと関わりがあるのかね」

やや鼻白んだように草壁が聞くと、久我は大きく「ある」と頷いた。

「単刀直入に申し上げる。私は、仲間と共に小栗上野介の隠し金を追っている。隠し金を見つけ出すのに、力を貸してもらいたい」

やれやれ、やっぱりか。小野寺は嘆息した。小野寺たちの前に現れる連中は、どいつもこいつも隠し金を狙っているらしい。

「ほう。隠し金を見つけて、どうするつもりだい」

軽い調子で草壁が聞くと、侮《あなど》られたと思ったのか、久我は膝の上で握った拳に力を込めた。

「あなた方も、耳にはしているだろう。士族の多くの者が、御一新の後、禄《ろく》を失って暮らしを立てる術もなく、爪に火を点す有様に陥っておることを。特に賊軍とされた会津《あいづ》や、徳川の直臣らは世の片隅に追いやられ、浮かぶ瀬もない。政府は薩長に牛耳《ぎゅうじ》られ、我らの声など届くこともない。このまま手をこまねいていて、良いと思われるか」

そういうことか、と小野寺は思った。士族、つまり侍は、もともと主君から与えられる家禄で暮らしていた。家禄は給与とは違って職に対して与えられるものではなく、侍としての特権とでも言おうか、召し抱えられていれば、無役であっても支給された。廃藩置県《はいはんちけん》の後は、これら士族に対しては政府が直に禄を与えるようになったのだが、数十万人の士族にいつまでもそんなものを支払っていては、新政府の財政が破綻してしまう。

そこで明治九年、政府はこの禄というものを廃止し、禄高《ろくだか》に応じた金禄公債《きんろくこうさい》という債券に切り替えた。禄を打ち切る代わりにまとまった金額を支払うという証文を渡したのである。ただし、この証文で約束した額の政府による支払い、つまり償還は、三十年かけて徐々に行うことになっている。いっぺんに払う金がないからだ。態《てい》のいい延べ払いである。

債券であるから売ることもできるし、利子もつく。だが利子の額は微々たるもので、それで暮らしを立てることなどできない。結局、職を見つけて自分で稼げ、と言われたのと同じなのだ。困った士族たちの多くは、手っ取り早く金を得るため、金禄公債を売った。それを元手に商売を始める者も居たが、慣れないことに安易に手をつけると、ろくなことはない。いわゆる武家の商法というやつで、失敗して金を失う者が続出した。その一方、旧藩主の華族たちには巨額の公債が渡され、充分に裕福な暮らしが保証されていた。

これでは、政府に対して不平を溜める士族たちも少なからず出てくる。その行き着いた先が、西南《せいなん》の役《えき》であった。乱は鎮圧されたものの、士族の困窮が解決したわけではないから、不平を抱いたままの者は、まだあちこちに残っている。この久我も、そうした不平士族の一人というわけだ。

「良いかと問われたら、良くないと言うしかないが、あんた、何をしようってんだ。小栗の隠し金を見つけ出して、それを貧乏士族に配って歩くつもりか」

草壁が呆れたように聞いた。久我は、馬鹿な、と言うように唇《くちびる》を歪めた。

「そんなことをしても、一時しのぎにしかならん。あっという間に金はなくなってしまう。我らは、そこまで間抜けではない」

「じゃあ、どうするんだ。銀行でも作るのかい」

「いいや。その金で、開拓をする」

「開拓ですって」

小野寺は、思ってもみなかった答えに目を丸くした。

「北海道へでも渡るんですか」

久我は、そうだと答えて深々と頷いた。

「士族全てを助けることはできんだろうが、志ある者を募り、我々と共に未開の地を切り拓き、畑を耕し、誰もが公平に暮らしていける新たな地を作り上げる。それが我らの目指すものだ」

小野寺は、啞然とした。何という大風呂敷だろう。

「御一新のとき、榎本武揚《えのもとたけあき》らが作ろうとした、蝦夷《えぞ》共和国の焼き直しかね。北海道に独立国でも作るつもりか」

さすがに草壁も、意表を衝かれたらしい。久我は草壁の反応に、不敵な笑みを浮かべた。

「蝦夷共和国か。ふん、それもいいが、政府の軍と正面切って戦うつもりはない。薩摩の二の舞は踏まん。だが、自治の交渉はするつもりだ」

そんな交渉を政府が吞むとは思えないが、久我の態度は自信たっぷりだった。

「政府に困窮する士族を救う気がない以上、道はこれしかない。そのための資金なのだ」

「華族に運動しようとは思わなかったんですか」

もとの主君たちである華族に、援助を求めるのは自然なことではないかと小野寺は思った。

だが、久我はかぶりを振った。

「実は、それも考えて何人かに会いに行った。だが、伝手がなければ会ってもくれん。門前払いだ。皆とまでは言わんが、大抵の華族は我が身の事しか考えておらん」

久我はまた、草壁と小野寺をじろりと睨んだ。

「あなた方の日本鉄道だが、私は反対だ。あれは、華族や金のある士族の懐を、当てにしている。この国に鉄道が必要だと言うなら、それは政府の金でやらなくてはならん。華族や士族の金は、まず同じ士族を救うために使われるべきではないか。順番が違っている」

小野寺は、草壁と顔を見合わせた。先日の奈良原社長の話に出て来た、日本鉄道を敵視する不平士族。まさしく久我は、奈良原の言ったことがぴったり当てはまる人物のようだ。

久我は、二人の沈黙を誤解したらしい。ぐっと身を乗り出した。

「あなた方も御家人だ。今は鉄道の俸給を貰っている身かも知れんが、腹の底の思いは同じはずだ。だから頼む。我々と共に働いてくれ」

「一つ聞くが、あんたの嫌いな鉄道の仕事をしている俺たちの力が、どうして要るんだ」

「うむ。警察も隠し金を狙って動いている。その他にも、隠し金を追う連中は居る。そいつらに伍して行こうとするなら、公《おおやけ》の立場を使わなければ、後手に回る。あなた方は、鉄道局の命《めい》を受けているだろう。その立場が必要なんだ」

「やれやれ、そんなことか。要は、権威がほしいのか」

草壁は、大袈裟に肩を竦めてみせた。

「ずいぶんと都合のいい話だな」

久我の顔が強張った。草壁は、知らん顔で続けた。

「言っとくが、この小野寺はあんたと同じ士族だが、俺みたいな同心はその下の卒族《そつぞく》だ。今は一緒にされて士族になってるが、あんたとはもともと立ってるところが違う」

草壁は視線を上げ、久我を睨み返した。

「その小栗の隠し金だが、もとは幕府の金だよな。そいつは、理屈の上では徳川の金かも知れんが、徳川家の小遣いってわけじゃない。この国を動かすためにあった金だ。だったら、その金が見つかったとしても、そりゃあ国のために使うべき金だろう。士族の勝手にしていいもんじゃねえ。この国にゃ士族の何十倍も、平民が居るのを忘れてんじゃねえのか」

久我の顔に、見る見る朱が差した。

「手は貸さん、ということか」

「ま、そういうこった」

久我は、さっと小野寺の方を向いた。

「あんたもか」

「僕は日本鉄道の技手です。鉄道に真っ向から反対する人間に、手を貸せるわけがないでしきっぱり言ってやると、久我は憤然とし、座布団を撥《は》ね飛ばす勢いで立ち上がった。

「勝手にするがいい。せいぜい気を付けることだな」

何に気を付けろと言うのか知らないが、捨て台詞のつもりか。その久我を、草壁は呼び止めた。

「ところで、さっきまで俺たちを尾け回して、この宿を見張ってた若いのが居たんだが、ありゃあ、あんたの手下かい」

「見張っていた若いの、だと」

襖に手をかけていた久我が、怪訝な顔で振り返った。そこで思い当たることがあったのか、ニヤリとした。

「あんた方は、敵が多いようだな」

「敵、かね」

「ああ。そいつはたぶん、自由党の奴らだ」

「そうか。やっぱりね」

久我は、納得して頷いている草壁の顔をじっと見て、付け足した。

「あんたら、栗原弥助のところへ行ったろう。だから尾けられたんだ」

「どういうことかな」

草壁は久我の言い方に、眉をひそめた。

「何だ、知らないのか」

久我は草壁の顔を覗き込んで、せせら笑いを浮かべた。

「栗原弥助って男は、自由党の仲間だぞ」


久我が足音高く階段を下りて行った後、綾子が襖をそっと開けて顔を出した。

「帰ったみたいですね。何だか強引そうな人」

どうやらすき間を作ってこっそり覗いていたようだ。綾子は目を怒《いか》らせて、久我が開けたままにした廊下側の襖を閉めた。

「ああ。まったく強引だね。自分はあれで正義漢のつもりなんだろうが、突き詰めてしまえば、自分たちのことしか考えていないようだな」

草壁は辟易《へきえき》した様子で、首を振った。綾子は、いかにもそうですと言うように草壁と小野寺をきっと見据えた。

「小栗上野介様の隠し金を追っていると言われましたよね」

小野寺は、心中で舌打ちした。これで綾子も、隠し金のことを知ってしまった。気のせいか、綾子の瞳が輝きだしたようだ。

「あの人、隠し金を使って叛乱《はんらん》でも起こすのかと思いましたわ」

「当人も言ってたが、そこまで馬鹿じゃなさそうだ。それより草壁さん、弥助さんが自由党だって話、どう思います」

「どう、と言っても、俺たちはまだ弥助さんに会ってもいないんだ。どういう奴なのか、わかりようがない」

「市左衛門さんは、弥助さんが自由民権運動をやってるなんて、一言も言ってませんでしたよ」

「本郷へ行ってから自由党に入ったんで、市左衛門さんは知らなかったのかもな。秩父の事件以後、逃げた連中の狩り出しがうるさくなってる。自由党の仲間になったとは、表立って言えることじゃあるまい」

「秩父事件で警察に追われる立場の自由党に、今頃から関わろうとするもんでしょうか」

「そりゃあ、わからん。秩父の事件も妙義の事件も、もともとは養蚕農家の困窮が原因だろう。本郷の養蚕の手伝いをやるようになって、何か思うところがあったのかも知れんよ」

「そうでしょうかねえ」

小野寺は首を捻った。そこへ綾子が口を挟んだ。

「あの久我って人、この辺の出ではなさそうなのに、弥助さんのことをどうして知ってるんでしょう。やっぱり弥助さんが小栗様のお屋敷で働いていたので、隠し金の手掛かりになると思っているのかしら」

「それは警察と同じ見方、ということだね。だが、自由党の線もあるな。久我の一派は、自由党の奴らを隠し金を狙う敵だと思っているようだからね」

「あ、それでは草壁さんは、久我さんたちが自由党の人たちを探るうちに弥助さんを見つけた、とも考えられるとおっしゃるのですね」

「うん、呑み込みが早いね」

草壁が微笑む。

「それなら警察も、弥助さんを追うことで、隠し金を見つけるのと自由党の人たちを捕まえるのと、一石二鳥を狙っているかも知れませんわね」

「やあ、さすが女学校出だね。そこまで考えついたか」

草壁はますます楽しそうにしている。小野寺は咳払いした。

「草壁さん、あまり相手をしないで下さい。綾子が調子に乗ります」

「まあ、調子に乗るだなんて。これでも結構、役に立ちましてよ」

綾子は柳眉《りゅうび》を逆立てる真似をして、小野寺を睨んだ。草壁が吹き出した。

「はっはっ、まあいいじゃないか小野寺君。男二人で無い知恵を絞るより、公平な見方をしてくれるかも知れんぜ」

「またそんなことを言って……綾子、僕たちは遊びでやってるわけじゃないんだ。余計なことをしないで、田倉の叔父さんのところでおとなしくしてなさい。叔父さんだって心配するだろう」

「叔父さんなら大丈夫。私は乙さんのところに来てるわけですから、心配する道理がないでしょう」

ああ言えばこう言うだ。小野寺は腕組みして溜息をついた。この先何十年も、こんなやり取りを繰り返すことになるのだろうか。

「それにしても、久我といい自由党の若いのといい、ずいぶんと多彩な連中が出て来たもんだ。警察の薗木警部補たちを入れれば、三つ巴か。賑やかだねえ」

草壁は目を輝かせている。どうもこの御仁《ごじん》は、物事が複雑怪奇になればなるほど、生き生きとしてくるようだ。初めて二人が組んだ、逢坂山トンネルの事件の時もそうだった。せめて草壁が、自分の考えを小野寺に逐一話してくれればいいのだが、そういう配慮は見せずに自分だけで楽しんでいるのだ。小野寺は、ただ呆れるしかなかった。

「三つ巴ですか。私たちも入れれば、四つ巴ですね」

綾子がまぜ返すと、草壁は手を叩いた。

「いや、まさにその通り。今はがっぷり四つ、というところだな」

「ちょっと待ちなさい。私たちって何だ。勝手に自分も仲間に入れるんじゃない」

小野寺は慌てて綾子を止めた。草壁だけでも扱いが難しいのに、綾子にまで引っ掻き回されては収拾がつかなくなる。

「あら、仲間に入れてくれませんの」

「何を言ってるんだ。これは僕らの仕事だぞ。さっきも言ったように遊びじゃないんだ」

「遊びだなんて、思っていませんわ」

「真剣に首を突っ込んでるのか。余計悪いじゃないか。いいから、田倉の叔父さんのところへ戻ってなさい」

「まあ酷い。まるで私が引っ掻き回して滅茶苦茶にしてしまうみたい」

いや、みたいじゃなくて、まさしくそう言いたいんだ。だが、口に出したら一騒動だ。綾子は気分を害したような顔になった。

「はいはい、そうまでおっしゃるなら、今日のところは帰ります。草壁さん、主人がこう言うものですから、これで失礼いたします。御機嫌よう」

綾子はそう挨拶すると、小野寺を一睨みしてから、ぷいっと顔を背け、部屋を出て行った。それを見送った草壁は、小野寺に向き直ってニヤニヤ笑いを浮かべた。

「いやあ、やっぱり君たちは仲がいいねえ」

「どこがです。頼みますから、煽るのはやめて下さい。それより草壁さん」

小野寺は真面目な顔を作って、本題に戻った。

「こうなると、第一〇二列車を脱線させたのは、自由党か久我たちか、どちらかじゃないですか」

「千両箱を狙って、ということかい」

「千両箱を、と言うより、小栗の隠し金でしょう。自由党も久我も、それを狙っていることを隠してはいないようですし」

「しかし、貨車に積んであったのは千両箱一個だけだぜ」

「もっと積んでいると思ったのかも知れません。あるいは、千両箱が隠し金の在《あ》り処《か》の手掛かりになると踏んだのかも」

「そいつは臆測だろう。自由党の連中か久我たちの仕業だというのは確かに一理あるが、そう決めつけるにゃ、まだ早過ぎる。少なくとも奴らが、千両箱が貨車に積まれるのをどうやって知ったかがわかるまではな」

「それは……」

草壁の言う通り、小野寺はそこまで考えていなかった。

「草壁さんには、何か考えがあるんですか」

「そうさな。弥助について、久我が言ってたことが本当なら、自由党の連中は一〇二列車を襲う必要はないはずだな」

「え？」

「弥助が自由党員なら、さっさと隠し金の在り処を仲間に教えてやるだろう。ただし、弥助が本当に隠し金のことを知っていればの話だがな」

「あ……つまり、弥助は隠し金のことなんか、何一つ知らないかも、と？」

「そもそも、知ってるなんて本人が言ったわけじゃあるまい。周りが勝手にそう思ってるだけだろう」

「うーん、それもそうですね」

「それにだ、前にも言ったが、千両箱は盗られちゃいないんだぜ。今も大宮駅の金庫に収まってる」

「ええ……そうでした」

小野寺は考えに詰まった。

「これはつまり、どういうことなんでしょう」

我ながら情けないと思いつつ、そんな台詞を吐くと、草壁は肩を竦めた。

「さあな。まだ俺にもわからん。しかし、どうやら役者は揃ったようだ。次に何か動くのを待つとしようじゃないか」

草壁はそれだけ言って、ごろんと横になった。そんな呑気なことでいいのか、と小野寺は思ったが、かと言って何か動く当てがあるわけでもない。仕方なく草壁の横で胡坐《あぐら》をかいた。

外のどこかで、猫の鳴き声がした。

第五章　不定期貨物列車

翌朝、朝食の後、今日はどうするんですと小野寺が聞いた。すると草壁は急に立って、駅へ行こうと言い出した。単なる思い付きのようだったが、そう見えても草壁は腹の中で何か考えている場合があるので、小野寺は黙ってついて行った。

「これは草壁さんに小野寺さん、朝早くからご苦労様です」

渡野目駅長は二人の来訪を聞いて、駅長室からいそいそと出て来た。時計は八時半を指している。一時間後に上下列車の発着があるので、渡野目が出仕するのはその頃かと思ったが、意外に早く来ているようだ。几帳面な人物なのだろう。

「朝早くにお邪魔して申し訳ありません」

小野寺が恐縮すると、渡野目は、とんでもないと手を振った。

「私も今来たばかりです。どうぞお気遣いなく。それで、何かご用でしょうか」

「なあに、ご用と言うほどでもないんですが、いささか手詰まり気味でしてね。第一〇二列車がここを出発したときのことを、もう少し調べてみようと思って」

草壁が軽い調子で言うと、渡野目はにこやかに応じた。

「そうですか。はい、私どもでわかることなら、何なりと」

「実は昨晩、自由党の連中と、久我と名乗る不平士族の男が現れましてね」

「ほう、自由党と不平士族ですか」

渡野目が眉間に皺《しわ》を寄せた。その両者には、いい感情を持っていないらしい。

「その連中がお二方の前に姿を見せたということは、また開業式のときのように、何かやろうとしているということでしょうか。まさか、一〇二列車の事故も？」

渡野目の顔に緊張が走った。草壁が、慌てないでと手で制した。

「さすがにそう決めるのは、早計に過ぎます」

「そうですか。いや、こう言っては何ですが、自由党の連中というのは、どうも意気込みが表に出るので、いかにも壮士風と言いますか、悪目立ちするところがあります。そういう奴らが駅の周辺に出入りしていれば、気付かないはずはないんですが」

「いや、まさにそういうことをお聞きしたかったんです」

草壁は何度も頷きながら満足げに言った。

「あの日、一〇二列車が出発する前にそういう連中がうろついていた、ということはないんですね」

「それはつまり、自由党の連中が千両箱を勝手に積んだのでは、と疑っておられるということですか」

渡野目は首を傾げた。

「いえいえ、それは理屈に合いません。千両箱を誰が積んだかはひとまず置いておいて、積まれるところを見ていた者がいないかどうか、確かめたかったんですよ」

「ああ、なるほど」

渡野目は納得の笑みを浮かべてから、自信ありげに答えた。

「少なくとも、怪しげな者が駅構内に入っていたとは、聞いていません。開業式を狙って蜂起するという企みが露見しましてから、部外者の立ち入りには気を付けています。切符を買ってホームに入るのは別ですが、それ以外の場所では、すぐ咎《とが》められるはずです」

「しかし、駅の裏側は畑で、広々としていますよね。そちら側から近付いて、誰も見ていないうちに構内に入るか、柵の外側から貨車を見張る、なんてこともできるのでは」

小野寺は、貨物掛の萩山が、二時間ほどは一〇二列車の貨車に近付く隙があった、と言っていたのを覚えていた。見咎められず千両箱を積み込むことができたなら、こっそりそれを見ていることもできたはずだ。だが、渡野目は否定した。

「裏の畑に居たら、広々としているだけに余計目立ちます。畑に入り込めば農家の人たちに見つかるし、柵の外にじっと立っていれば、ホームから丸見えです。そんな大胆なことをするものでしょうか」

そう言われると、小野寺も頷かざるを得ない。草壁は、しきりに頷いている。

「いや、駅長の言われる通りですな。さすがによく見ておられる」

「これはどうも、痛み入ります」

賛辞に照れたように、渡野目は軽く頭を下げた。そこで何事か思い出したようだ。

「ああ、そうだ。一つ、お知らせしておくことがありました」

「ほう、何かありましたか」

「はい、昨日の夕方、加納商店のご主人が見えまして、まとまった量の生糸を横浜へ運びたいので、臨時の貨物列車を出してほしいと注文されたんです。事件には関わりないかも知れませんが、あの三十七号貨車と同じく加納さんが荷主なので、一応」

「わざわざ臨時列車を仕立てるんですか」

小野寺はいささか驚いて聞き直した。加納商店は確かに大店だが、専用の列車が必要なほどたくさんの荷を、一度に扱う規模とも思えない。

「はい。英国から大量の注文があったそうで、加納さんが生糸商の組合の方々に諮《はか》って荷を揃え、まとめて送るようです」

「どれほどの量で、いつ走るんですか」

「貨車は十両、用意します。運行は五日後です」

「五日後？　ずいぶん慌ただしいような気がしますが」

草壁が意外そうに言った。

「驚くには当たらないでしょう。草壁さん、逢坂山の事件のとき、井上局長の鶴の一声で、その場で臨時列車を仕立てたことがあったじゃないですか」

小野寺は草壁の反応を見て、面白がるように言った。

「ああ……それはそうだが」

逢坂山トンネルの事件のとき、犯人に襲われて重傷を負った者を京都の病院へ運ぶため、終列車後に緊急に列車を走らせたことがあった。草壁も小野寺も、その顚末を間近で見ている。

「あのときに比べれば、鉄道の仕組みはずっと複雑になってるだろう。今、きちんと列車を走らせるには、随分と手間がかかるんじゃないのか」

草壁も鉄道に関わっているうちに、それなりの知識は得たようだ。一方、渡野目は、大丈夫ですと胸を張った。

「将来を見越して、貨車は多めに作ってあるので、余裕があります。機関車は、こういうときのために常に予備を用意しています。それと、ダイヤグラムはご存知ですね。この路線のダイヤグラムには、午前と午後に一本ずつ、あらかじめ貨物列車の時刻が設定されています。上りだと、午前の第一二列車と午後の第一〇二列車ですね。今の貨物の量では、毎日二本も走らせる必要がありませんから、運ぶ貨物が出たときに、どちらかの時刻で走らせるのです。今度の加納さんの列車は午後です」

小野寺は、草壁が感心したように聞き入っているのを見て、微笑んだ。この高崎線の貨物列車は、不定期列車としてダイヤ上に組み込まれている。車両と乗務員を揃え、運輸長の承認を得て、電信で各駅に通達を送れば、走らせることができるのだ。鉄道の仕組みは奥が深く、草壁の知らないことはまだまだたくさんあるはずだ。

「よくわかりました。ところで……」

渡野目の説明を聞き終えた草壁は、ふと思い付いたように尋ねた。

「加納さんは組合の方々の荷を揃えると言われましたな。荷主は全部で何人居るんです」

「はあ、代表は加納さんですが、荷主としては十人ほど居られますね」

「名前を教えて下さい」

渡野目は、いいですよとすぐに応じ、戸棚から自分で帳面を取り出して、頁《ページ》を広げた。

「これです。どうぞ」

草壁と小野寺は、差し出された帳面を覗き込んだ。加納を筆頭に、高崎と近郷の生糸商らしい名前が並んでいる。その中程に、見知った名があった。

「おや、市左衛門さんも入っている」

声に出したので、渡野目も改めて帳面に目を落とした。

「ええ、そうですね。新浪さんが何か」

「ああ、いえ。先日、家にお伺いしたばかりなので」

市左衛門は養蚕農家を束ねる大名主で、指折りの豪農だ。加納商店とも当然、付き合いはあるだろう。荷主に名を連ねていても、不思議なことはない。

それ以上、特に気になる点はなかったので、小野寺は礼を言って帳面を渡野目に返した。

「加納さんも市左衛門さんも、この貨物列車の話はしていませんでしたね」

「うん、そうだな。しかし、こりゃああくまで普段の商売の話だろう。こっちから聞かない限り、いちいち言いはしまいよ」

それについては草壁の言う通りだ。が、そうですねと小野寺が言った途端、草壁は思わぬことを言い出した。

「だから、こっちから聞きに行くとしようじゃないか」

「加納さんのところへですか」

「いや、まずは市左衛門さんのところにしよう。何しろ君の親族だからね。加納さんよりは話しやすいだろう。今日は谷川君の車はないから、ぶらぶら歩こうや。天気もいいし、晩飯までには帰って来られるさ」

草壁はそれだけを口にすると、渡野目に、では失礼と軽く手を振り、さっさと駅を出て歩き出した。このまま新浪家に向かうらしい。相変わらず、気分次第で動いているようだ。小野寺は、やれやれと嘆息して後を追った。

高崎の町を出て、街道を二里ばかり行くうち、すっかり汗ばんできた。日差しは強く、青青と茂った桑畑の上を時々渡って来る風が、心地良かった。

市左衛門の屋敷に着いて案内を乞うと、市左衛門自身が表に出て来て、二人を奥の座敷に通した。連日の急な来訪を訝しむこともなく、愛想のいい笑みを浮かべている。

「申し訳ございません。弥助は、まだ見つかりません」

座敷に腰を落ち着けるなり、市左衛門が恐縮して言った。

「室田《むろだ》から安中《あんなか》の方まで、人をやって捜させておるんですが、今のところ弥助の姿を見た者は出てまいりませんで」

近郷に目撃者が居ない、ということは、夜のうちに高崎の町へでも入ったのかも知れない。

「弥助さんには、身を隠す当てはないんですか」

小野寺が聞くと、市左衛門は即座に、それはないと答えた。

「小栗様を襲った村の連中は、弥助にとっては仇《かたき》のようなものですし、親族との付き合いもほとんどないようですからなあ」

村に居場所がないので市左衛門の世話になったぐらいだから、当然かも知れない。しかし、自由党の仲間に入っているなら、その連中が匿《かくま》ったとも考えられる。小野寺はちらりと草壁を見た。草壁も同じことを考えていたらしい。小野寺に目で、余計なことは言うなと合図してきた。昨日の様子だと、市左衛門は弥助が自由党に関わっているのを知らないようだ。まだそのことを知らせるときではない、と草壁は考えているのだろう。

「ところで、今日伺ったのは別の話でして」

草壁が話を変え、本題に入った。

「加納さんが代表になって、横浜への貨物列車を仕立てるそうですな」

思いがけない方に話が行ったので、市左衛門は眉を上げた。が、すぐに「ああ」と大きく頷いた。

「生糸を運ぶ汽車のことでございますな。はい、加納さんからお声がけを頂戴しましたので、お仲間に入れていただくことにしました。何でも、英国の大店を通してのお話で、しっかりした相手だから大丈夫と承りました。東京や横浜の問屋を介さずに、英国の商人と直取引できるなら、悪い話ではございません」

「加納さんから話があったのは、いつです」

「昨日でございます。私が本郷から戻って間もなくのことで」

ならば、自分たちと会っているときは、市左衛門はまだ貨物列車の件を知らなかったのだ。おそらく自分たちは、高崎へ戻る途中、街道で加納商店の使いとすれ違っていたはずだ。さすがにそんなことには気付かなかった。

「新浪さんはどれほどの荷を運ばれるのですか」

「はい、車……貨車、と言うんでしたか、それ二台分です」

「ほう。それだけの量を、蔵にお持ちだったのですな」

「いえいえ、私は加納さんたちと違って商人ではありませんので、常に生糸を抱えているわけでは。折角《せっかく》の機会ですから、近郷の村から集めております。揃い次第、駅まで運ぶつもりです」

それを聞いて、小野寺はいささか感心した。急な話なのに、さっと生糸を集めて右から左へ動かせるなど、さすがは大名主だ。今度の貨物列車の荷主は、市左衛門を除いては皆、生糸商である。加納が商家でない市左衛門にも声をかけたのは、市左衛門なら大名主の面目にかけて、荷を用意すると考えてのことだろう。

「このように、列車を借り切って生糸を運ぶことは、何度かあったんですか」

草壁が、さらに確かめるように聞くと、市左衛門はちょっと首を傾げてみせた。

「さて、加納さんたちは何度も汽車で生糸を運んでいますし、私の方からは加納商店さんにいつも生糸を納めています。しかし、汽車を出すから直に荷を出さないかとお誘いいただいたのは、初めてでございますな」

草壁は、やはりという顔で「そうですか」と頷いた。

「加納さんの方へは、もうお話を聞きに行かれたのですか」

「いや、この後で寄ります。今日は歩きですし、早いうちにまずこちらへ、と思ったものですから」

「ああ、左様ですか。お役に立ちましたでしょうか」

「ええ、どうも突然お伺いして、お手間をとらせました」

お手間などととんでもない、と応じながら、市左衛門は安心したように笑みを浮かべた。

「それにしても、汽車というのは誠に便利なものでございますなあ」

市左衛門は話の終わりに、感嘆するように言った。

「日の高いうちに高崎を出れば、夜遅くには横浜の英国商会の蔵へ着ける。そんなことは、御一新前には想像もしませんでした。汽車が走るだけで、本当にいろいろなことができるようになるのですなあ」

それを聞いて、小野寺は嬉しくなった。またここに一人、鉄道の効用を理解する人間が出て来たのだ。日本中の人々が、鉄道がいかに重要かを悟るのも、そう遠い話ではあるまい。

昼餉《ひるげ》を用意させますからという誘いを断って、新浪家を出たのは十一時を過ぎた頃だった。この時間なら、高崎へ戻ってから昼食にしても遅くはない。日差しはますます強まり、笠でも被ってくれば良かったと嘆息しながら、小野寺は草壁と並んで歩を進めた。

「市左衛門さんに知らせたのが昨日の午後だったとは、この貨物列車の話はずいぶんと急なことだったんですね」

小野寺が話しかけると、草壁は表情を動かさずに「そうだな」と返事した。

「それにしても、この時期に臨時の貸切り貨物列車を出すとは。変に勘繰られる恐れがある、とは誰も考えなかったんでしょうか」

「ほう。と言うと？」

草壁がニヤリと笑みを浮かべ、小野寺の方を向いた。

「第一〇二列車のことですよ。千両箱を積んでいた三十七号貨車の荷主は加納商店です。今度も、貨物列車全体の荷主代表が加納さんです。繋がりがあると思う奴らが居るんじゃないでしょうか」

「奴らというのは、自由党と久我たち不平士族のことを指してるんだね」

口元で笑ったままの草壁の様子から、小野寺が考えていることは、草壁もとうに承知しているのだとわかった。

「奴らがまた、貨物列車をひっくり返すんじゃないかという心配かい」

「ええ。どうでしょう。また同じ手を使うとは考え難いでしょうかね」

「そりゃあ、いろいろ考えられるさ」

草壁は、何か考えを巡らすのを、楽しんでいるように見えた。

「仮に、一〇二列車を脱線させたのが自由党だとしよう。自由党は失敗に懲《こ》りて同じ手を使わんかも知れんが、久我一派は自由党の仕業に見せかけるため、同じ手口を使うかも知れん。また、自由党はその裏をかくかも知れん。あるいは、馬鹿の一つ覚えでただ同じことを繰り返すかも知れん。何でもあり得るぞ」

「そんな……それじゃ、焦点が定まりません。考えられる全てに対処できる用意をしなきゃならない、ってことですか」

「守りを固める、ってのは、つまりそういうことなんだぜ」

そう言われれば、確かにそうだ。しかし、できることは限られている。そう言い返そうとすると、草壁が、まあ待てと言った。

「列車を襲うなんて大掛かりなことをやるなら、その貨物列車に隠し金、少なくともその一部が積まれているという確証がなきゃなるまい。でないと、自由党も久我も動かんよ」

なるほど、と小野寺は頷いた。列車を襲ってみたものの、積まれていたのが額面通りの生糸だけだった、では目も当てられない。

「じゃあ、奴らはどうやってその確証を得るつもりでしょう」

「さあね。だが、いろいろと努力はしているようだぜ」

草壁はそう言って、さりげなく後方の畑に顎をしゃくった。小野寺が振り向くと、畦道の向こうに麦藁帽が隠れるのが、ちらりと見えた。


高崎の町に入ったところで開いている飯屋を見つけ、縄暖簾をくぐった。入り際に周りをさっと見回したが、麦藁帽は見当たらない。だが、安心はできなかった。自由党の連中以外に、久我の手下もこちらを見張っているかも知れない。

「どうも、こうしょっちゅう尾けられちゃ、落ち着きませんね」

飯と汁と香《こう》の物を注文してから小野寺がぼやくと、事情が複雑になればなるほど面白がる草壁は、上機嫌で応じた。

「まったく、俺たちもすっかり人気者じゃないか。警察の密偵も一人ぐらいは付いてるかも知れんし、出かけるたびに大名行列とは豪儀《ごうぎ》だねえ」

「笑い事じゃありませんよ。これじゃあ、何をしてもあちこちに筒抜けじゃないですか」

「まあそう嘆くなよ。これを逆手《さかて》に取る方法だってあるんだ」

「へえ、それは奉行所同心のときに覚えた手法ですか。もしかして、何か企んでますか」

「いや、今のところは考えなしだ。しかしあの麦藁帽だがね」

草壁の顔が、少しだけ真面目になった。

「帰り道の半ばまで来ないうちに、姿を消したよ。我々を尾けてたんじゃなかったかもな」

「え？　じゃあ、誰を尾けてたんです」

「尾けてたと言うより、見張ってたんじゃないかな」

言われて小野寺も、はっとした。

「もしや、新浪さんの屋敷を見張ってたんですか。そこへ我々が来たので、帰りにどうするか途中まで尾けて確かめていた、と」

「うん。俺たちが他所《よそ》へ寄らず、高崎へ帰るようだと見切って、また見張りに戻ったんだろう」

自由党の連中が、市左衛門が荷主の一人だと知ったなら、大名主として小栗に縁のある市左衛門を見張ろうと考えるのは、よくわかる。やはり自由党は、隠し金が動くと見て確証を摑もうとしているのだ。荷主は全部で十人ほどだから、ことによると全員を見張っているのかも知れない。

「しかし、市左衛門さんがはっきり言ったように、隠し金なんてないんでしょう。いくら見張っても生糸しかないんだから、連中もすっぱり諦めるんじゃないですか。だとすると、よく見張ってくれた方が、列車は安全だということですね」

「すっぱり諦める、か……」

草壁は急に腕組みすると、何か考え込み始めた。小野寺が怪訝な顔で見ていると、やがて頭を振り、腕をほどいて箸を持ち上げた。

「そうあっさり、行ってくれるといいんだがね」

呟くように言って、芋の入った汁をかき込んだ。草壁は、そう簡単には割り切れないのだろうか。小野寺もそれ以上言うことはなく、飯茶碗を持ち上げた。

宿に戻り、暖簾をくぐると、帳場に居た主人が二人の顔を見て、さっと立ち上がった。

「ああ、お客さん。さっき、駅の人がこれを届けに来られました」

主人はそう言って、封筒を恭《うやうや》しく差し出した。

「東京から、電信が来たそうです」

電信などを受け取ることは、まだ滅多にないのだろう。主人は何事かと興味津々のようだ。

小野寺は、礼を言って封筒を受け取ると、すぐ部屋に上がった。

「もしかして、井上局長からかね」

電信を打って来る相手と言えば、他にはあるまい。電文が書かれた紙を出してみると、草壁の言う通り井上からだった。

「催促でもしてきたか」

「いえ。明日、警視庁の巡査隊が派遣されて来るそうです。大迫《おおさこ》警視総監直々の命令だとか」

「巡査隊だと？」

さすがに草壁は、眉を吊り上げた。

「やけに大袈裟じゃないか。何をするつもりなんだ」

小野寺は草壁に電文を渡した。

「名目は、秩父の騒動の残党を一掃する、ということのようです。自由党の過激派を根こそぎにする気ですかね」

警視総監の大迫貞清《さだきよ》は、生粋の薩摩藩士で、去年の秩父での蜂起鎮圧に深く関わっている。秩父の蜂起を煽動《せんどう》した自由党員らは、多くが群馬や長野に逃れて潜伏しており、小栗の隠し金を狙う麦藁帽の男たちは、その一部に違いない。彼らを一斉に検挙するというのであれば、警視庁巡査隊派遣の名分は立つ。だが、それだけではあるまい。

「まあそれも、目的の一つなんだろうが、本音は別だろう」

「やっぱり、隠し金を回収しようとしているんでしょうね」

「自由党や久我一派が隠し金を狙っている、というのは、県警察本署の薗木だったか、あの辺から報告が行ってるんだろう。警察としちゃ、奴らを出し抜いて隠し金を手に入れ、あわよくば一網打尽にしようって魂胆《こんたん》だろうな」

市左衛門は、欲が生んだ幻、と言っていたが、その幻がこれほど多くの人間を引き寄せるとは。自由党、不平士族、警察それぞれの思惑が絡み合い、話はどんどんややこしくなる。第一〇二列車の脱線などは、全体の中のほんの一かけらに過ぎないのだろうか。

「井上局長によると、巡査隊は明日夕方にもこっちへ着くようだな。指揮するのは木佐貫《きさぬき》という警部らしい。名前からすると、こいつも薩摩人だ」

小野寺が嘆息していると、草壁が電文に書かれた名前を指で弾いて言った。

「警察の幹部は大抵薩摩人ですからね」

「警察全体が、薩摩の思惑で動かされているようなのは困ったもんだが、悶着《もんちゃく》が起きる前に一度、拝顔《はいがん》の栄《えい》に浴するとしようか。臨時列車を仕立てるほどではないだろうから、四時四十六分着の第五列車で来るんだろう」

「出迎えに行くんですか」

小野寺が意外に思って言うと、草壁はにんまりとして見せた。

「我々に愛想をするとは思えないけどね」


本町の加納商店は、相変わらず活気に満ちていた。折しも、近郷の農家から届いたと思われる生糸の梱が、荷車に積まれて着いたばかりのようだ。荷車に括《くく》り付けていた縄を解き、人足が三人がかりで奥の蔵へと梱を運び込んでいた。あれも横浜行きの貨物列車に積まれる荷なのだろうか、と小野寺は漠然と思った。

二人は間もなく番頭に、先日と同じ座敷に案内された。加納はすぐに現れた。

「これは度々、ご苦労様でございます。何かまた、お役に立てることがございますか」

「ええ、五日後に出る横浜行きの貨物列車のことです」

挨拶もそこそこに、草壁はいきなり本題に入った。

「ああ、そのことで。はい、私の方で取りまとめをさせていただいております」

「実は、今朝がた新浪さんのところに伺って、話を聞きました。英国商人から、直の注文だそうですな」

「新浪さんのところへ？　ああ、左様でしたか」

加納は、特に驚いた様子もなく頷いた。

「英国のボールドウィン商会というところから、ご注文をいただきました。何やら先様の都合で、上質の生糸を急いで調達したいとのことで。もう既に、七日後のP&O《ピーアンドオー》汽船会社の船を押さえてあるとか。少しばかり忙《せわ》しないお話でしたが、少しでも商売を広げられる機会と思い、お受けいたしました」

「信用できる相手なのですか」

小野寺が少し心配になって確かめると、加納は自信ありげな笑みを浮かべた。

「はい、三井《みつい》様のご紹介でございますので」

「三井ですって」

小野寺は目を丸くした。三井と言えば、この国を代表するほどの大商店だ。言っては何だが、田舎の一商店に過ぎない加納が、そんなところと付き合いがあるとは思わなかった。

「はい。三井の大番頭をされていました三野村利左衛門《みのむらりざえもん》様が、昔小栗様の家に奉公されていたというご縁がありまして、私ども高崎の生糸商ともいささかのお付き合いをいただいておりました。三野村様はもう亡くなりましたが、ご縁はまだ続いております」

「それで、三井は中継ぎに入って手数料を取ることもせず、直に繋いでくれたのですか」

「誠に縁というのは大事なもの、有難いことでございます」

まあ三井にとっては、この程度の手数料などたかが知れているのだろうが、なかなか太っ腹だ。

「新浪さんのところは商家ではありませんが、敢えて声がけをされたんですね」

草壁が聞くと、加納はちょっと眉をひそめたが、すぐに答えた。

「確かに、新浪さんに直にお願いするのは異例ですが、急なことで私どもの仲間だけでは荷が揃うか、心配だったもので。新浪さんでしたらこの辺り一帯の村に顔が利きますから、足りない分があっても集めていただけると存じまして」

「それで、荷は必要な分だけ揃ったのですか」

「結果から申しますと、私ども商家だけで何とか揃えることはできました。しかし、新浪さんにお声がけしました手前、新浪さんの荷も積ませていただくことにしました」

「もうだいぶ、集まっているわけですな」

「各店の蔵にあったものに新たに届いた分を加えまして、順に駅の倉庫の方に運び入れています。新浪さんの荷は、明日の夜くらいに着くはずです」

「念のために伺いますが、荷は生糸だけですか」

「ええ、そうですが……」

言いかけて、加納は「ああ」と唸《うな》った。

「また千両箱のような怪しげなものが積まれないかと、ご心配なのですな。さすがに二度三度と、あのようなことがあるとも思えませんが、一応、用心のため見張りを立てるつもりです。私どもも、また警察に妙な言いがかりをつけられたくはございませんし」

加納は、まったく困ったもんだ、という顔になって軽く溜息をついた。

「水を差すようで申し訳ないが」

草壁が表情を硬くした。

「このところ、自由党や不平士族の一派が、我々や新浪さんの周りをうろうろしている。奴らは皆、小栗の隠し金を狙っているようです。勝手な想像で、加納さんの貨物列車に目を付けないとも限らない。用心に越したことはありません」

「自由党に、不平士族までも、ですか」

加納は困惑を顔に浮かべた。

「それはしかし、何とも困った話ですなあ。隠し金は積んでいないと幟《のぼり》を立てるわけにもいきませんし、おっしゃるように、用心するくらいしかできることはなさそうですなあ」

加納は腕組みし、さっきよりずっと大きな溜息をついた。


加納商店を出て宿の前まで来ると、何やら騒々しく人が出入りしていた。草壁と小野寺は顔を見合わせ、何事かと首を傾げた。

暖簾をくぐると、土間で旅装を解いている客や、荷物を運び込んでいる客が何人も居た。慌ただしく客の応対をしていた主人と目が合うと、主人は済まなそうに頭を下げた。

「どうも、お騒がせをしております」

寄って来た主人が、小声で言った。

「どうしたんだい。千客万来じゃないか」

「はい、実は皆様、駅の近くの駒井屋《こまいや》さんのお客様だったのですが」

そう言えば、駅からの通りの中程にそういう宿の看板が出ていた。

「駒井屋さんとやらが、どうかしたのかい」

「急に警察からお達しがありまして、東京から巡査の方々が大勢来られるので、駒井屋さんを借り切りたいとのことで。既にお泊りの方は居られたのですが、追い出される格好になりまして、警察と駒井屋さんから頼まれて、うちとあと三軒の宿でお引き受けしたところです。おかげさまで、満室になりました」

「警察が、宿を借り切りか」

井上局長が報《しら》せてきた、警視庁巡査隊に違いない。

「何人くらい来るんだい」

「はあ、五十人くらいのようです」

「五十人もか」

これは思ったより大規模な派遣だ。

「いきなり宿を押さえて客を追い出すとは、迷惑な話だねえ」

「まあ、御上《おかみ》のなさることですから、仕方ございません」

主人は苦笑気味に言ったが、すぐ当惑顔になった。

「それにしても、東京からそんな大勢の巡査が来て、この高崎でいったい何をなさろうと言うんでしょう。そんな大捕物《おおとりもの》の心当たりは、とんとございませんが」

「だろうね。警察には、我々の知らん思惑があるのさ」

草壁は主人の肩をぽんと叩き、部屋へ向かった。

「この分だと、晩飯はちと遅くなりそうだな」


翌日、午後四時四十六分。定刻に到着した第五列車には、後部に下等車四両が増結されていた。列車が停止すると同時に開いたその四両の扉から、五十人の制服巡査が一斉にホームに降り立った。居合わせた旅客は、その物々しい光景に驚き、道を空けて彼らの隊列を見送った。渡野目駅長さえ、一歩引いた。

草壁と小野寺は、駅長室の前で巡査隊一行を待っていた。その傍らには、迎えに出て来た本署の薗木警部補と岩元巡査が立っている。薗木は駅舎に入って草壁たちに気付くと、冷たい視線を向けて来たが、何も言わなかった。

間もなく、改札口を通って巡査たちが現れた。先頭の厳《いか》めしい髭を生やした大柄の男は、袖の金筋から木佐貫警部だとわかった。薗木がその姿を見て、草壁を押しのけるように前に進み出ると、姿勢を正して敬礼した。

「群馬県警察本署の薗木でごわす。本日は、ご苦労様です」

「おう、警視庁の木佐貫義徳《よしのり》じゃ。出迎え大儀」

木佐貫は答礼し、鷹揚《おうよう》に頷いて見せた。

「お疲れでごぜもんそ。まずは宿に入って一服されもすか」

「うんにゃ、まだ日も高か。取り敢えず高崎署ん方へ行って、これまでん話を聞かせてもらおう」

「承知しました。ご案内いたします」

薗木が木佐貫らを先導しようとしたところで、草壁が前に出た。

「どうも、警視庁の木佐貫警部殿ですな。鉄道局の草壁です」

「うん？」

木佐貫が怪訝な顔をすると、横から薗木が「例の」と耳打ちし、じろりと草壁を睨んだ。

木佐貫は思い出したらしく、「ああ」と言って草壁と小野寺を交互に見た。

「おはんらが、鉄道局の探偵じゃな。話は聞いちょる」

「早速に何ですが、警部殿は自由党の過激派の取り締まりに来られたのか、不平士族の警戒に来られたのか、それとも何か別の目的がおありですかな」

あまりにもあけすけに言うので、薗木が目を剝《む》いた。小野寺は冷や汗が出そうになった。

木佐貫は一瞬不快そうな顔つきをしたが、鷹揚さは崩さなかった。

「いろいろとある。儂《わし》らは儂らん仕事をすっだけじゃ。おはんらはおはんらのするべき仕事をすりゃよか」

木佐貫はそれだけ言うとすっと顔を背け、薗木を促した。薗木は一礼し、草壁をもう一度睨みつけてから、巡査隊の先に立って駅前に出て行った。

「草壁さん、いきなりあんなことを言って。どうなるかと思いましたよ」

小野寺は汗を拭きながら苦情を言い立てた。草壁の方は、しれっとしている。

「なあに、相手を測るには正面から一発、というのが一番だからね」

「警視庁のお偉方相手に一発お見舞いするなんて、乱暴過ぎるでしょう」

小野寺は、呆れ返って嘆息した。

「で、どう測ったんです」

「少なくとも、薗木警部補などよりは、だいぶ上手《うわて》のようだね」

それだけですか、と小野寺が言おうとすると、草壁はさっさと身を翻して外へ行ってしまった。


「おや、これは。草壁さんと小野寺さんでしたね。また何かご用でしょうか」

木島組の番頭の永井は、暖簾をくぐった二人を見るなり、愛想よく言った。

「やあ、どうも。お邪魔します。ちょっと聞いておきたいことがあってね」

「わかりました。奥へどうぞ。今日は主人も居りますので」

永井に案内されて座敷に通ると、すぐに四十五、六の胡麻《ご ま》塩《しお》頭の人物が出て来て、店主の木島治三郎《じさぶろう》と名乗った。

「あの事故になった列車のお調べは、まだ続いて居りますんですな」

一通りの挨拶を述べてから、木島が問うた。草壁が頷きを返す。

「何者かの仕業によるものですが、その何者かがまだ決められない。疑わしい者は大勢居るんですがね」

曖昧に答えると、木島はそれ以上は聞かず、「難しいものですなあ」と腕組みした。

「それで本日は、どのようなことをお聞きになりたいので」

「ええ、加納さんたちの仕立てる横浜行き貨物列車のことはご存知ですね」

「はい。いつもの上野行きではなく、貸切りの別仕立てと聞いております。荷は英国向けの生糸だけとか」

「そうです。その荷の積み込みは、やはり木島組さんが?」

「ええ。いつも通り、荷主さんが駅の倉庫に運んで、そこから貨車への積み込みはうちの者がやります」

「ふむ。そこで伺いたいのですが、この数日で人足に雇ってほしい、と言って来た者が居ませんでしたか」

そう聞くと、木島と永井は同時に目を見張った。

「ほう。これは恐れ入りました。なぜご存知で」

「ということは、そういう者が居たんですね」

小野寺は膝を乗り出した。

「はい、それも二組居りました」

「二人ではなく、二組ですか」

「二人ずつの二組、合わせて四人ですね。しかし、二組はまったく別々のようでした」

「同じ連中の仲間が二組に分かれて来たのではなく、全然違う人たちに見えた、ということですね」

「そうなんです。まず三日前に、雇ってほしいと言って来た二人組ですが、年格好は三十前くらいで、壮士風と言いますか、ちょっと尖《とが》った感じがしました。見かけは人足をやるような感じではなく、書生か教師でもやらせた方が似合っていましたね」

なるほど。小野寺は草壁の方に目を向けた。草壁もわかっていると目で返事した。その二人組は、自由党員に違いない。

「もう一組の方は、一昨日来ました。やはり雇ってくれと言うんですが、こちらはもっと年《とし》嵩《かさ》で、どうも武家の出のように思えましたねえ。着物の様子から見ると、暮らし向きは良くなさそうでした。日銭《ひぜに》を稼ぎたかったのかも知れませんが、人足向きの体つきではなかったですね。先に来た二人組とは、水と油のように見えました」

こちらの方は、久我一派と見て間違いないだろう。

「で、雇わなかったんですね」

「無論です。どうも胡散臭《うさんくさ》過ぎる。怪しげな連中を雇って、また警察に首を突っ込まれては、店の信用に関わります。手は足りてると言って、早々に引き取ってもらいました」

木島は幾分心配げになって付け加えた。

「やはり、何者かの手先だったんですか」

「そうだと思われます。雇わないで良かったですよ」

草壁がそう言ってやると、木島はほっと息をついた。

「その何者かは、いったい何を企んで居るのでしょうな。狙いはやはり、加納さんの貨物列車なんですか。昨日は巡査の方々が大勢、東京からお着きでしたが、それに備えてのことでしょうか」

「どうも、そのようですな」

「積荷は生糸だけというのに、何がしたいんでしょう」

木島はそう呟いてから、眉間に皺を寄せた。

「まさか、また千両箱のようなものが絡んで来るんですか」

「そんなことはないはずですが、そう思っている連中も居るようです」

「それは困ったものですね」

怪《け》しからん話だと、木島が目を吊り上げた。

「では私どもの方でも、人数を増やして、怪しい奴らが入り込まないよう目を光らせるとしましょう」

「そうしていただけると助かります。よろしくお願いします」

「いえ、日本鉄道さんには日頃大変お世話になっていますから、そのぐらいは当然させていただきます。私どもの信用にも関わることですし」

木島は、お任せ下さいとばかりに胸を張った。

第六章　夜更けの襲撃

貨物掛の詰所の横にある三棟の倉庫には、加納たちの集めた横浜へ送る生糸が、搬入され始めていた。貸切り貨物列車が出るのは明後日で、それまでに出る一般の貨物列車に積む荷が倉庫の多くを占めており、加納たちの荷は、一番奥の倉庫の端に置かれている。

小野寺は倉庫の中を一通り確かめ、外に出た。草壁は電信柱にもたれて、倉庫の周りにちらちらと目をやっている。

「今のところ、加納さんたちの荷は生糸だけに違いないようです。外に怪しい奴は居ますか」

声をかけると、草壁は小さくかぶりを振った。

「倉庫を見張っているとはっきりわかるのは、居ないね。まだ早い、ということかな」

「木島組の人足に入り込もうとしたわけですから、自由党も久我たちも、あの列車を狙っているのは間違いないですよね」

「ああ、そうだな」

草壁は、どこか煮え切らない返事をした。

「隠し金が積まれるという確証がなきゃ、連中は動かないと思ったんだが……そんなネタを、どこで仕入れたんだろうな」

「そうですね。我々もそんな話は耳にしていないのに。だいたい、荷主が生糸以外は積まないと言ってるんですから、何者かが偽のネタを流したんでしょうか」

「偽の、ねえ」

草壁はそう呟いたきり、腕組みして黙ってしまった。こうなると、話しかけても生返事しか返って来ない。小野寺は草壁を置いて、ぶらぶらと駅舎の方へ歩いて行った。

貨物ホームでは、停められた十五両連結の貨車に、貨物掛の萩山が指図をして、荷積みが行われていた。午後の上野行き貨物列車だ。ホームに積まれた荷の量を見ると、この列車も満載になるようだ。生糸の梱の他、雑貨や野菜の木箱もたくさんある。

小野寺は、その光景に顔を綻《ほころ》ばせた。鉄道の貨物輸送が盛況になるのは、何よりだ。日本に鉄道ができて十三年。いまだに遠くの地方に行けば、やれ仕事を奪われるだの、土地を取り上げられるだの、機関車の火の粉で火事になるだのと言って鉄道を拒否する旧弊な人々も居るが、一度鉄道の便利さを味わえば、そんな声は急速に萎《しぼ》んでいく。今では、あちこちの地方の有力者が、自分の村に鉄道を引っ張ろうと躍起になり始めている。大阪では民間の資本家たちが、新しい鉄道を開業させようとまでしているのだ。

逼迫《ひっぱく》する養蚕農家を救おうという自由党の考えも、心情としてはわかる。士族の窮乏《きゅうぼう》を何とかしたいという、久我の考えも間違ってはいない。しかし、その手段を隠し金などに求めるのは、正しいことだろうか。まして、連中のやろうとしているのは強奪だ。そのために鉄道を破壊するなど、許されるものではない。小野寺は改めて思った。自由党であれ不平士族であれ、隠し金の幻に踊らされて暴挙に出るなら、絶対に阻止しなければ。

新町《あらまち》で昼飯を終えて通りに出ると、田町《たまち》の方から、馬に牽かれた荷車が三台ほど、連なって来るのが見えた。何気なくそちらに目をやった小野寺は、先頭の荷車に付き添っている男を見て、おや、と思った。見覚えがある。市左衛門の家人の小川だ。とすると、荷車に積まれているのは、市左衛門が加納の列車に載せる生糸だろう。

「ほう、新浪さんの荷か」

同様に小川に気付いたらしい草壁が、声に出した。と、急にその目が鋭くなり、荷車の後方に視線を突き刺した。元八丁堀同心の目が、何かを捉えたようだ。

「どうかしましたか」

小野寺が囁くと、草壁は振り向かずに小声で言った。

「荷車を尾けてる奴が居る。どうも自由党らしいな」

できるだけさりげなく、小野寺は荷車の後ろへ目を移した。残念ながら、小野寺には見つけられない。

「今は看板の陰に隠れてる。素人っぽいから、すぐわかるさ」

そう言われて看板の方を見ると、すぐにその陰から着流しの若い男が現れた。男は二十間ほど進んだかと思うと、また陰に入った。確かに素人臭い動き方だ。三日前、市左衛門宅を訪れたとき、近くに麦藁帽の男が居たのを思い出した。交替で、ずっと見張っていたのだろう。

三台の荷車が、小野寺たちの前を通り過ぎ、少し先の角を駅の方へ曲がって行った。小川は、小野寺にも草壁にも気付かなかった。着流しの男も、荷車の後を速足で追って行った。ここまで来たら、荷車が駅の倉庫に行くのはわかり切っているし、尾ける必要はないだろうに、その辺は素人故《ゆえ》か。

「なあ、小野寺君」

ふいに草壁が言った。

「あの新浪さんの梱だが、どうもやけに角張っていたような気がしないか」

「角張ってる？　そうでしょうか」

小野寺は意味を測りかねて、首を傾げた。草壁は角まで歩いて行って、駅へ向かう荷車の後ろを、じっと見送っていた。

雲の間から月の淡い光が漏れていた。駅前の数少ない商家の提灯もとうに消され、三棟の倉庫の黒々とした影が、夜空を背景にぼうっと浮き出している。銀座《ぎんざ》の夜を昼間の如く照らすアーク燈も、東京では珍しくなくなったガス燈も、この高崎ではまだ未来の利器だ。駅の方から、微《かす》かに柱時計の鳴る音が聞こえて来た。

「十二時になりましたね。まだ見張るんですか」

小野寺は、欠伸を抑えて半ばぼやくように、草壁に言った。

「そう焦るな。夜中に事が起こるのは、丑三《うしみ》つ時（午前二時）と相場が決まってるだろう」

「別に幽霊を待ってるわけじゃないでしょう。ほんとに今夜、何か起きますかねえ」

二人は、市左衛門の荷が運び込まれた今夜、自由党の連中が動くだろう、との草壁の読みで、人通りの絶えた午後九時過ぎから、駅舎の陰で張り込んでいた。それから三時間、今のところ野良猫ぐらいしか動きはない。

「相手が大人数だったらどうします。二人じゃどうにも」

「忘れたか。すぐ先の駒井屋には、警視庁の巡査が五十人居るんだぞ」

あまり警察の世話にはなりたくなかったが、急場のときはやむを得ない。しかし、自由党も巡査が近所に居るのを知っていたら、近付くのを控えるのではないか。小野寺は、草壁の思惑通りになるか、どうも心配だったが、辛抱してそのまま待った。

待った甲斐はあった。十二時半を過ぎたかと思える頃、倉庫の前で影が動いたような気がした。はっとして目を凝らすと、小さな灯りがぽっと点った。マッチを擦ったらしい。

「ようやく来たな」

草壁がニヤリとするのが、気配でわかった。二人は、こっそりと動き出した。

マッチはすぐに消えた。扉の錠前を確かめたのだろうか、何かの合図だったのだろうか。足音が聞こえ、倉庫の前に居た誰かが、裏の方へ回ったのがわかった。人数は、おそらく二人。市左衛門の荷を狙って来たなら、二人とは少な過ぎる気がした。だが二人対二人なら、勝てそうだ。小野寺は彼らに続いて裏へ行こうとした。それを草壁が止めた。

「慌てるな」

耳元で囁かれ、小野寺は頷いて留まった。

「何をする気でしょう」

「わからん。もう少し様子を見る」

そう囁き合った直後、何かが焦げるような臭いを感じた。

「しまった、火だ！」

草壁が先に反応した。裏へ駆け込むと、倉庫の壁が燃え始めていた。火の勢いからすると、油を使ったらしい。

「何で火なんか……」

市左衛門の荷を狙ったなら、それを燃やすなど理屈に合わない。当惑していると、草壁が怒鳴った。

「とにかく消すんだ」

そう言っても水はないし、はたいて消そうにも、二人は上着も羽織も着ていなかった。

「くそっ、何か……」

言いかけたとき、表で大勢が走り込む音がして、扉に何かが叩きつけられた。急いで表に戻ると、火消しの半纏《はんてん》をまとった男たち十人ほどが、扉を壊そうとしていた。

「おい、そっちじゃない、火元はあっちだ」

小野寺は、倉庫に入ろうと躍起になっている火消しに怒鳴った。が、火消しは振り向きもしない。何をやってるんだ、と、さらに怒鳴ろうとして、ぎくっとした。火消しの何人かは、提灯を持っていた。鳶口《とびぐち》とかでなく提灯？　しかも、火消しにしては体格が貧弱に見える。こいつらは……。

扉が壊れ、勢いよく開け放たれた。火消し姿の十人は、倉庫になだれ込んだ。そのときである。倉庫の向かいの商家の雨戸が、一斉に開いた。商家の灯りに照らされて飛び出して来たのは、こちらも十人ほどの若い衆だ。着物の裾をからげ、鉢巻をしている者も居る。手には棍棒や木刀を持っていた。まるでやくざの出入りだ。小野寺は、呆気に取られて立ちつくした。

若い衆は、火消し姿の連中の後を追って、次々と倉庫に飛び込んだ。倉庫の奥で叫び声が上がる。忽ち大乱闘が始まった。

商家から遅れて出て来た中年の男と若者が、小野寺の脇を走り抜けて裏へ回った。水でいっぱいの桶を運んでいる。どうやら、商家の主人と使用人らしい。火を消す役目は、彼らのようだ。

小野寺が呆然とこの騒動を見つめていると、草壁にぐいっと袖を引かれた。そのまま、反対側の倉庫の端へと下がる。

「草壁さん、こりゃいったい何です」

小野寺は喘《あえ》ぐように聞いた。

「これも読んでたんですか」

「いや、さすがにこりゃあ、予想外だ」

草壁も困惑して、騒動をただ眺めていた。火消し姿は自由党に違いなかろうが、商家で待ち伏せていたのは何者だろう。

間もなく、呼子《よびこ》の音が響いた。表に引きずり出された火消し姿の若い男が、ぎくりとして音の方を向いた。その途端、横っ面《つら》を若い衆に殴られ、その場に昏倒《こんとう》した。他にも数人、火消し姿が扉から放り出され、地面に転がっている。どっちが優勢なのかは明らかだ。どたどたと大勢の足音が近付いて来た。駒井屋の巡査たちが、騒動に気付いて押っ取り刀で駆け付けたのだ。制服姿の巡査が持ったランタンが揺れるのが見えた。

「こらァーッ、やめんか、みんなやめろッ」

大音声《だいおんじょう》の主は、木佐貫警部らしい。その声に、まだ取っ組み合っていた火消しと若い衆が動きを止めた。

「どげんした。倉庫を襲ったのは、どっちか」

「こいつらじゃあ」

若い衆の一人が、叩きのめされてふらふらになっている火消し姿の胸ぐらをつかみ、勝ち誇ったように叫んだ。木佐貫が顎で巡査を促し、巡査が若い衆に代わって火消しを捕まえた。

「火消しじゃなかかな。何者じゃ、おはんらは」

火消しの顔を覗き込むようにしていた木佐貫が、鋭い声で言った。火消しは、殴られて腫《は》れ上がった顔を背けた。

「自由党でしょう、そいつら」

草壁がゆっくり歩み寄って、声をかけた。木佐貫が振り向き、眉を上げた。

「おはんか。この騒ぎは、おはんの仕掛けか」

「いやいや、残念ながら違います。何かあるだろうと思って張っていましたが、こんな大騒ぎになるとは思いませんでしたよ」

木佐貫は、ふん、と鼻を鳴らし、若衆の一人に向き直った。

「おはんらは」

「いや、俺たちは頼まれて……」

「私どもがお願いして、集まってもらったのです」

若衆の後ろから、中年の男が前へ出て来た。小野寺はその顔を見て、あっと驚いた。商家の主人かと思ったのは、新浪家の小川だった。

「そいで、誰《だい》ね」

「はい、里見《さとみ》の大名主、新浪市左衛門の執事をしております小川惣助と申します」

「大名主の新浪？　この倉庫の荷主ではなかか」

木佐貫もそのぐらいは調べてあるようだ。

「左様で。新浪の命で、荷を守るため参っておりました」

「この若い者《もん》らは、おはんが雇ったとか」

「はい。伝手がありまして、田町の親分さんから助っ人を回していただきました」

「待ち伏せしちょった、ちゅうこっか」

木佐貫は、呆れたように頭を振ると、傍らの巡査に、逃げた者が居らんか辺りを調べろと命じた。ランタンを提《さ》げた巡査が数人、周囲に散った。

「そげんこっは、警察に任せんか。勝手なことをしてもろうては困る」

申し訳ございません、と小川が神妙に頭を下げた。

「小川さん、あんたたちは、自由党の連中が今夜襲って来ると承知してたんですか」

草壁が横から出て来て、尋ねた。木佐貫は露骨に嫌な顔をした。

「横から口を出さんでもらえるか」

「いや、お邪魔して済みません。これだけの人数を用意するとなると、相手が仕掛けてくるのがあらかじめわかっていた、ということでしょう。なぜです。それに、あの荷は生糸じゃありませんよね」

小川の頬が、ぴくっと動いた。

「は、それはですね……」

小川が次を言う前に、後ろの方で声がした。

「その通りです。生糸じゃありません。私が用意させました」

一同が一斉に声の方を振り向いた。市左衛門が、微笑を浮かべてそこに立っていた。そして、その隣に居るのは……。

「綾子！　どうしてここに来たんだ」

「谷川さんの車で来ましたの。その先の宿屋で待ってもらってますわ」

「そういうことじゃなくて、ここで何をしてる」

「はい、新浪の大叔父様のお手伝いですわ」

「お手伝いって……」

小野寺は二の句が継げず、そのまま固まった。草壁は、今にも笑い出しそうだ。木佐貫は、やれやれと天を仰いだ。

「また新顔か。今度は誰《だい》や」

「こちらは荷主の新浪さんで、こちらは……」

小野寺は口籠《くちごも》ったが、仕方なく紹介した。

「その親戚で、私の家内です」

「何じゃぁ？」

木佐貫が頓狂《とんきよう》な声を上げた。

「何でおはんの嫁が……いや、まあ、そいはどげんでんよか」

木佐貫は咳払いすると、市左衛門の前に立った。

「警視庁の木佐貫じゃ。こん荷は、生糸じゃなかち聞いたが」

そう尋ねたとき、背後から「警部殿」と巡査が呼びかけた。振り向くと、巡査が長方形の木の箱を抱えて立っていた。

「梱をほどいてみましたら、中はこんな箱が幾つか入っていました。箱はどうも、空のようです」

「空の箱じゃと」

木佐貫は巡査の持つ箱を検め、市左衛門に顔を向けて再度、聞いた。

「こん箱は、どないなっちょっとか」

「はい、千両箱に似せた空の木箱でございます。残りの梱の中身も、大きさはまちまちですが、似たような木箱です」

その声が聞こえたか、空箱が見えたか、巡査に押さえ込まれていた三十過ぎに見える自由党の男が、「くそうっ、嵌《は》められたか」と叫んだ。草壁がそれを聞きつけ、つかつかと男に歩み寄った。

「君、名前は」

「俺は、村上太一《むらかみたいち》だ」

小野寺も草壁も、その名に覚えはなかったが、巡査たちは違ったようだ。木佐貫が、市左衛門を置いたまま寄って来た。

「ほう、おはんが村上か。てっきり、信州《しんしゅう》へ逃げたち思うちょったが」

巡査が村上の両腕を引き上げて、立たせた。村上は、殴られて腫れた顔に不遜な笑みを浮かべると、木佐貫を睨みつけた。

「ご存知の男ですか」

草壁が尋ねると、木佐貫は見下すように村上を睨み返して言った。

「こいつは、去年の秩父の騒動の首謀者の一人じゃ。暴徒の本陣が崩れた後も、何日も手向かいおっての。最後は仲間を捨てて一人で逃げよったんじゃ」

「捨てたわけではない。再起を約して別れたんだ」

村上は、虚勢を張るように胸を反らせた。それから草壁に話しかけた。

「あんたは何だ。警察のようには見えんな」

「ああ。俺は日本鉄道の仕事をしている草壁だ」

「ふん、鉄道か」

村上は、吐き捨てるように言った。

「官憲の手先なんぞ務めおって。だいたい、鉄道は好かん。鉄道なんぞ、資産家の玩具だ。鉄道で儲《もう》けるのは、金のある者ばかりだ。お前たちは、養蚕農家がどれほどの窮状に陥り、いかに高利貸しどもに苦しめられたか知るまい」

「その養蚕農家が丹精込めた生糸を、買主に運んで行くのも鉄道なんだがね」

小野寺は、目を見張った。草壁が鉄道の効用を他人に説こうとするのを、初めて聞いた。

「養蚕農家が困窮しているのはわかる。しかし、作り手と買主を結ぶ手段がなけりゃ、農家に金は入って来んよ」

「そんなことはわかってる。農家が自分で生糸を汽車に積むわけじゃない。生糸を買い集めた商人が、汽車に積む。儲けるのは、その連中だ。鉄道でたくさんの生糸が運べるようになったが、運ぶ量が増えて潤ったのは、商人ばかりだ。あんたらはその手先……」

「ご高説、誠に結構だが」

草壁が声を高めて、村上を遮った。

「大量の生糸が運べるようになって、一時は農村も潤ったはずだ。それが困窮するようになったのは、生糸の相場が下がったからで、鉄道のせいじゃない。それに、だ」

草壁はそこで目を怒らせ、村上に近付いた。

「あんたらは、倉庫に火を付けた。小火《ぼや》を起こし、火消しに成りすまして倉庫に押し入るという算段だったんだろう。理由がどうあれ、火事を起こすとは怪しからん」

言われた村上は、動揺を見せた。

「確かに火は付けたが、すぐに消すはずだった」

「いいや。あんたらは、新浪さんの荷を運び出そうと夢中になって、火のことなんか忘れていた。火を消したのは、小川さんたちだ」

村上はさらに何か言い返そうと口を開いたが、草壁がさらに畳みかけた。

「この三棟の倉庫に入っているのは、新浪さんの荷だけじゃない。大方は生糸だ。あんたらの言う養蚕農家の人たちが、丹精込めた生糸だよ。それを、あんたらは自分らの都合で灰にするところだった」

村上が、言葉に詰まった。

「そんなあんたらに、養蚕農家のことを語る資格はない」

草壁は最後にその言葉を投げつけ、さっと背を向けてその場を離れた。村上はその背中を、呆然と見送っていた。

「よし、それだけ言いたいことを喋れば満足じゃろう。連れて行け。後は署でゆっくり聞かせてもらう」

木佐貫が顎をしゃくると、村上は巡査二人がかりで引き摺られるように退場した。

「さて、村上は嵌められたち言うちょったが、ほんのこっか。こん千両箱んような箱は、お宝に見せかけて奴らを誘い込む罠やったとか」

木佐貫は改めて市左衛門に問いかけた。市左衛門が深々と頷く。

「左様でございます」

「ないごて、そげんこつを考えたとか」

木佐貫の目が光った。小野寺は、ぐっと緊張するのを覚えた。市左衛門は、自由党が隠し金を狙っているのを知って、罠を仕掛けたに違いない。そしておそらく木佐貫は、隠し金を捜し出すよう、警視総監から特命を受けている。これは、隠し金を守るための罠だと考えているだろう。市左衛門の方は、そんなものはないと言い切るはずだ。向き合う二人は、狐《きつね》と狸《たぬき》か、あるいは対峙《たいじ》する剣客のように感じられた。

「それはですな……」

「私がお勧めいたしましたの」

答えようとする市左衛門の横から、綾子がいきなり口を出した。小野寺は仰天した。

「なっ、何だそれ。お前がこれを企んだって言うのか」

「まあ、企んだなんて人聞きの悪い」

綾子は唇を尖らせた。

「一昨日のお昼、新浪の大叔父様のところに伺ったら、自由党か何か、怪しい連中に家の周りを探られているとおっしゃるので。それはきっと、大叔父様のところに隠し金があると思ってのことでしょうから、そんな連中を退治するには、欲しがっているものを見せつけてやればいい、と申し上げましたの」

「退治ってお前……要するに、隠し金らしく見えるよう餌《えさ》を撒《ま》いて、あいつらが襲って来るのを待ち伏せしていた、ってことか」

「はい、左様で。名案と思いましたので、よく相談のうえ、田町の親分さんに助っ人をお願いすることにして、万端整えた上で待っておりました次第で」

何とまあ。小野寺は呆れて二人の顔を見た。市左衛門は悪びれもせず、微笑を浮かべたままだ。綾子は、どうですと言わんばかりに真っ直ぐ小野寺を見返している。

「仕掛けはうまく運んだ、ちゅうこっか」

木佐貫は、毒気を抜かれたような顔をしている。そこへ、どたどたと駆け込んで来る数人の足音が響いた。振り向くと、これも制服を着た巡査たちだ。

「警部殿。遅うなりもした。申し訳ございもはん」

藺木警部補と岩元巡査ら、地元警察の面々だった。

「おう、あらかた片付いたぞ。やっぱり自由党の連中じゃ。秩父の残党も何人か交じっちょる。手配の村上も居ったぞ」

「秩父ん残党もでごわすか」

大捕物に遅れた藺木は、悄然《しょうぜん》とした。

「まあ、儂らはすぐ近所の宿に居ったからの」

木佐貫は軽く肩を竦めた。

「おはんは、こん自由党の奴らを署に連れて行って、絞り上げてやれ。まだ仲間が群馬一帯に居っじゃろう」

「はっ、承知しました」

藺木はしゃちほこばって敬礼した。踵《きびす》を返すとき、市左衛門と綾子を見つけて怪訝な顔をしたが、余計なことは聞かずに、さっさと岩元ら巡査に指図して捕まえた連中を集めさせた。

小野寺は人数を数えた。先に連れて行かれた村上を含め、全部で十一人だ。提灯やランタンの灯りで、巡査たちがいちいち人相を確認している。その中には、先日の夜、宿の裏の路地で殴りかかって来た頬かむりの奴ではないかと思われる、肩幅の広い男が居た。

「麦藁帽の兄さんが居ないな」

いつの間にか傍らに来ていた草壁が、藺木と岩元たちに連行されていく面々を目で追いながら、ぼそっと言った。そう言えば、彼の顔は見えない。この十一人が隠し金を狙う一味の全員、というわけではないようだ。さっき木佐貫が周りを調べるよう命じた巡査たちも、まだ戻ってはいない。少し向こうでは、小川が若い衆の頭《かしら》らしいのと話している。礼を言って、駄賃を払っているようだ。ようやく周辺も落ち着いて来た。

「やれやれ、ずいぶんと大胆なことをやったねえ」

草壁がニヤニヤしながら綾子に言った。綾子がにっこりと頷く。

「だって、大叔父様の家の周りを見張ってた人たち、隠れるのが下手過ぎて、私にもわかりましたもの。お宝に見える箱をこれ見よがしに荷車に積んだら、それを見てすっかり興奮なさって。まるで子供みたい」

小野寺は自由党員たちが気の毒になった。綾子の 掌《てのひら》 の上で転がされるとは、どうにも情けない素人だ。

「どうして勝手にそんなことを。何で事前に僕らに話さない」

小野寺が亭主の威厳をもって叱ると、綾子は目を丸くして見せた。

「あら、だって。顔を出すなと言ったのは、乙さんじゃありませんこと」

小野寺は絶句し、草壁はまた大笑いした。

「ははっ、違いない。綾子さんの方が役者が上だね」

それから市左衛門に聞いた。

「列車に積む本当の荷は、後で運ぶんですか」

「はい、明日改めて運ぶよう、手配しております」

「でも新浪さん、気を付けないと。隠し金を狙っているのは、自由党だけじゃない。久我という不平士族の仲間たちも居るんです。奴らが襲って来ないとも限らない」

小野寺が心配して言うと、綾子がしゃしゃり出て来た。

「あら、自由党の人たちが罠に嵌《はま》って捕まったのを知ったら、逆に危ないと思って出て来ないんじゃありませんの」

「とは限らん。自由党が捕まったので、我々が安心していると見て隙をつく気かも知れん」

そう言ってやると綾子も、なるほどという顔になった。

「小野寺君の言う通りだ。用心に越したことはない。襲われて大事な生糸が台無しになっては、困るでしょう」

草壁が言うと、市左衛門は鷹揚に頷いた。

「はい。でも、少々のことがありましても、それなりの蓄えはございますので」

さすがに太っ腹だと思ったが、だから不用心でいいというわけではない。そう言おうとすると、市左衛門が手を打った。

「そうだ。いっそのこと、警察に守っていただきましょう。もしその久我とやらいうお人たちが襲って来たら、飛んで火に入る夏の虫、となりますし、巡査の姿が見えたらそもそも襲っては来ないでしょう」

「名案ですな。そうされるといい」

草壁がすぐに賛同した。隠し金を追っているのは警察も同じだ。さっきの木佐貫の様子からすると、市左衛門が隠し金を運ぶ気で、まず邪魔な自由党を嵌めたのでは、と疑っているのは間違いなさそうだ。市左衛門から逆に荷の護衛を頼まれたら、引き受けるほかあるまい。

「それにしても、自由党という方々は、貧乏な人の味方であるはずでしょう。それがどうして、こんな強盗紛《まが》いのことまでなさるのかしら」

「あの連中は、自由党を名乗っているが、はぐれ者さ」

綾子が残念そうに言うのに、小野寺が答えた。

「東京の自由党本部からは、とうに見放されてる。勝手な正義をふりかざして、本部でも手に負えなくなったんだよ。あの連中、自分らの主義主張のためなら手段を選ばなくなってる。秩父の残党には、そういうのが大勢居るらしい」

「その東京の自由党も、去年解散しちまったようだしな」

「捕まえておいて何ですけど、何だか悲しいですね」

少ししんみりした口調で、綾子が言った。小野寺も同じ思いだった。もともとの自由党の理念には、小野寺も共感していたのに。

「あの爆弾の男も、こいつらの仲間だったんでしょうね」

小野寺が思い出して言うと、草壁も頷いた。

「秩父の残党だということだから、そうだろうな」

「あの、爆弾って何ですの」

綾子が眉をひそめて聞いた。小野寺は、その件を綾子はまだ知らなかったのを思い出した。

しまったと思ったが、仕方がない。列車での出来事を、かいつまんで話した。

「まあ、そんな危ないことがあったんですか」

綾子は目を丸くして声を上げた。列車ごと吹き飛ばされるところだったのでは、と思ったのだろう。小野寺は慌てて、心配するようなことじゃないから、と宥めた。

「列車を転覆させられるほどの爆薬じゃない。脅しくらいにしかならないよ」

「でも、それで自裁なさるなんて……」

「脅しだけじゃなく、何かを壊すためだったんだろう。例えば、倉庫の扉とか」

草壁が、倉庫の方を目で示した。小野寺はそれを見て、「なるほど」と呟いた。

「隠し金を奪うのに、爆弾を使うつもりだったわけですね」

「ああ。蔵や倉庫を襲うとすれば、一発で扉をぶっ壊せるからな。隠し金がどこにあるにせよ、爆薬があれば好都合だ」

「今夜の火消しの格好は、苦肉の策という……」

小野寺が言いかけたときである。

「警部殿ーッ」

突然、大声が辺りの空気をつんざいた。その場の全員が、ぎょっとして動きを止めた。

「何じゃ、何事かぁ」

木佐貫のどら声が響く。ランタンの灯りが揺れながら近付いて来た。周辺を調べていた巡査のようだ。小野寺も草壁も、そちらに駆け寄った。

「警部殿、大変であります」

大急ぎで駆けて来たらしい巡査が、肩で息をしながら言った。

「何が大変か。きちんと報告せんか」

木佐貫に窘《たしな》められ、巡査は背筋を伸ばして倉庫の裏手の方を指差した。

「この裏、駅の反対側の柵のところに、男が倒れています」

「男が倒れちょる？　逃げた自由党か」

「それはわかりませんが……」

巡査は汗を拭って一息吸ってから、肝心のことを言った。

「その男は、明らかに殺されております」

第七章　高崎駅の殺人

柵の向こう側には、真っ暗な畑が広がっているだけで、何も目立つものはない。その手前、柵と駅構内の線路の間の地面に、男が俯《うつぶ》せで横たわっていた。その周りを巡査が取り囲み、ランタンの光を当てている。綾子に動かず待つように言って、木佐貫警部と共に駆け付けた小野寺は、巡査の肩越しに倒れている男を覗き込んだ。

頭のてっぺんに、石か何かで殴られたような大きな傷があって、血が固まっていた。首筋には、ちらりと痣《あざ》が見えた。殴られて昏倒した後、紐か何かで首を絞められたらしい。背に負った麦藁帽が、男の素性を表していた。

「草壁さん、あいつですよ」

思わず声に出すと、木佐貫が聞きとがめて振り返った。

「知っちょる奴か」

「知ってると言うか……ここ数日、我々と新浪さんを見張っていた男です。昼間はその麦藁帽を被ってました」

「何者かは、知らんのか」

「自由党の一人に間違いないでしょうが、名前などは知りません」

「そうか。まあ、身元は捕まえた自由党の誰かに聞けば、わかるじゃろう……おい、何をしちょっとか」

いつの間にか、草壁が巡査の間に割って入り、麦藁帽の男の傍らに膝をついていた。

「背後から殴られた後、絞められたようですな。頭のてっぺんを上からガツンか。ふむ」

「そいはわかっちょる。勝手に調べるな」

「まあ、こちらも仕事ですからね」

草壁は立ち上がって、男の足元を見た。

「ちょっと足元を照らしてくれないか」

さも当然のように巡査に指図する草壁に、木佐貫は渋い顔をした。巡査は一瞬ためらったが、言われた通りにランタンを掲げた。

「こいつは、ここで倉庫の見張りをしちょる最中に、後ろから襲われたようじゃな」

木佐貫が断じるように言ったが、草壁は、じっと地面を見つめながら首を傾げた。

「どうでしょうな。少なくとも、ここで殺されたんじゃなさそうだ」

「何？　ないごてそう思う」

「足元を御覧なさい。この男の足跡らしいものが見えない」

言われて小野寺も目を凝らした。なるほど、巡査の靴跡はあるが、麦藁帽の男は草鞋を履いている。草鞋の跡は見えなかった。巡査の靴跡しかないということは、犯人の足跡もない、ということだ。木佐貫は、うーむと唸った。

「見張りだとすると、もっと倉庫に近い所でしょう。あの辺かな」

草壁は、貨物掛の詰所を指した。そこなら倉庫のすぐ裏手だし、身を隠しやすい。

「行ってみましょう」

小野寺が促し、すぐに詰所へ線路を横切って歩き出した。木佐貫も不承不承、後に続いた。

詰所に着くと、巡査のランタンを頼りに周囲の地面を調べた。すると、それらしい草鞋の跡が、幾らも間を置かず見つかった。

「やっぱり、ここみたいですね」

「ここで襲われたちこっか」

木佐貫が地面を睨みつけた。

「ふむ。草鞋の跡は確かにあるが、この辺は足跡が多いな。これでは、はっきりせん」

「警部殿、これを」

巡査の一人が、ランタンに照らされた詰所の壁を示した。そこには、飛び散った血らしいものが幾つか、点々と付着していた。木佐貫は、納得したらしく頷いた。

「ここで殺され、柵の方まで運んだ、というわけですね」

小野寺は首を傾げた。

「死体を隠すには中途半端ですね。何のために運んだんでしょう」

「ここに置いたままじゃ、倉庫を襲撃しているときに見付けられるかも知れないからね」

草壁は、顎で倉庫の方を示した。それはもっともだ。

「柵からここまでの間は、線路が三本あって砂利《バラスト》が敷かれています。足跡は残りませんねえ」

小野寺が残念そうに言うと、木佐貫が地面を指した。

「そいは仕方なか。じゃっどんこの場に、草鞋以外の足跡も残っちょる。こん中に下手人のもんがあっじゃろ」

「それはそうだが、よく見て下さい。この周りは、鉄道の職員や人足が常に歩き回ってる。どれが犯人のものか、見定めるのは難しそうですよ」

草壁の言葉に、木佐貫は唸り声を上げた。

「まあ……朝になったら、詳しく調べる。考えるのはそれからじゃ」

「警部殿、死体を運び出してもよろしいでしょうか」

巡査が寄って来て、指図を求めた。木佐貫は、殊更《ことさら》威厳を込めるように、腕を後ろに組んで鷹揚に頷いた。巡査は敬礼して踵を返した。

間もなく、近所から調達したらしい戸板に載せられ、筵《むしろ》をかけられた死体が、ランタンを持った巡査に先導されて運ばれて行った。草壁はそれを見送ることはせず、巡査のランタンを借りて、死体のあった場所と詰所の間を往復していた。線路に何かないか、調べているようだ。二度ばかりゆっくり行き来すると、草壁はかぶりを振ってランタンを返し、こちらに戻って来た。

「ざっと見てみたが、目に見える痕跡はないね」

「やっぱりそうですか」

小野寺も、何か見つかるとはあまり思っていなかった。

「おはんは、元は八丁堀だったとじゃな」

いきなり木佐貫が草壁に言った。

「もうずいぶん前になりますがね」

木佐貫は、ふん、と小馬鹿にしたように嗤った。

「御一新からもう十八年じゃ。わかっちょるじゃろうが、おはんの出番ではなかど。殺しの下手人を捕らえっとは、警察じゃ。余計なことはせんでもらおうか」

「まあ、それはそうだが」

恐れ入る様子は微塵《みじん》もなく、草壁は頭を掻いた。

「この事件、鉄道の敷地で起きてるんでね。しかも、大宮での第一〇二列車の脱線事故と関わりがありそうだ。こちらとしても、手をこまねいているわけにいきません」

「ずっと、首を突っ込む気か」

木佐貫がむっとして目を怒らせた。草壁は動じない。

「何も邪魔しようというわけじゃない。寧《むし》ろ、協力させてもらいますよ」

「協力じゃち？　偉そうに」

「さっきも言いましたが、我々は我々の仕事をせにゃなりませんからな。何なら、井上局長閣下のご意向を確かめてみますか」

井上の名前を出すと、木佐貫が顔を顰めた。さすがに、警視総監と同等以上の高官に逆らうつもりはないようだ。

「くれぐれも、警察の邪魔はせんようにな」

それだけ言い置くと、木佐貫は背を向け、巡査を連れて引き上げて行った。ひとまず、高崎警察署へ集まるのだろう。

巡査たちが行ってしまうのを待っていたように、市左衛門と綾子が連れ立って歩いて来た。提灯の灯りに浮き上がった綾子の顔は、爆弾の話を聞いたときより、さらに心配そうだ。

「乙さん、人殺しって、本当ですの」

「ああ。僕らや新浪さんの御屋敷を見張っていた、自由党の奴だ。ここで倉庫を見張っているとき、誰かに襲われて殴られてから、首を絞められたようだ」

「まあ、何て恐ろしい」

綾子が身を震わせ、一歩引いた。気丈でも、やはり女だな、と小野寺はどこか安心する気分になった。

「誰がどうして、人殺しなんぞを」

市左衛門がひどく困惑したように言った。

「わかりません。仲間割れということもあるかも知れないし、自由党に先手を取られたくない不平士族たちの仕業かも知れない。死んだ男の名前さえ、まだわからないんです。今のところ言えるのは、さっき小野寺君が言った通り、見張りをしている間に殺されたらしい、ということぐらいですね」

草壁は腕組みし、考え込みながら言った。

「ただ、見張りが殺される理由は大抵二つだ。見られては困るものを見たか、見られないようにするためか、だ」

「見られては困るものとは、何でしょう」

市左衛門は、荷が偽物であることを気付かれて、仲間に罠だと警告されないよう見張りを殺した、と思われたのではないかと、心配したようだ。だが、草壁の考えはそれほど単純ではないらしい。

「それが何かわかれば、この事件はほとんど解決です」

「殺人事件とは、穏やかでありませんな」

駅長室で詳しい話を聞いて、渡野目が深刻な顔つきになった。

「駅の構内で巡査が大勢、動き回っているので、列車の運行に支障が出ないか心配です」

明るくなってから、巡査たちは死体のあった柵の際《きわ》から貨物掛の詰所まで、念入りに地面と線路敷を調べている。素人の巡査たちに構内を引っ掻き回され、事故でも起きないかと渡野目は気が気でないのだろう。貨物掛の萩山は、詰所が使えないので困惑しているそうだ。

「あの木佐貫という警部は、列車は通常通り走ってもらってよろしい、などと言っていましたが、大丈夫でしょうか」

「そう無茶なことはせんでしょう。たぶん、自分に鉄道を止める権限があるのかどうかも、わかっていないでしょうから」

草壁は気軽に言ったが、渡野目はまだ気がかりらしい。

「それで、殺されたのは自由党の人なんですか」

「ええ、さっき木佐貫警部から聞きました。佐川嘉吉《さがわかきち》という男です。やはり自由党で、秩父の事件にも関わっていたそうです」

木佐貫によると、高崎署で死んだ男の人相風体を聞いた村上は、すぐに佐川だと認め、殺した奴は誰だ、絶対許さんと激昂《げっこう》したそうだ。秩父の蜂起の際も村上の傍に居た男で、同志として何年もの付き合いがあったらしい。仲間割れ、という線はやはり薄いようだ。

「捕まった自由党の連中は、明日の貨物列車の積荷を狙っていたんですね。こう言っては何ですが、あっさり罠にかかるとは、素人の集まりだったわけですな」

「弁は立つようで、警察でもいろいろと演説をぶっているそうですが、盗みとか難しい計略は苦手なんでしょう」

「ひとまずはほっとしました。列車が襲われるようなことになっては、かなわんですから」

渡野目は言葉通りほっと息を吐いて、茶を啜《すす》った。

「しかし、警察の仕事はまだ終わらんのでしょうかね。あと一時間もすれば、臨時の試運転列車が来るんですが」

渡野目は時計に目をやりながら言った。今は午前八時を少し過ぎたところだ。

「試運転列車ですか？　どんな」

初耳だったので、小野寺が聞いた。

「新しいボギー客車が四両です。あの一〇二列車に繋いでいたのと同じ型の車ですよ。上野を四時五十分に出て、ここに九時十分に到着します。九時半に着く第一列車に先行して走る形ですね」

「前橋まで行くんですか」

「いえ、ここが終点で、折り返して午後四時に、上りの第八列車の先行で上野に戻ります。一〇二列車があんなことになったんで、他の列車に繋ぐのはやめました。到着したら奥の側線に入りますから、警察の人たちにあそこに居られると困るんです」

「ほう、そうですか」

草壁が興味を引かれたようだ。そう言えば、脱線したボギー客車の実物を、草壁はまだ見ていなかった。

「その列車が着いたら、ちょっと拝見していいですか」

「ええ、もちろん」

渡野目は快く応じた。

渡野目が心配するまでもなく、巡査たちは九時前には引き上げていた。様子を見るに、捜索の成果はなかったようだ。草壁も小野寺も、それには驚かなかった。おそらく木佐貫も、何か証拠らしきものが見つかると期待していたわけではあるまい。

「あちらです」

渡野目が、一番外側の線路に止まっている列車を手で示した。ちょうど機関車が切り離されたところだった。機関車は十四号で、これも第一〇二列車を牽いていた九号と同じ型のものである。

十四号機関車は、ぼうっと一声《いっせい》、汽笛を鳴らすと、蒸気と煙を噴き上げ、ゆっくりと側線から機関庫の方へ向かった。それを見届け、三人は側線に残った客車の方に歩いて行った。

「やはり新品は、いいですねえ」

小野寺は目を細めた。出来立てのボギー客車は、塗料も色鮮《あざ》やかで、黒く塗られた下回りの台車は、金属質の鈍い輝きを放っている。車体には、飾り文字でそれぞれ、九十二から九十五までの番号が書かれていた。大宮で脱線した客車の続き番号だ。

客室に出入りするための扉は、両端に各一カ所、中央に二カ所付いていた。マッチ箱形の客車と違い、車内は端から端まで歩いて通れる通路が真ん中に通っている。車体中央の二つの扉の間には、便所が設けられていた。

「ふうん、今までの客車とは趣《おもむき》が違うな」

草壁も、感心したように真新しい車体を眺めている。

「ええ。今までの小型の客車の三倍近い長さがあります。定員も、ほぼ倍です」

渡野目が、自分のもののように得意げに言った。

「長さはどれほどです」

「ええっと……確か、四十九フィートと少しです」

渡野目が懸命に思い出しながら答えた。横から小野寺が補足する。

「メートル法なら十五メートル、和式で言うと五十尺弱ですね」

「計算が早いですな」

渡野目が驚いて言った。小野寺としては、それが取り柄《え》だ。

「どうもフィートだのメートルだの、ややこしくてかなわん。統一できんのか」

「だいたいは英国式に、フィートとマイルなんですが、速度なんかキロメートルで表したりすることがありますからね。まあ、慣れです」

草壁は技術に関わる込み入った話が苦手のようで、溜息をついて車体に目を戻すと、そのまま屈み込んだ。

「おい小野寺君、この下の、台車と言うんだったか、前後の台車の間はどれほどだい」

「えっ、さすがにそれは、図面がないと」

小野寺もそこまでは知らない。渡野目も同様らしく、困った顔をしている。

「三十二フィートと六インチ、メートルだと九・九メートル少々ですよ」

ふいに上から声が降ってきた。びっくりして見上げると、客車の窓の一つが開いて、鼻の下に髭を蓄えた若い男が顔を出し、笑っていた。

「どうも。新橋工場の技手で森井《もりい》康平《こうへい》と申します。今、そっちへ降りますから」

そう言うなり顔が引っ込み、すぐに中央の扉が開いて、森井が飛び降りた。

「試運転に添乗《てんじょう》して、客車の具合を見ていたんですが、何かお調べのようですね」

「ああ、どうも。日本鉄道の技手をしてます、小野寺です。こちらは嘱託の草壁さんです」

小野寺は簡単に顚末を説明した。森井は、髭は立派だが年は小野寺より二つ三つ若そうだ。話を聞いて、しきりに頷いた。

「なるほど、一〇二列車の事故を。あれには憤慨しています。苦心して英国製と同じ水準の客車を作ったのに、試運転で壊されるなんて」

どうやら森井は、車両技手として新型車には人一倍思い入れがあるようだ。その気持ちは、同じ鉄道技手の小野寺にもよくわかった。

「脱線事故の犯人を捕まえるなら、幾らでもお手伝いしますよ。何でも聞いて下さい」

「それは助かります」

どうやら頼もしい人物に出会えたようだ。早速草壁が尋ねた。

「大宮の事故ですが、あれはこの型の客車の、前の台車と後ろの台車の間で、分岐器《ポイント》が切り替わったわけですね」

「そうです。そのため、前の台車は本線を進み、後ろの台車は側線に入った。車体は本線と側線にまたがる形になり、線路に対して直角に近付いていきます。そのうち連結器に無理がかかって壊れ、後ろから押される形で脱線したのです」

そう語る森井は、いかにも口惜しそうだった。

「ふむ。ところで、貨車の場合は、前の車輪と後ろの車輪の間は、どれほどです」

「は？　そうですね、ええっと……だいたい車体の長さが十七、八フィートだから……八フィートくらいですね」

メートルなら二メートル半足らず、和式なら八尺ほどか。

「後ろの車輪と、後に繋いだ貨車の前の車輪との間は？」

「まず十フィートくらいでしょうか」

話が客車から貨車に移って、森井は怪訝な顔になった。草壁は構わず小野寺に言った。

「分岐器の動くやつ、トングレールだっけか。あれの長さは？」

「え？　ああ、あれも九ないし十フィートくらいです」

突然また話が変わったが、こちらは小野寺の専門だ。

「ふむ。とするとだね」

草壁は顎に手を当てた。

「貨車の車輪の間隔がトングレールの長さと同じくらいなら、貨車が通過している間は、常にトングレールに貨車の車輪が載っていることになる。そういうことだな」

「あ……そうです」

小野寺は草壁が何を考えているのかわかった。

「貨車が通過していると、トングレールには常に貨車の荷重がかかっている。その間は、分岐器を動かすことは無理ですね」

森井も草壁の言いたいことがわかったようだ。

「一方、ボギー客車が通過するときは、前の台車と後ろの台車の間に三十二フィート以上ある。いや、一つの台車には車輪が片側二つずつあるから、正しくは前の台車の後ろ側の車輪と、後ろの台車の前側の車輪だな」

「それでしたら、二十七フィート（約八・二メートル）です」

すかさず森井が答えた。

「それでもトングレールの三倍近くだ。時速十キロメートルだったたか。その速度で走った場合、トングレールに車輪が載っていない時間は、どれほどある」

小野寺は大急ぎで暗算した。

「ざっと二秒ほどですね」

「どうも、秒という時間はピンとこないんだが」

「普通に二つ数える間、と思って下さい」

「その二秒さえあれば、分岐器を動かせるか」

「やり方を熟知していて、転てつ機の梃子に力をかけて待ち構えていれば、ぎりぎりできるでしょう」

「ということは、だ」

草壁は顎を掻きながら、考えをまとめるように言った。

「第一〇二列車が貨車だけの列車だったら、ああいう形で脱線させることはできなかったわけだ。ボギー客車が繋がれていたからこそ、辛《かろ》うじてできたんだな。これは、咄嗟《とっさ》に思い付けることじゃあるまい」

「ええ、その通りですね」

森井が深く頷いた。

「それはつまり……」

「犯人は、第一〇二列車にボギー客車が繋がれていることを事前に知って、犯行に及んだのさ」


午後になり、一旦宿へ戻って昼食を摂った小野寺と草壁は、再び駅に戻った。昨夜はずいぶん遅くなったので、綾子も田倉の家に帰るわけにいかなくなり、同じ宿に泊まりたがったのだが、木佐貫の巡査隊のおかげで小野寺たちの泊まる河田屋も満員御礼である。仕方なく、市左衛門と一緒に加納商店に泊めてもらっていた。今日は姿を見ないので、田倉の方へ帰ったのだろう。小野寺としてはほっと一息だが、油断しているとまた現れそうで、却って落ち着かない。

駅に入ると、駅本屋を通り抜けて貨物ホームの方へ行った。すると、ちょうど萩山が出てくるのに出会った。制服ではなく、着物姿だ。

「萩山君、仕事は終わりか」

草壁が声をかけると、萩山はこちらを見てお辞儀をした。

「はい、昨夜は遅くまで居たんで、今日はもう上がりです。明日はまた、朝から横浜行きの貨物列車の積み込みがありますんで」

「そりゃあご苦労様。君はどこに住んでるんだい」

「新町《あらまち》のちょっと先の煙草屋《たばこや》の二階に、下宿してます。十分とかかりませんよ」

「そうか。近いんだな」

それから草壁は萩山に近寄り、少しばかり声を落として聞いた。

「君、昨夜の騒ぎは聞いてるだろう」

「ええ。朝から巡査にいろいろ聞かれて、閉口しました。下宿に帰った後、すぐに寝ちまったもんで、全然騒ぎには気付かなかったんですが」

萩山は苦笑を浮かべた。

「それで聞きたいんだが、あの詰所は夜は鍵をかけないのか」

「ああ、それですか。巡査にも聞かれたんですが、鍵なんかないです。ほとんど、休憩するだけの場所ですから、盗られて困るものもないですし」

「誰でも入れるんだな」

「ええ、その気になれば。詰所の傍で人が殺されたって巡査は言ってましたが」

「そうなんだ。倉庫を襲った奴らの仲間だったんだがね」

「へえ。詰所のところなんかで、一人で何をやってたんでしょう」

「倉庫の裏から誰か邪魔に入らないか、見張ってたんだろう。詰所に人が入った様子はなかったかい」

「その殺された人が、ですか？　いえ、誰かが勝手に入ったような感じはしませんでしたよ。置いてあるものは、昨夜のそのままでしたし」

そう言ってから、萩山はぎくっとしたようだ。

「あ、もしかして、下手人が詰所に隠れていたかも、ってことですか」

「うん。そう思ったんだが、誰も入った様子がないなら、犯人は外から来たんだな」

「何だか嫌な感じですねえ。夜、詰所に一人で居たくないですね」

萩山が身震いした。萩山にとっては、頗る迷惑な話だろう。

もうしばらく話を聞いてみたが、役に立ちそうなことは聞けなかった。二人は礼を言って、萩山を解放した。

貨物ホームの横から駅前に出ると、新町《あらまち》の方から馬に牽かれた荷車が来るのが見えた。貨物列車に積むため、倉庫に運び込まれる荷だな、と思って倉庫の方を見ると、その前に市左衛門が立っているのが見えた。運び込まれるのは、囮《おとり》の偽物ではない市左衛門の荷らしい。市左衛門の向こうに、巡査の姿も四人ばかり見えた。昨夜、警察に護衛を頼もうと言った市左衛門の言葉は、どうも本気だったらしい。

小野寺は、市左衛門に声をかけて搬入に立ち会うつもりで、歩き出そうとした。が、草壁が止めた。

「行くまでもないさ。ここで見ていればいい」

小野寺は止めるほどでもなかろうと思ったが、草壁に従って駅前に留まった。荷車は昨日と同じく三台で、牽いている馬も同じらしい。倉庫の前で止まると、待っていた人足たちが駆け寄り、積まれていた梱を下ろし始めた。大きな梱を担ぐのに、人足がぐっと力を込める様子が、離れていても伝わった。

「なかなか重そうだな」

草壁が何気ない調子で呟いた。その重そうな梱を、人足たちは手際よく捌《さば》いていく。倉庫にその梱を運び入れて、代わりに別の梱を運び出し、荷車に積んでいる様子がよく見えた。倉庫から出しているのは、人足の扱い方から軽いものなのがわかる。昨日運び込んだ偽の千両箱を、片付けているのだ。

作業は三十分足らずで終わった。偽の千両箱を積み直した荷車は、ゆっくり引き返して行った。よく見ると、荷車に小川が付き添っている。市左衛門は倉庫の前に残っているので、今日も高崎に泊まって、明日、貨物列車を見送るつもりかも知れない。

倉庫の扉が閉まり、人足が市左衛門に挨拶して散って行った。巡査もそれを確認して、引き上げた。市左衛門もすぐに背を向けて、町の方へ歩いて行った。行く先は加納商店だろうか。草壁はそれを見届けると、駅前を横切って倉庫の方へ行った。そして荷車の轍《わだち》のところまで来ると、足を止めた。

「行きと帰りじゃ、轍の深さがだいぶ違うねえ。行きの方がだいぶ深い」

「そりゃそうでしょう。帰りに積んでたのは空き箱ですからねえ」

なぜ草壁がわかり切ったことを口に出したのか、小野寺は少し訝った。と、そこへ今日は聞かないで済むかなと思った声が、出し抜けに響いた。

「乙さん、草壁さん、やっぱり駅にいらしたんですね」

「綾子か。どうしたんだ、今日は田倉の家でおとなしくしてると思ったのに」

渋い顔をする小野寺と違って、草壁は、やあ昨夜《ゆうべ》は大変だったねと陽気に挨拶している。

「人殺しがあったというのに、女子供はそういうとき、用心して家に閉じこもるんじゃないのか」

「あら、それは女を馬鹿にしているように聞こえますけど」

綾子がつんとして言い返した。草壁はまた笑っている。小野寺は仕方なく聞いた。

「それで、何かあったのかい」

「ああ、そうそう。この前、河田屋さんで会ったあの久我という士族の方、つい先ほど見かけましたの」

「久我を？　どこで」

草壁が笑みを消した。綾子は新町《あらまち》の方を指した。

「新町《あらまち》と田町の間の街道筋ですわ。私、田倉の家に居ても退屈なので、お買い物でもと思って谷川さんの車で来たのですけど、小間物屋さんのお店に居たとき、斜向《はすむ》かいの電信柱の陰に立って通りを見ている久我さんを見つけたんです」

「陰に立って？　何かを見張っているように？」

「そうです。どうしたのかとしばらく見ていたら、ちょうど新浪の大叔父様の荷車が通りかかって。久我さんは、それをじっと見送っていたんですけど、すぐにお仲間らしい方が二人ばかり来て、荷車の行った方を指して何事か話し合いを始めたんです」

「ふむ。荷車について何か言っていたんですな」

「そう見えました。話はすぐに終わって、三人ばらばらに歩き出したんです。それで私、何だか気になって、久我さんを尾けてみましたの」

「尾けた、だってぇ」

思わず声が甲高くなり、小野寺は自分の口を押さえた。

「そんなことをするなんて、何を考えて……」

「でも、二、三町行ったところですぐに見失いました。田町の方へ歩いていたんですが、急に右手の路地に入って。急いで路地の角に行ってみたんですけど、もう姿が消えていました。それで、もしかしたら裏路地伝いに駅に向かったんじゃないかと思って」

「尾けられないよう、用心していたんでしょうな」

そう言う草壁の目は、真剣さを帯びていた。

「しかし、小野寺君の言う通り、素人が尾行など、やめた方がいい。相手が本当に何か企んでいるなら、危険だ。軽率なことはしちゃいけません」

「あ……はい、済みませんでした」

草壁に厳しい顔で言われると、綾子は素直に頭を下げた。謝るなら俺にだろう、と小野寺は不満だったが、綾子がしおらしくなったのは結構だ。

「尾行を撒くような動きをしたぐらいだから、久我もやる気だな」

「偽の荷物という罠を仕掛けるくらいだから、余程大事なものを運ぶ気なんだと思われたんじゃないでしょうか」

「それはあり得るな」

この会話を聞いて、綾子は心配になったようだ。

「あの、私が罠なんか仕掛けたために、久我さんたちを本気にさせてしまったんでしょうか」

それを聞いて草壁は、安心しなさいという笑みを見せた。

「そうじゃない。いずれにせよ、久我も新浪さんの荷を追ったはずだ。こちらとしては、いっぺんに自由党と久我一派の二組を相手にしなくて済んだわけだから、罠の効用はあったんですよ」

綾子の顔に、ほっとした表情が浮かんだ。

「しかし、昨日の今日でまた倉庫を襲ったりしますかね」

小野寺が首を捻ると、草壁も、「それはあるまい」と応じた。

「目と鼻の先に五十人も巡査が居て、すぐ駆け付けるのがわかったんだ。しかも昨夜のことで神経がぴりぴりしてる。そんなところに踏み込むほど馬鹿じゃなかろう」

「ということは……」

草壁は頷き、小野寺の懸念を肯定した。

「そうだ。奴らが襲うとしたら、列車に違いない」

村上太一に幾つか聞きたいことがあるので、会わせてほしい、との頼みに対する木佐貫の答えは、警察が取り調べておる最中に会わせろなど、とんでもない、だった。草壁も小野寺も、そう言われることは予測していたので、手は打ってある。

「何じゃ、こいは」

小野寺の差し出した電文を見て、木佐貫は顔を顰めた。

「井上局長からの要望です。大宮の脱線事故に関わっている疑いの濃い人物に関しては、鉄道としても捨て置けないので面談させていただきたい、とのことで」

電文を読み、小野寺の言葉通りであることを認めた木佐貫は、唸り声を上げた。警察に文句を言わせないため、小野寺が井上に電信を打って事情を説明し、返信してもらったのである。

「局長閣下なんぞを持ち出しおって……仕方なか。一時間やる。巡査を立ち会わせる。それ以上は譲れん」

「それで結構です。御礼申し上げる」

木佐貫は腹立たしげに草壁を睨みつけ、巡査を呼んで村上を取調室へ連れて来るよう命じた。草壁と小野寺は、愛想よく一礼すると、早々に木佐貫の座る部屋を出た。

高崎警察署の取調室は、こういう部屋はどこでもそうだが、陰気で殺風景だった。窓には無論のこと、格子が嵌っている。さすがに江戸時代の代官所や奉行所と違って、捕らえた者は土間ではなく椅子に座らせるが、手の捕縄《ほじょう》はかけられたままであった。

「ふん、誰かと思えば。俺に何の用だ」

村上は、太々しい態度で草壁と対面した。一端《いっぱし》の自由民権運動家を気取る以上、弱みは見せられない、というところだろうか。だが、よく見るとその眼光には鋭さが欠けている。虚勢を張っているのだろう。

「まあ、そう尖《とん》がるな。少しばかり聞きたいことがあるだけだ」

「じゃあ、勝手に聞け。答えてやるとは限らんぞ。俺の気分次第だ」

草壁は村上の挑発を無視し、最初の問いを出した。

「君は鉄道に知り合いが居るのか」

「あ？　鉄道に知り合い？」

思わず鸚鵡《おうむ》返しに言った村上の顔には、明らかな困惑が表れていた。

「そんな者が居るもんか。俺は鉄道は嫌いだと言ったろう」

「そうか。なら、それでいい」

草壁はあっさり引き下がった。

「おい、それでいいって……」

村上はますます困惑したらしい。構わず、草壁は次の問いを放った。

「では、栗原弥助という人を知っているか」

これには、明らかな反応があった。村上の眉が上がり、傲慢《ごうまん》な笑みが浮かんだ。

「聞いたこともないな。誰だ、それは」

その返答に小野寺は、失笑を漏らしそうになった。言葉では否定しているが、先の問いへの反応と比べれば、その差は明白だ。

「そうか、知らんか」

草壁は、またもやあっさり引き下がった。村上にとっては全くの肩透かしだったらしく、再び当惑の表情に変わった。

「熊谷の近くの線路脇で死んだ爆弾の男だが、あれは君の仲間だね」

村上の表情が強張った。そのまま少したためらっていたが、目を瞬《しばたた》いてから口を開いた。

「二村仙太郎《にむらせんたろう》という男だ。生真面目で、大義を語らせれば右に出る者は居なかった。惜しい奴を亡くしちまった……」

村上は、次第に俯いていった。本当に、二村という男を悼《いた》んでいるようだ。

「作った爆弾を、君らに届けるはずだったんだな」

「今さら隠しても仕方がない。あいつは鉱山で働いてたんで、爆薬には詳しかった。それで、自分から爆弾を作ると言い出したんだ。深谷まで行って汽車に乗るはずだったが、その直前に隠れ家を見つけられたようだ。巡査を前にあんな最期を遂げるとは、いかにも二村らしい」

「隠し金の在り処を見つけたら、爆弾を使って取り出そうと考えたのか」

「そいつは、勝手に考えりゃいい」

しばし二村のことを想った様子の村上だったが、また傲慢な顔に戻っていた。そこへ草壁が、さらに方向の違う問いを投げた。

「君、大宮で脱線した列車に積まれていた千両箱のことは、いつ知った」

次々に意外な変化を見せる質問に、村上はすっかり調子を狂わせたようだ。一瞬、ぽかんとしてから、大声を出した。

「何だぁ？　千両箱だと？　ありゃあ、事故の後、新聞で読んだんだ」

「ほう、新聞でねえ。君、群馬に居ても新聞なんか読むのか」

馬鹿にされたと思った村上は、ムキになった。思う壺だ。

「当たり前だ。あの事故の翌々日、東京から届いた新聞だ。群馬から来た貨物列車から千両箱が出た、と書いてあったんで、驚いて仲間にも知らせたんだ」

「ほう。それを読んで、千両箱を誰が積んだと思ったかね。君のことだ、それぐらいはすぐに考え付いただろう」

「ああ。貨車の荷主は加納だった。加納が積んだと思うのが筋だが、そうはいかん。誰かが加納の荷に紛れ込ませて、千両箱を東京へ運ぶつもりだったんだ。そう見抜いた我々は、噂を拾い集めた。困窮する人民に根を張る我々にしかできんことだ。その結果、千両箱は小栗上野介の隠し金で、新浪市左衛門らがその隠し金を差配しているのでは、と疑った。我々は新浪を見張り、荷を運び出すのを確かめたんだが、あのジジイめ、我々を嵌めやがった。奴のような狡猾《こうかつ》な大名主こそ、人民を困窮に追い込む元凶なんだ」

小野寺は、内心で笑いたくなった。この村上の、何と単純なことか。草壁の手管《てくだ》にあっさりと乗せられ、あっという間にここまで喋るとは。草壁も同じ気分だろうが、そんな素振りは露《つゆ》ほども見せず、問いかけを続けている。

「隠し金を手に入れるつもりだったんだな。それは私欲でなく、人民のためか」

「当然だ。だが、困窮する人々に金を配ろうなどという浅はかな話ではない。そんなことをしても一時しのぎで、困窮の解決にはならん。多くの人を救うには、世直しが必要だ。そのためには、自由党を立て直し、政府に対抗できるようにせねばならん。我々は、そのために隠し金を使う。それこそ、真の人助けとなるのだ」

やれやれ、これが本音か。村上の演説を聞いた小野寺は、馬鹿馬鹿しくなった。人助けを看板にしておきながら、結局は潰れた自由党を再建し、自分がその立役者になって、権力を我が手にしよう、という魂胆が見え見えだった。これなら、久我の主張の方がまだだいぶましだ。

「それにしても、駅のすぐ近くには警視庁から来た巡査が、何十人も泊まってたんだぞ。危ないと思わなかったのか」

「真夜中のことだから、不意を衝いてさっさと片付ければ、巡査たちが気付いて駆け付ける頃には終わっているはずだったんだ。まさか、あんなに早く出てくるとはな」

どうも読みが甘いというか、この男は物事を都合よく解釈するきらいがあるようだ。

「そうか。いや、よくわかった。これで充分だ。邪魔したね」

「何？　もういいのか」

村上が拍子抜けしたような顔をした。草壁はそれ以上何も言わず、席を立って村上に背を向けた。立ち会った巡査は、目を白黒させていた。草壁の意図がわからない、と言うより、短時間でおそらく警察の尋問より多くの話を引き出した草壁に、驚いているのだろう。

木佐貫にあれこれ聞かれたくなかったので、巡査に警部殿によろしく伝えてくれと言い置いて、二人は高崎署を後にした。


「どうやら、知りたいことは引き出せたようですね。あれは八丁堀の奥義ですか」

通りに出て歩き出すと、小野寺はニヤニヤしながら草壁に言った。

「八丁堀の奥義？　何だいそりゃ」

「繋がりのない問いを畳みかけたり、ムキにさせたりおだてたり。村上の奴、すっかり草壁さんの術中に嵌っていたじゃないですか」

「普通に聞きたいことを聞いただけだがね」

草壁は、いかにも彼らしく肩を竦めて見せた。

「ま、そういうことにしときましょう。栗原のことを聞いたときの様子からすると、やっぱり久我の言ってた通り、ツルんでいたんでしょうね」

「だろうな。栗原については、聞かれたら否定する、とあらかじめ用意していた答え方だった。しかし、鉄道に知り合いはいない、というのは本当らしいね」

「ええ、聞かれたとき、鳩が豆鉄砲を食らったような顔になりましたから」

小野寺は頷きながら言った。

「つまり、一〇二列車の脱線を仕掛けたのは、自由党の跳ねっ返りたちじゃない、ってわけですね」

「そうだな。そもそもあの連中には、綿密な企みをやり遂げるだけの頭も力もないだろう」

懐手をしてそう言い切った草壁は、それでもう村上たちへの関心をなくしたようだった。

「とにかく今は……」

「久我の一派ですね」

草壁が言いかけるのを、小野寺が引き取った。これからが正念場だ。

加納らの貨物列車が出るまで、もう丸一日しか残っていなかった。草壁は渡野目駅長のところでいくつか確かめておくことがある、と言って駅に向かったが、やはり姿を隠した久我が気になる小野寺は、彼を捜してみることにした。

綾子の話によれば、表通りから裏路地を通って駅に向かったのではないか、ということだった。小野寺は新町《あらまち》から田町へ向かった。綾子が久我を見失った角がどれかは定かでなかったが、適当に目星を付けて路地へ入ってみた。

何の変哲もない路地だった。商家の裏塀と薄汚れた家。学校から帰った子供らが遊ぶ声。立ち話をするおかみさんたち。怪しげな様子はどこにもなく、居ればこの風景の中では目立つだろう久我たちも、やはり見えない。

居合わせたおかみさんの一人に、久我らしい人物を見かけなかったか聞いてみた。訝しげな視線と共に返って来た答えは、否《いな》だった。小野寺も期待していたわけではない。礼を言ってすぐその場を去った。おかみさんたちにとっては、明らかに余所者の小野寺こそ闖入者であり、怪しむべき人物であるに違いない。

ゆっくり左右に目配りしながら歩いたが、すぐ家並みは尽きた。空き地の先に、線路を囲う柵が見える。右手の方には、昨夜の大捕物の舞台になった倉庫が、辺りを圧するように建っている。小野寺はそのまま線路の方へと進んだ。

左手で、ぼうっと汽笛が鳴り、十五両ほどの貨車を牽いた機関車が、速度を落として構内へと進んで来た。午後の上野行き貨物列車だ。高崎駅の貨物ホームには入らないところを見ると、次の駅で富岡《とみおか》製糸場から来る生糸を積むのだろう。十三年前に初めての近代製糸工場として作られた富岡製糸場は、最初こそ外国への偏見もあって胡散臭く見られたが、今では、世界に通用する一級品の生糸を作れる工場として、群馬の、いや日本の養蚕業の希望の星であった。

市左衛門や加納たちが集めている生糸は、昔ながらの手作業の座繰《ざぐ》り製糸である。市左衛門らが力を注いで効率を上げようとしているが、外国製機械を使う製糸場と比べると、品質のばらつきが大きいことが弱みとなっているらしい。それだけに、今回の英国商人との直取引は、市左衛門や加納らにとって、逃せない大事な機会なのだろう。

そんなことを思いつつ、遠目に貨物列車を眺めていた小野寺は、目の端で何かを捉えた。何だろう、と思って捉えたものに視線を向けると、それは着流し姿の男だった。柵の手前に立ち、貨物列車と手元を交互に見つめている。汽車見物をする人は、開業から一年経った今でも多いが、その男は懐から手元に出した懐中時計を確かめ、列車の運行を監視しているように見えた。

貨物列車が定刻に走っているかどうか、確認しているのだ。そう思った小野寺は、男に近付こうと踏み出した。が、男はそれで用が済んだのか、懐中時計を懐にしまってこちらを向いた。一瞬、目が合った。男の顔に、ぎくりとした表情が浮かんで、すぐに消えた。男はくるりと小野寺に背を向け、声をかける間もなくさっさと歩き出した。

小野寺は、虚を衝かれた。見覚えのある顔だ。谷川の仲間で、小野寺たちを市左衛門のところに送った車夫の犬塚に相違なかった。そんな男が、なぜ着流し姿で懐中時計のような車夫には不似合いなものを持って貨物列車を見つめるのか。まさか……。

そこで小野寺は我に返り、犬塚の後を追った。だが、彼の姿はもう見当たらなかった。

「犬塚? ああ、谷川君の仲間の。彼が駅で列車を見張っていたって?」

宿に戻って、見たことを告げると、さすがに草壁も眉を上げた。

「そうなんです。しばらく辺りを捜したんですが、どこへ行ったかわかりませんでした。済みません」

「別に謝ることでもないさ。あいつはこの土地の人間だろう。路地の隅々まで知ってるだろうから、不案内の俺たちから隠れるのは簡単だ」

草壁の言う通りだが、やはりもっと素早く動いていれば、という後悔は残った。

「奴は、久我と通じているんでしょうか。やはり列車を襲うつもりで、前日の同じ時刻の列車を下見していた、とか」

「おそらくな。犬塚が懐中時計など持っているとは思えんから、誰かに命じられて時計を渡され、時間を測っていたんだろう」

いよいよ本気か。小野寺は自然に肩に力が入るのを感じた。

「木佐貫警部に知らせて、久我たちを押さえてもらいましょう」

警察の態度は気に入らないが、久我一派の動きを止めようとするなら、やはりその力が必要だ。だが草壁は、それには及ばんと手を振った。

「警察は、もう知ってるようだぜ」

「え？　久我たちの動きを、ですか」

「奴らが列車を襲って来るだろうってことは、承知してる。それで、渡野目駅長に頼み事をしたらしい」

「ははあ、なるほど。さっき駅へ行って聞いて来たんですね」

「それを聞きに行ったわけじゃないが、渡野目さんはだいぶ困ってたよ。簡単な頼みじゃないんでね。まあ、頼みと言うより警察の命令に近いから、あちこち電信を打って大急ぎで手配したそうだ」

「で、どんな頼みだったんです」

草壁が説明し、小野寺は目を丸くした。

「それはまた、大層ですねえ。久我たちに気付かれないでしょうか」

「あの貨物列車が出るまでは、奴らが見張っていると承知のうえで、気を付けるだろうよ。警察だって馬鹿じゃない」

「確かに、久我の企みを察知したわけですから、馬鹿にはできませんよね」

「それは、そう難しくないような気もするがね」

草壁の台詞は、何か意味ありげに聞こえた。小野寺は首を傾げたが、それより先に聞いておきたいことがあった。

「それで、駅長のところには何を聞きたくて行ったんです」

「え？　ああ、聞くんじゃなくて、こいつを借りに行ったんだよ」

草壁は懐から、折り畳んだ紙の束を引っ張り出し、畳の上に広げた。

「あれ、線路平面図じゃないですか。よく貸してくれましたね」

「うん、持ち出しは駄目なんですがと渋ってたけれど、今日中に返すからと言って、近辺の地図と一緒になんとか貸してもらった。こいつは立派なもんだな。各駅のどこに分岐器があるか、全部わかる」

「草壁さんは、また分岐器で脱線させると思うんですか」

「いいや。今度の貨物列車は貨車ばかりでボギー客車なんかないから、通過中に分岐器を切り替えるという手口は使えん。高崎から横浜までは三十里以上あるんじゃないか」

「ええ。ざっと八十マイル強、百三、四十キロですかね」

「どうもマイルとかキロとか言われると、ややこしくていかん。とにかく、それだけの距離なら、襲う場所は幾らでもあるだろう」

「ははあ。そこで線路図を見て、どこで襲って来るか見当を付けようというわけですか」

「そういうことだ。ちょっと知恵を貸してくれたまえ」

草壁が面と向かって、小野寺に知恵を貸してくれと言うのは珍しいことだ。小野寺は気を良くして、部屋中に広げられた図面に向かった。

「脱線させるとは限らないですよね。積荷を奪えさえすればいいんですから」

「その通りだ。まずは列車を止めるだけでもいい」

「だとすると、どこでもできます。線路に大きな石か丸太でも転がしておけばいい。それを見つければ、機関士は必ず衝突を避けるために列車を止めます」

「うん、それはそうだ。だが、止めた後、荷を運び出さにゃならん」

「そうですね。それを考えると、人家の多い場所は避けるでしょう」

草壁は、図上の線路を指でなぞり、赤羽《あかばね》に来たところで指を止めた。

「この先、品川《しながわ》線（現在の山手《やまのて》線）に入って横浜までは、もう暗くなってるな」

「午後七時をだいぶ過ぎますからね。夜陰に乗じて、ということはないでしょうか」

「連中も、玄人《くろうと》の盗人ってわけじゃない。暗い方が動き難いだろう。俺なら、明るいうちにやるね」

「うーん、それはわかりますが」

小野寺はしきりに首を捻った。

「たとえ田舎でも、荷車は目立ちますよ。すぐ追っ手に捕まりそうです。暗い方が見つからないんじゃないですか」

「荷車を使うとは、限らんぜ」

「人が担いで運ぶんですか。それはさすがに大変じゃ……」

言いかけて小野寺は、はっと気付いた。荷を運ぶ道具は、荷車だけではない。

「もしかして、舟、ですか」

草壁が頷いた。

「隠し金を丸ごと、などと連中が考えているなら、荷車なんかより一度にたくさん運べる舟の方が、ずっといいだろう。荷車より速くて人目に付き難い。荷を舟に積み替えられるような場所はあるか」

「この線路は川に沿って走ってるわけじゃありません。でも……」

小野寺は額に手を当てて考え込んだ。

「利根川に流れ込む川が何本かあって、線路はそれを鉄橋で越えています。舟が通れる川も幾つかあります」

「それだ。鉄橋の下に舟を用意して、列車を止めればいい」

草壁が膝を打った。鉄橋で止めると聞いた小野寺は、爆弾事件を思い出してぞっとした。

「草壁さん、奴ら、鉄橋から列車を転落させるつもりじゃ……」

草壁は笑って、かぶりを振った。

「そいつは心配しなくてよかろう。積荷が貨車ごと川に沈んじまったら、それこそ元も子もない。橋のすぐ手前で列車を止め、積荷を奪って舟に積み替え、利根川に出る、というのが確実なやり方だ」

考えてみれば、確かにそうだ。小野寺は胸を撫で下ろし、線路図に目を戻した。

「舟が使えそうな川というと、まず高崎と新町《しんまち》の間の烏川と温井川《ぬくいがわ》、それから新町《しんまち》と本庄《ほんじょう》の間の神流川《かんながわ》、本庄の少し先の小山川《こやまがわ》ですかね。そこから赤羽までは、荒川《あらかわ》ぐらいしか大きな川はありません」

「ふむ、なるほどね……」

草壁は、取り散らかした図面の中から小野寺が拾い上げた、四つの鉄橋の入った図と周辺の地図とを見比べ、しきりに頭を掻いた。どの鉄橋が襲撃に適しているか、思案しているらしい。こういうときは、余計な口を挟まないに限る。小野寺はおとなしく待った。

「温井川は駄目そうだな」

しばらくの間、図面に屈み込んだまま思案していた草壁が、ぼそりと言った。

「小山川もだ。川幅が狭いわりに利根川までの距離が長い」

小野寺も図面を睨んで、腕組みしながら頷いた。

「そうですね。じゃあ、神流川か烏川ですか」

「うん。だが、神流川は烏川に流れ込んでる。烏川の方が本流に近いわけだから、水量もそっちが多いだろう。やはり舟が動かしやすいのは、烏川の方だな」

「鉄橋も、烏川のものが四つの中では一番長いです」

草壁は図面に手を伸ばし、烏川鉄橋を指で叩いた。

「まあ、ここでやると見て間違いなかろう。烏川だ」

「あら、烏川がどうかしましたの」

いきなり背後で声がして、草壁と小野寺は慌てて振り向いた。襖が半分ほど開けられ、綾子が部屋を覗き込んでいた。

「うわっ、何だ綾子。そんなところで何してる」

突然のことに、小野寺は情けないほどうろたえた。綾子の方が呆れ顔になっている。

「何してるって、お疲れだろうと思ってせっかく差し入れをお持ちしましたのに。お邪魔してもいけないと思って、そうっと襖を開けたんですが、全然お気付きにならないんですもの」

言われて見てみると、綾子は右手に大徳利を提げている。

「やあ、こいつは何よりだ。有難いねえ」

草壁は破顔して、図面を脇に寄せ、さあどうぞと綾子を招じ入れた。

「いや、実に気の利く奥方だ。君は幸運だねえ」

小野寺を一言からかってから、草壁は畳に座った綾子に、改めて話しかけた。

「ちょうどいい。一つお尋ねしたいんだが、車夫の谷川君、彼はどこの出か知っているかい」

「谷川さんですか?」

思いがけない質問に、綾子は目を丸くした。

「さあ、よくは知りませんけど、確か水沼《みずぬま》あたりの出です。今は高崎の町の北の外れに住んでますよ」

「ふむ、水沼ですか」

草壁が小野寺に目配せをした。小野寺も承知し、小さく頷きを返した。水沼は草津街道沿いの村で、栗原弥助の出た三ノ倉村の隣だ。小栗を狙った権田村襲撃にも、村ぐるみで加わっている。

「水沼の出なら、田倉の叔父上のところとは、あまり縁がなさそうだが」

「ええ、新浪の大叔父様の紹介だったんじゃないかしら」

なるほど、市左衛門ならあの辺の大名主として、水沼村にも顔が利く。

「そうか。ところで、谷川君の仲間の車夫で、犬塚君というのはご存知かな」

「犬塚さん、ああ、名前は知っていますが、どういう人かはよく知りません。確か、口数の少ない人ですよね」

綾子は天井に目を向け、懸命に思い出そうとしているようだ。やがて、ぱんと手を叩いて視線を草壁に戻した。

「そうだ。誰かが、あの犬塚という人は、今でこそ車夫をやっているが、元は侍の家の出なんだ、と言っているのを聞いた覚えがあります。こう言ってはなんですけど、お金が回らなくなって苦労なさったんじゃないでしょうか」

「うむ、それを伺えれば充分です」

草壁は満足そうな笑みを浮かべた。犬塚の出自は、やはり没落士族だったのだ。久我一派に加わっていることは、間違いあるまい。小野寺は、久我が訪ねて来たとき自分たちに、栗原に会いに行ったろう、と言ったのを覚えていた。どうして知っているのかと後で訝ったが、犬塚が小野寺たちの動きを、逐一知らせていたわけだ。

「まあ、少しはお役に立ちましたかしら」

綾子はそう言って微笑みを浮かべると、ぐっと身を乗り出すようにして、草壁と小野寺に迫った。

「それで、烏川とは何ですの」

第八章　烏川鉄橋の攻防

高崎駅を出て上野方面に向かうと、線路は間もなく左に大きく曲がり、しばらく真っ直ぐ進んで倉賀野《くらがの》の町の北側を過ぎてから、緩やかに右に曲がる。曲がり切って少し行ったところが、烏川にかかる鉄橋である。

加納や市左衛門たちの荷を積んだ貸切り貨物列車は、第一〇二列車と同じ時刻、午後二時三十分に高崎を発車する。この列車は横浜へ直通するということもあって、一〇二ではなく五〇二という番号が付けられていた。第五〇二列車は赤羽まで第一〇二列車のダイヤそのままで走り、午後七時に赤羽を出発。品川線に入って官営鉄道品川駅に達すると、官鉄の機関車に付け替えて午後八時三十分に発車。終点の横浜には、午後九時十五分に到着する予定であった。

「昼をだいぶ過ぎてから高崎を出ても、夜遅くには横浜の倉庫に積荷が着いているのか。やっぱり鉄道ってぇのは、大したもんだな」

烏川の左岸の堤《つつみ》に並んで腰を下ろした草壁が、渡野目から聞いた第五〇二列車の運行時刻を思い出してか、以前に市左衛門が漏らしたのと全く同じ感想を呟いた。こんな風に草壁が、鉄道の持つ力について素直に感心してくれると、小野寺としてはつい頬が緩んでしまう。

だが反対側に目をやると、小野寺の顔は渋面《じゅうめん》にならざるを得ない。そこには、動きやすいようにと袴姿になった綾子が、五百フィート（約百五十メートル）ほど先にある線路に目を据えながら座っていた。

昨日、宿で綾子に烏川鉄橋に関わる話を聞き付けられてしまった二人は、問い詰められて仕方なく、襲撃が予想されることを話した。草壁と小野寺が鉄橋を見張るつもりだと聞くと、綾子は自分も行くと言い出し、小野寺がどう言っても聞かない。困って草壁に説得してもらおうとすると、草壁は苦笑して、遠目に観察するだけで危険は少ないから、まあいいだろうと言ってしまった。小野寺は頭を抱えたが、後の祭りだった。

「あとどれくらいですの」

綾子が小声で小野寺に聞いた。小野寺は渋々、懐中時計を出した。

「あと三十分ちょっとだ」

「もう少しですわね」

綾子の目は、ここへ着いたときからずっと輝きっぱなしだった。明らかに、これから起こる事態に胸躍らせているのだ。小野寺は溜息をつきたくなった。草壁はどう思っているのか知らないが、大事件が起ころうというのに、胆《きも》が太いと言うか不謹慎と言うか、綾子は半ば遊山《ゆさん》気分でいるらしい。

一言窘めてやろうと思ったとき、ふいに草壁が言った。

「おい、お出《い》でなすったようだぜ」

どこで調達したのか、草壁は陸軍用の小型の望遠鏡を川に向けていた。望遠鏡の向いた方向に目を凝らすと、大きめの舟が三艘《そう》、利根川の方から上って来るのが見えた。舟には、合わせて二十人くらいが乗っているようだ。

「まあ……本当に来ましたのね」

さすがに綾子の声には緊張が表れていた。ここに久我たちが来ると言っても、あくまで草壁の推測だったのだ。それが今、現実になろうとしている。

「うん、まあ七割がたは間違いなかろうと思っていたが」

草壁も内心はほっとしているだろうが、それは表に出さず、望遠鏡で観察を続けている。

「久我は居ないようだな」

しばらくして草壁が呟いた。

「居ない？　どうしたんでしょう」

小野寺は一瞬、久我一派とは別の連中か、あるいはただの船頭たちか、と心配になった。が、草壁は落ち着き払っている。

「慌てるな。どこかこの近くで、隠れて待っているんだろう」

自信ありげな様子に、小野寺と綾子は黙って周りを見回し、待った。三艘の舟は、鉄橋をくぐったところで岸辺に寄り、乗っていた男たちは飛び降りて、煉瓦《れんが》造りの橋台の陰に集まった。袴姿の男たちで、洋装の者は居ない。年の頃は二十五、六から三十五、六というところだが、四十を超えていそうな者も交じっている。

「乙さん、草壁さん、あれ」

綾子が線路から少し離れた納屋の方を指差した。そちらを見ると、男が四人ばかり出て来て、急ぎ足で岸辺に向かっていた。どうやら舟が着くまで、納屋に隠れていたらしい。草壁が望遠鏡をその四人に向けた。

「ああ、間違いない。久我だ。その後ろに居るのは、犬塚だな」

草壁はにんまりして、望遠鏡を小野寺に渡した。覗いてみると、確かに久我と犬塚だ。二人は、腰に刀を差していた。廃刀令を無視して隠していたものだろう。ずいぶんと堅苦しい顔をしているのは、大事を前にしての昂《たかぶ》りか。

「これで連中、勢揃いですね」

小野寺の声が聞こえたかのように、橋台の陰に居た者たちが、久我が来たのを見て一斉に駆け寄った。久我は一同の真ん中に立ち、声は聞こえないが何か指図をしているようだ。

やがて彼らは、数人ずつに分かれて線路脇に散った。数えると、久我を含めて二十五人だった。これだけ居れば、積荷を奪うのは難しくなさそうだ。

線路の近くには、久我が隠れていた納屋を除けば人家はなく、五、六町先に、農家の屋根が二、三軒見えるだけだ。家に誰か居たとしても、騒動が余程大きくなるまで気付かないだろう。周りは畑で、その中をカーブしながら通っている線路は、鉄橋に向かって築堤《ちくてい》で徐々に高くなっている。雑木林はあるが、全体の見通しはかなり良く、邪魔する者は居ない。襲撃の場所として、申し分なさそうだった。

「しかし、僕は未《いま》だに釈然としないんですが」

「何のことだい」

草壁は望遠鏡から目を離さずに応じた。

「久我たちが、どうしてあの列車に狙うべきものが積まれている、と確信したのか。それがもう一つわかりません。荷主も鉄道の人たちも、みんな生糸だと言っているのに」

「そりゃあ君、誰かの入れ知恵だろうさ」

草壁は、事もなげに言い切った。

「入れ知恵？　誰が久我に吹き込んだって言うんです」

「久我は、自分たちで積荷を調べることはできなかったはずだ。積荷に近寄ろうとしたのは、捕まった自由党の村上たちだけだからな。なら、誰かに聞くしかないだろう。まあ、焦らずともそのうちわかるさ」

そんなお気楽な、と文句を言おうとしたが、思いとどまった。草壁がこんな言い方をするときは、既に何らかの事実を摑んでいることが、往々にしてある。もしや、その誰かにも見当が付いているのではあるまいか。

「あ、汽笛」

四マイル先から風に乗って聞こえて来た微かな響きを、綾子の耳が捉えたようだ。小野寺は懐中時計を確かめた。午後二時三十分。第五〇二列車が、定刻に高崎を出発したのだ。

それからの二十分は、恐ろしく長かった。線路脇に潜んでいる久我と仲間たちは、逸《はや》る気持ちを抑えながら、じりじりとひたすら待ち続けているのだろう。奴らが列車に害をなす前に、阻止してやりたいのはやまやまだが、綾子も入れての三人で、二十五人を相手にするわけにもいかない。手配りはされているのだから、心配せずにただ見ていればいい、と草壁に言われているし、頭ではそれが正しいとわかっているのだが、苛立ちは募る一方だった。

また汽笛が鳴った。だいぶ近い。あと三分くらいだ。そのとき、一人が動いた。橋台の近くで身を伏せていた男が立ち上がり、築堤を駆け上った。手に何か棒のようなものを持っている。男は、鉄橋の上に数歩踏み込み、そこで止まった。

烏川の鉄橋は、ポニーワーレントラスという形式で、細長い鉄板を斜めに組み、三角形を繋ぎ合わせたような形にしたものだ。鉄組の高さは車体の半分くらいで、百フィートの桁が六つ、両岸の橋台と五本の石積み橋脚で支えられている。鉄橋に上がった男の姿は、トラスの鉄組の間からはっきり見えた。

「あいつ……赤い布を棒に巻き付けたものを持ってるな」

望遠鏡で確認して、草壁が言った。そういうことか。小野寺は男の意図がすぐにわかった。

「持ってるのは、赤旗です。それを振って、列車を止める気です」

「なるほど、手旗の停止信号か。しかし、それなら無視して走り抜けることもできるんじゃないのか」

小野寺は、首を横に振った。

「無理です。機関士は、赤旗を見たら必ず止まるよう刷り込まれています。万一、本物の信号だった場合、取り返しがつきませんから」

「君子危うきに、というわけか。まあ、あんな重いものがあんな速さで走ってるんだ。危ないと思ったらまず止めろ、というのは当然だな」

草壁は納得したが、小野寺は憤慨した。安全のための仕組みを逆手に取るとは、実に怪しからん連中だ。そのとき、カーブの向こうの雑木林の後ろから、機関車が姿を現した。

機関車は、やはり第一〇二列車を牽いていたのと同じ型式の、十三号だった。日本鉄道が保有する機関車の中では一番多い型で、四号から十五号までの十二両が在籍する。十三号機関車は、鉄橋に続く緩やかな上り勾配を、盛大に煙を噴き上げながら進んで来た。その後ろには、貨車十両と緩急車の、合わせて十一両が連なっている。上り坂なので、速度は二十五キロメートルくらいだろうか。

「おっ、奴ら動いたぞ」

築堤の下に伏せていた久我の仲間たちが、順に起き上がった。車掌は異変に気付いたかも知れないが、前を見ている機関士にはわからないだろう。

突然、激しく汽笛が鳴った。機関士が、鉄橋に立つ男を発見したのだ。それを合図に、鉄橋の男がさっと赤旗を広げ、大きく振り始めた。機関士は驚いたろうが、やはり緊急の停止信号と認めたらしく、ブレーキの軋む音が響いた。

「汽車が、止まりますね」

列車の速度が落ちるのを見て、綾子が小野寺の耳元で言った。止まってほしくはないが、これは仕方がない。間もなく、機関車が鉄橋にかかったところで第五〇二列車は停止した。

「さあ、始まるぞ」

まるで興行を見るような調子で、草壁が言った。

「機関士や車掌には、何かあっても余計な抵抗はするなと言ってあるだろうな」

「ええ、渡野目駅長から念を押してあります。機関士は口惜しそうでしたが、怪我《けが》でもしたらつまらないですから」

鉄橋の男は、機関車の正面に立って、赤旗を捨てると懐から何か出し、右手でそれを運転台に向け、何事か怒鳴った。

「おやおや、あいつ、ピストルを出したぞ。機関士と火夫に降りろと言っているようだな」

驚いて小野寺は草壁から望遠鏡をひったくり、機関車に向けた。草壁の言う通り、男の手には回転式連発ピストルが握られている。滅多なことで発砲はしないだろうが、思ったより危険な連中だ。それにしても、これでは噂に聞くアメリカの列車強盗そのままではないか。

機関士と火夫は、両手を上げて運転台から出て来た。鉄橋の上では降りる場所がないので、炭水車《テンダー》を伝って後ろに行き、築堤に飛び降りた。待ち構えていた久我の仲間が二人の襟首を摑み、あっちへ行ってろと放り出すように追い払った。最後尾の緩急車でも、車掌が引きずり降ろされていた。

築堤の下で待機していた久我と他の連中は、築堤を駆け上がって四両目と五両目の貨車に取りついた。小野寺は思わず声を上げた。

「あ、あれ、新浪さんの荷を積んだ貨車ですね」

誰の荷がどの貨車に積まれるかは、事前に渡野目に確認してあった。久我たちが襲っているのは、まさしく市左衛門の貨車だ。

「奴らも、どの貨車に目指すものがあるか承知しているようだな」

望遠鏡を取り戻して貨車に向け、草壁が頷いている。久我たちの動きは、今のところ草壁の予想した通りらしい。

貨車に集まった者たちの中に、大槌《おおづち》を持った者が二人居た。その二人が大槌を振るい、貨車の扉の錠前を叩き壊した。二両の貨車の扉が、ほぼ同時に開けられた。十人ほどの男が貨車に這い上がり、積まれた梱を次々に築堤へ放り出し始めた。梱は築堤を転がり落ち、下で待っていた連中がそれを受け止め、乱暴に縄や菰を引き剝がした。こぼれ出た生糸が地面に散らばり、慌ただしく動き回る男たちに踏まれて泥まみれになった。

「まあ酷い。せっかくの生糸を、あんな風に……」

織り上げれば美しい絹織物に姿を変える生糸が、紙屑《かみくず》のようにぞんざいに扱われるのを見て、綾子が憤《いきどお》った。怒るのも当然だ。生糸を生み出すのに、養蚕農家がどれだけの苦労をしているのか、知っていればあんなことはできない。いくら理想を語ろうとも、所詮久我たちは、自分のことしか考えておらず、理解してもいないのだ。

「おい、ちょっと見てみろよ」

草壁に肘《ひじ》をつつかれ、小野寺は腹立ちを抑えて望遠鏡を受け取った。

「えっ、何ですかあれは」

望遠鏡の先に見えたのは、思いがけない代物だった。開かれた荷の、生糸に包まれた中にあったのは、幾つもの木箱だった。中には、千両箱にしか見えないものもある。小野寺は、啞然とした。

「ちょっ……あれってまさか」

「どうしたんですの。え？　あれって木箱？」

次々に取り出された木箱が積み上げられる様子は、望遠鏡を使わなくてもはっきり見えた。綾子も戸惑った表情を浮かべている。

「小栗の隠し金が……本当にあったということですか」

ならば、村上や久我の得ていた話は、本物だったのか。市左衛門や加納は嘘をついていたのか。そもそも、隠し金を列車で運んでどうするつもりだったのか……。

「まあ慌てなさんな。まだわからんぜ」

小野寺が頭を混乱させていると、草壁が落ち着けとばかりに言った。それを聞いて、綾子の口元にも笑みが浮かんだ。

「また偽物かも知れませんことよ」

「えっ」

小野寺はびくっとして綾子の顔を見た。

「お前、また何か仕掛けたのか」

「いやだ、私は今度は何もしてませんわ。でも、新浪の大叔父様がご自分でなすったかも知れませんでしょう」

小野寺は唸った。綾子の言う通り、自由党の村上たちが見事に罠に嵌ったので、もう一度同じことをと市左衛門たちが考えたとしても、おかしくはない。

「ほうらね。君より綾子さんの方が、落ち着いて物事を見ているようじゃないか」

小野寺は、またからかわれたと思って唇を嚙んだ。綾子がくすっと笑った。

次々に積まれる木箱の前に立った久我は、いかにも満足そうに胸を張り、貨車から積荷を降ろしている連中を指差して、何やら声を上げていた。もっと急げと指図しているのだろう。

「奴《やっこ》さん、得意満面だね」

望遠鏡を久我に向けた草壁が、揶揄するように言った。

「事がうまく運び過ぎると、つい調子に乗って周りが見えなくなる。ご本人は、わかっちゃいないだろうがね」

言いながら草壁は、望遠鏡を下ろして線路の高崎方向を目で示した。そちらを向くと、煙が見えた。微かに蒸気の音も聞こえる。別の列車が接近しているのだ。夢中で作業している久我たちは、まだ気付く気配がない。

納屋の近くで難を避けていた機関士と火夫と車掌が、顔を見合わせた。彼らは、これから何が起きるのか知っているのだ。ふとこちらを見た機関士が、小野寺たちに気付いた。草壁が手を上げ、こちらへ来いと招いた。三人の鉄道員は、了解して走り出した。

列車の響きが大きくなり、さすがに久我たちも異変を察したようだ。久我が慌てて、積んだ木箱を舟に運ぶよう指示した。貨車の中に居た男たちは、次々に飛び降りた。

雑木林の陰から列車が飛び出して来て、急ブレーキをかけた。列車はたちまち減速し、絶妙の間合いで、第五〇二列車の最後尾から二十フィート（約六メートル）の地点に停止した。

機関車の後ろには、六両の客車が繋がれていた。その扉が停止する直前に一斉に開き、中から巡査の大群が飛び出して来た。先頭の客車から降りた木佐貫が笛を吹き、「かかれーッ」と叫んだ。

久我たちは木箱を放り出し、我先にと三艘の舟へ走った。警棒を持った巡査たちが、それを追った。逃げ遅れた数人が、あっという間に取り押さえられた。鉄橋から降りた男が、巡査にピストルを向けた。先頭に居た木佐貫と二人の巡査が、慌てて飛びのいた。パンと銃声が響き、綾子が身を竦めた。

男は闇雲に撃ったらしく、誰にも当たらなかったようだ。来るなと叫んで、さらにもう一発撃とうとしたところで、別の銃声がして、男がピストルを落とし、のけ反った。巡査たちの中からピストルを構えた一人が出て来て、他の巡査と一緒に男の腕を掴んだ。男が顔を歪める。肩かどこかに命中したようで、重傷ではなさそうだ。ピストルの巡査は、薗木警部補らしい。

「いやあ、寿命が縮みますよ」

小野寺たちのところに合流した機関士が、肩で息をしながら言った。

「どえらい大捕物になりましたなあ」

続けて到着した車掌が言った。車掌は綾子が居るのに驚いたようだったが、それについては何も言わなかった。

「一応、こんなことになりそうだとは聞かされとったものの、実際に起こると冷や汗もんですわ」

機関士は、言葉通りに手拭いで汗を拭いた。

「ピストルを持ってるとまでは、聞いてませんでしたよ」

童顔の火夫が、不服そうに漏らした。

「我々も、さすがにそんなものを用意しているとは思いませんでした。いや申し訳ない」

草壁が頭を掻いた。いきなりピストルを向けられれば、誰しも穏やかではいられまい。

「あ、舟が」

綾子が川を指差して声を上げた。三艘のうち二艘は、巡査に押さえられて船頭もお縄になったものの、一艘は数人が乗って、流れの中央へと漕《こ》ぎ出していた。だが、焦り過ぎたようだ。水中の岩か何かにぶつかり、驚いた男たちが立ち上がったため、安定を失った舟は、あっという間にひっくり返った。

川に投げ出された男たちは、流されまいともがきながら岸に向かった。が、岸辺では追って来た巡査が待ち構えている。精根尽きて岸に上がった連中は、そのまま縄をかけられた。

「やれやれ、大方は片付いたようですな」

髭の濃い中年の車掌が、ほっとしたように息を吐いた。見渡せば、二十五人居た久我一派は、ほとんど巡査に捕まっている。人数は巡査の方が倍ほども居るので、逃れるのは難しかったろう。久我はさぞかし無念だろうが……。

「草壁さん、久我と犬塚が見当たりませんよ」

順に捕まった男たちに目を走らせた小野寺は、肝心の二人の顔が見えないのに不安を覚えた。望遠鏡を向けていた草壁も、うーむと唸った。

「その久我というのは、親玉なんですか」

機関士がそう尋ねたとき、綾子が悲鳴を上げた。ぎょっとして振り向いた先に、久我が立っていた。

久我はどうやら、乱闘の隙を見て堤を乗り越え、水際を上流側のここまで走って、また堤に上がったらしい。袴の裾が濡れていた。小野寺たちにとっては不都合なことに、久我は刀を持ったままだ。こちらは直接捕物に加わるつもりはなかったので、武器と呼べるものは持ち合わせていなかった。

久我は機関士たちも小野寺も無視し、草壁の前に仁王立ちになった。

「これは、あんたが仕組んだのか」

久我の顔には憤怒《ふんぬ》が表れている。嵌められた、という思いが、最後に残った武士の誇りを著《いちじる》しく傷つけたのだろう。

「仕組んだ、ってほどのもんじゃない」

草壁は、平然として答えた。

「あんたたちが、新浪さんのところから運ばれる荷にご執心だったのは、俺たちも警察も知ってる。自由党の連中ほどあからさまではないにしろ、いろいろ嗅ぎ回ってたようだからな。なら、自由党がヘマをやった後、あんたらが荷を狙うなら列車を襲うだろう、ってことは誰でも考える。警察は、それに対して手を打った。それだけのことさ」

警察が渡野目駅長にした頼み事とは、このことだった。五〇二列車のすぐ後に巡査を満載した列車を続行させ、五〇二列車が襲撃されたら直ちに追いついて、その場で一味をお縄にしようという作戦だったのだ。急遽《きゆうきょ》臨時列車を手配することになった渡野目は、ずいぶん大変だったことだろう。五〇二列車に巡査を乗せる方法もあるが、それでは相手を警戒させてしまうと考えたようだ。続行列車なら、その出発に誰かが気付いても、列車を追い越して途中で待ち伏せる久我たちに知らせる方法はない。

「市左衛門は、やはり小栗の隠し金を運ぼうとしていた。我々の見方は正しかった。あともう少しだったんだ」

余程口惜しいのだろう、久我の顔は真っ赤になっている。

「そうかねえ」

草壁は肩を竦めた。

「あんたらの企みは、言っちゃなんだが単純過ぎる。列車を襲うのも予想通り、舟を使うのも予想通り、場所が烏川なのも予想通りだ。この調子じゃ、よしんばここでの襲撃が成功しても、北海道へ行き着かないうちに動きが露見しちまうぜ」

「黙れッ」

こめかみに青筋を立てた久我が、刀に手をかけた。まずい、と思ったとき、久我の後ろに堤を上って来たらしい制服姿の男がいきなり現れた。

「久我ッ、刀を捨てて神妙にせい」

八丁堀時代の草壁が言いそうな台詞を口にしたのは、薗木警部補だった。逃げる久我に気付いて、追って来たものらしい。薗木に会って以来、その姿を見て有難いと思ったのは、今が初めてだった。

久我がゆっくりと振り向いた。

「薩摩の官憲ごときに俺が捕らえられるか」

この挑発に憤然とした薗木は、ピストルを抜いた。

「さっさと刀を捨てんか。さもないと……」

突然、堤の陰から抜刀した男が飛び上がり、驚いて振り向いた薗木に刀を振り下ろした。帽子が飛び、薗木はピストルを取り落として倒れた。血が出なかったところを見ると、峰打ちを食らって昏倒したものらしい。

「久我さん」

飛び出て来た男は、刀を提げたまま久我に駆け寄った。犬塚だ。

「おう、いいところに来た。その刀を寄越せ」

久我はそう言って、犬塚に手を差し出した。犬塚は一瞬、怪訝な顔をしたが、言われるままに刀を手渡した。久我は草壁の方に向き直ると、その刀を草壁の前に放った。小野寺と綾子と機関士たちが、呆気に取られて見ていると、久我は草壁を睨み据えて挑むように言った。

「刀を取れ。貴様も元は武士だろう。刀で決着をつけよう」

何を時代錯誤な、と小野寺は怒りを覚えた。御一新から十七年も経つというのに、まだこんなことを言う奴が居るのか。草壁の方は、黙って久我を見つめている。

「犬塚、お前は逃げろ」

久我の声に、犬塚ははっと身を強張らせた。

「しかし、久我さん……」

「いいから逃げろ。志を継ぐ者が、一人でも残らねばならんのだ」

その一言に、犬塚の顔が歪んだ。犬塚はそのまましばらく逡巡《しゅんじゅん》していたが、ついに「ご免」と一言叫ぶと、久我に深く一礼し、ぱっと身を翻して堤を駆け下りた。久我は安心したようにそれを見送り、改めて草壁と対峙した。草壁は大きな溜息をついた。

「君、あれじゃ犬塚君が気の毒だよ」

久我がせせら笑った。

「大義のために生きるのは幸福だ。お前のような者には、わからんだろうがな」

「やれやれ、そのあんたの言う大義とやらが、独りよがりに過ぎんということに、何で気付かんのかねえ。もう少しだけ高いところから、世の中を広く見てみたらどうなんだ。あんたたちが世のため人のためにできることは、他に幾らでもあるだろう」

草壁は久我の目を見つめ、もう一度肩を竦めた。

「やっぱり、あんたにゃわからんか」

「官憲の狗《いぬ》に成り下がった男の話など、聞く価値はない」

「物の見方が狭い、ってのはそういうところを言ってるんだけどね。しょうがねえなあ」

草壁はぶつぶつ言いながら、刀を拾い上げた。小野寺は驚愕《きょうがく》した。

「ちょ、ちょっと草壁さん、本気で斬り合いをやるんですか」

「向こうがどうしてもって言うんだ。君は綾子さんと鉄道の連中を連れて、少し離れてろ」

「いや、しかし……」

「いいから離れてろって」

草壁は、重さを確かめるように抜身の刀を軽く振ると、両手に持って切っ先を目の高さに上げた。久我は満足げな薄笑いを浮かべ、自分の刀を抜いた。小野寺の脇で、機関士が息を呑む気配がした。

草壁と久我は、互いに正眼《せいがん》の構えをとっていた。小野寺は士族とは言え剣術はさっぱりだが、腕の良し悪しくらいは何となくわかる。久我の腕は、相当なもののようだ。構えに隙がない。対する草壁は、久我より力を抜いているように見える。が、その目も切っ先も全く動かないところを見ると、こちらの腕も侮れないように思える。

じわじわと気迫が伝わって来た。本当に斬り合うのか。ならば、草壁の言う通り綾子を連れて下がっていようか。いや、万一草壁が危なくなったらどうする。何か久我に投げつけるものはないか。火夫が機関車からスコップでも持って来てくれていたら……あれ、綾子はどこに行った？

「刀を捨てなさいッ」

綾子の凜《りん》とした声が響き渡り、小野寺は弾かれたように声のした方向を見た。そして、腰を抜かしそうになった。小野寺の後ろで、綾子が両足を踏ん張って真っ直ぐ立ち、両手で構えたピストルを久我に向けていた。

仰天したのは、草壁も久我も同様だった。二人は刀を構えたまま、ぽかんとして綾子の方を見ていた。

「久我さん、刀を捨てなさい！　さもないと、お体に風穴が開きますわよ」

全員が、言葉もなくその光景を見つめていた。固唾《かたず》を飲む、と言うより、どう反応して良いのかわからない様子だ。

「あー……あんた、撃てるのか」

ようやく久我が、戸惑いながら口を開いた。

「撃てないと思いますか」

綾子は身じろぎもせず返答した。小野寺は、やめろと言うべきかこのままにすべきか、必死に考えていた。ピストルは、さっき薗木が取り落としたものだ。綾子は無論、ピストルなど撃ったことはないはずだ。しかし、熟練を要する刀と違って、ピストルは引金を引きさえすれば弾は出る。女であっても、坂本龍馬《さかもとりょうま》の妻、おりょうはピストルを撃っていたと聞く。綾子なら、本当に撃つかも知れない。さあ、いったいどうしたら……。

「さっさと刀をお捨てなさいッ」

再び、空気を裂くような綾子の声が響いた。周囲の緊張がさらに高まった。刀が地面に落ちる音が、張り詰めた空気を破った。ぎくっとして見ると、久我が両手を垂らし、苦笑を浮かべながら綾子を見ていた。

「女にピストルで狙われるとは、世も末だな」

久我は自らを嘲《あざけ》るように言うと、地面に腰を落として胡坐をかいた。草壁が歩み寄り、刀を拾い上げた。

「あんたの言うように、武士が大きな顔をしていられた時代は、もう戻って来んのだろうな」

「時代は変わったんだ。あんたがどうしようと、それには逆らえん」

草壁は、二本の刀を鞘《さや》に納めると、小野寺に差し出した。小野寺はちょっと困ったが、取り敢えず受け取った。これを見て、綾子はようやくピストルを下ろした。と同時に、崩れるように地面に座り込んだ。

「おいおい、大丈夫かい」

「だだだ大丈夫です。ぴぴぴピストルなんか初めて持ったので」

まだピストルを手にしたまま、綾子は震え始めた。興奮状態だったのが落ち着いてきて、今頃恐ろしさを味わっているのだろう。小野寺は綾子の肩を撫で、そっとピストルを手から離させた。

「武士の意地も、武士の誇りも、もはや消え去っていくだけなのか」

久我は俯き、呻《うめ》くように言った。小野寺にも、その嘆きはわかった。久我は結局、自らの拠《よ》り所を失いたくないがために、こんな大それたことを起こしたのだ。

「言いたかないが、あんたはなんでそう武士にこだわるんだ」

草壁は、久我の向かいにしゃがみ込んで腕組みをした。

「今は四民平等なんだぞ。あんた、その意味をはき違えてないか。確かに武士は用済みになったかも知れんが、代わりに忠義やら何やら、余計なしがらみもなくなった。その気になりゃあ、好きなように生きられる。そう考えりゃ、案外悪くもないだろう」

「忠義を、余計なしがらみと言うのか」

「ま、それも考えようだってことだ」

「好きなように、か」

久我が低い声で呟いた。まだ納得はしていないようだ。しかし、久我の顔は心なしか、前よりは穏やかになっていた。

後ろで何か蠢く気配がした。振り向くと、藺木が頭を押さえ、もぞもぞと体を動かしていた。ようやく目覚めたらしい。機関士と火夫が傍に寄り、起き上がるのに手を貸してやった。

「うーむ、くそっ、何者じゃ、おいを殴り倒しおったのは」

「久我の手下の一人だ。もう逃げちまったがね」

「逃げたじゃと？　どっちだ。なぜ追わん」

草壁に嚙みつこうとする藺木の袖を、小野寺が引いた。

「まあ落ち着いて。相手は名前も顔もわかってる。そう心配しなくても大丈夫だろう」

藺木は、そうかと不承不承に頷いたが、座り込んでいる久我を見つけて目を剝いた。

「やっ、おはんか。おとなしくせいっ」

「とっくにおとなしくしてるよ」

草壁が笑うと、藺木はきまり悪そうに「ふん」と横を向いた。

「ああ、そうそう。これを返さなくちゃ」

小野寺がピストルを差し出すと、藺木はぎょっとして、発砲されていないか確かめてから急いでホルスターに納めた。

「そのピストル、大いに役に立ったぜ」

草壁がニヤニヤしながら言うと、藺木は、何を言ってるんだという顔になった。

「なあ綾子、ほんとにもう、こんな危ない真似はやめてくれ」

小野寺は綾子の目を見ながら、できるだけ穏やかに言った。さすがに綾子も、神妙に頷いた。

「はい、ごめんなさい。以後、ピストルなんか触りません」

いや、ピストルだけの話じゃない、と小野寺は思ったが、まだ小刻みに震えながらしおらしくしている綾子を見ると、それ以上は何も言えなくなった。

「おい、ピストルを触ったち……」

薗木が顔色を変えたが、草壁が「まあまあ」と宥めて黙らせた。

「ところで綾子さん、本当に撃つつもりだったのかい」

「え？　ええ、もし久我さんが草壁さんに斬りかかったら、撃とうと思ってました」

おいおい、何を言うんだ。小野寺はせっかく反省している綾子をまた煽るのかと、草壁を睨んだ。草壁は、楽しげに笑っている。

「本当に撃つなんて、そんな……」

「小野寺君、心配はいらんよ」

草壁は微笑みながら、綾子に聞いた。

「綾子さん、ピストルを持ったとき、握りの上の方、てっぺんに大きな突起が出ていたろう」

「え？　ああ、はい、確かに大きな金具が突き出していました」

「あれは撃鉄《げきてつ》と言うんだけどね。それには触らなかったんじゃないか」

「はい、握りと、引金には少し触りましたけど……」

そんな物騒な、すぐにも撃つような構えだったのか。だが、草壁はまた笑って言った。
「回転式のピストルってのはね、撃鉄を起こさなきゃ撃てないんだよ」
それを聞いた綾子は、しばしの間きょとん、としていたが、やがて意味がわかったと見え、その場で失神してしまった。

草壁に加え、車掌と火夫にも手伝ってもらって、綾子を一番近い農家に運び、そこで無理を言って休ませてもらうことにした。途中で気が付いた綾子は、大丈夫ですとしきりに言い張ったが、もう騒動は終わったんだからと諭し、何とか農家に留まらせた。まったく困った女房だと思ったものの、久我を捕らえたことについては、綾子の手柄も大きい。説教は帰ってからすることにして、小野寺と草壁は、後で迎えに来ると言い置き、車掌たちと一緒に現場に戻った。

戻ってみると、貨車から出された木箱は、まだ外に置かれたままだった。いや、そればかりか蓋が開けられている。警察が中身を検めたのだろう。巡査たちはまだ周辺を動き回っており、機関士はそれを見て、まだ当分発車できそうにないなと諦めたように頭を振った。

右往左往している巡査たちの真ん中に、木佐貫警部が立っていた。自由党の村上たちに続いて久我一派も一網打尽にし、隠し金も見つけたのだ。さぞかし上機嫌だろう、と予想していたのだが、近寄ってみるとそんな雰囲気ではなかった。

木佐貫は仏頂面で、苛立ったように開けられた木箱を睨んでいた。まるで木箱に恨みでもあるようだ。

「木佐貫さん、どうしたんです。何か不都合でも」

草壁が声をかけると、木佐貫は振り向いて顔を顰めた。

「どうもこうもあっか。こいを見てみぃ」

小野寺は、木佐貫の指差す木箱を覗き込んだ。そして目を見張った。間違いようもない、千両箱だ。中にはぎっしり小判が詰まっている。

「どうもこうもって……まさしく隠し金なのでは」

それを聞いて、木佐貫は馬鹿にしたように小野寺を見つめ、「ほれ」と小判を一枚取り上げて放った。

手に持ってから、小野寺は慌てて手を出し、受け取った。

手に持ってから、目を寄せて仔細に検めてみた。すぐに「おや」と思った。小判は新品のはずなのに、妙にくすんだ感じがした。重さも、小野寺の知っている小判とは違うような気がする。小野寺は眉間に皺を寄せた。

「まさか……偽金？」

「いや、そうじゃないよ」

横から見ていた草壁が、口を出した。

「こいつはおそらく、万延小判よりさらに質を落としたものだ。今となっちゃ、大した価値はない。何より、こいつは世間一般に出なかった代物だ。小判には違いないが、事実上、金《かね》じゃないんだよ」

「どうやらわかったようじゃな」

木佐貫が、面白くもなさそうに言った。

「まだもう一つ、よくわかりませんが」

困惑して小野寺が言うと、木佐貫は面倒臭そうに草壁に顎で合図した。解説してやれということらしい。草壁は苦笑めいたものをちらりと浮かべ、小野寺に言った。

「万延小判ができた事情は、知ってるよな」

「ええ。確か、幕府が開国したとき、金貨が安値で流出したので、その対策として価値を下げた金貨、つまり小判を造った、という話だったかと。詳しいことはよくわかりませんが」

「うん。まあ、簡単に言うとそんなことだ。日本じゃ、外国に比べて一分《いちぶ》銀、つまり銀貨の価値が高くなってたんだ。外国との通貨の交換は銀を基準にしたから、その取り決めのとき、何を勘違いしたのか、外国の銀貨と日本の銀貨の交換率を一対一にしてしまった。外国の安い銀貨を日本の高い一分銀に替えて、その一分銀で金貨の小判を買い集めたら、実際の値打ちより安く金貨が手に入る、って寸法だ。これに気が付いた外国の商人は、小判を買い漁って大儲け。日本の金《きん》はどんどん流出しちまった。困った幕府は、小判の価値を下げることで、流出に歯止めをかけようとしたわけだ」

「草壁さん、どうしてそんなことまで詳しく知ってるんです」

小野寺は、驚嘆した。勘定方《かんじようかた》でもなかった一介の町方《まちかた》同心が、通貨の事情まで知っているとは。

「まあ、普段は俺も暇だからな。いろいろ勉強したのさ」

草壁は、実にあっさりと言った。

「そこでだ、小判の価値を下げたら、造っている幕府は儲かる。一両はあくまで一両だが、小判を造る材料代が安くなるから、その差は幕府の懐に入るわけだ。実際、万延の二分金《にぶ》なんか、七、八割がた銀でできてるらしい。ところが、幕府が終わる時分には銀の相場が上がって、幕府の儲けが少なくなっちまった。幕府の台所はますます苦しい。さて、どうする」

「あー、それじゃその、もっと材料代の安い小判を造ろうとしたんですか」

「よしよし、わかってきたじゃないか」

草壁は笑みを浮かべて、目の前の千両箱を指した。

「あっ、その安い小判がこれだと言うんですね」

小野寺は、手の中の小判を見直した。草壁の言う通り、いかにも安っぽい。

「でもこれ、実際には使われなかったんでしょう」

「そうだ。造ってはみたものの、流通させなかった。たぶん、金《きん》なんかほとんど含まれてないんだろう。こんなものを出せば、物の値段が跳ね上がって市中は大混乱だ。金《かね》が信用できないとなったら、まともな商売は成り立たん。幕府の中でも、それをよくわかってる者が止めたんだろう」

「それが……小栗上野介ですか」

ようやく小野寺にも読めてきた。使われなかった粗悪な小判。これが江戸開城のどさくさで市中に流れ出ることを心配した小栗が、江戸城の御金蔵から運び出し、使われないよう隠した。そう考えれば、筋が通る。

「いずれにしても、こげんもんにもう値打ちはなか。溶かしてしまうしかなかろう。良うても材料分の値段にしかならんちこっじゃ」

苦虫を嚙み潰したような顔をして、木佐貫が言った。

「あっちも見てみぃ」

辺りには、まだ幾つもの箱が散らばっている。役立たずの小判ばかりではないようだ。何やら、紙束が詰まった箱もあった。証文か何かだろうか、と小野寺は紙束を拾い上げ、表書きを見た。

「え、何ですかこれ。藩札《はんさつ》ですか」

その紙には、真ん中に大きく「銀一匁《もんめ》」とか「銀五匁」といった金額と、両替商らしい屋号が書かれ、朱印が押してあった。藩札とは、御一新前まで各藩が自分で発行していた一種の紙幣で、藩がなくなった現在ではただの紙切れである。だが、大量の藩札が小判と一緒に、江戸城の御金蔵にあったとも思えない。

「どれどれ。ああ、こりゃあ藩札じゃない。幕府が出した札だろう」

草壁が顔を突き出し、紙束を一目見るなり言った。小野寺は首を傾げた。

「幕府がそんなものを出してましたっけ」

「ああ。慶応三年にな。江戸横浜通用札とか、関八州《かんはっしゅう》通用札とかいうやつだ。金《かね》の代わりになる札だから覚えとけって、奉行所で見せられたよ。出した途端に幕府が潰れちまったんで、ほとんど出回らなかったはずだ。けど、こいつは俺が見たのとはちょっと違うようだな」

草壁もそう言いながら首を捻ったが、すぐに思い当たったらしい。「そうか」と指でその札の真ん中を弾いた。

「慶応三年に出た札は、金札だった。金《きん》と替えられるやつだ。こいつは、銀と書いてあるな。もっと額の小さいのまで、いろいろありそうだ」

「ということは、これもあの小判と一緒で、刷ってみたものの外へ出さなかったわけですか」

「だろうな。粗悪な小判に加えて、こんな幾らでも作れる紙切れを裏付けもなしにばら撒いたんじゃ、暮らしも商売も滅茶苦茶だ。だから止めたんだろう。いや、大政奉還《たいせいほうかん》前に間に合わなくて、出せなかったのかな」

「ともかく、幕府は無くなってしもた。発行元が潰れた札なんぞ、風呂の焚《た》き付けにしかならん。こげん硬か紙じゃ、尻《しい》も拭けん」

木佐貫はそう吐き捨て、地面に散らばった札束を踏みつけた。

「貨車に積まれていた木箱の中身は、みんなこういう具合ですか」

小野寺は、もっとましなものがないかと目を走らせたが、期待できそうになかった。木佐貫は、忌々《いまいま》しげに小野寺を睨んだ。

「書付んようなもんもあるが、調べたところ値打ちはなか。ここにある小判全部を鋳《い》っつぶせば、二、三百両くれになっかも知れんが、そいだけじゃ。まこち、何百万両が聞いて呆れる」

腹立ち紛れの台詞に、草壁がにんまりした。木佐貫は、自分たちが数百万両の隠し金を追っていたと認めたも同然だった。

「警部殿。捜しましたが、久我らが持ち出した箱は他にありもはん。こいで全部ごわす」

薗木がやって来て、報告した。時々頭に手をやるのは、さっき峰打ちされたところがまだ痛むからだろう。

「ふん。ほとんどゴミん山か。おはんの寄越した報告に、ちいっと浮かれ過ぎたようじゃの」

「申し訳ございもはん」

薗木は真っ赤になって頭を下げた。小野寺はそのやり取りを聞いて、おや、と思った。この五〇二列車に隠し金が積まれるという話は、薗木から木佐貫に伝えられていたのか。薗木はそれを、どこで聞き込んだのだろう。もしや、ネタ元は久我と同じなのではないか。いや、それは飛躍し過ぎか……。

小野寺は頭を振った。薗木に聞くのが手っ取り早いが、自分が聞いても喋ったりはしないだろう。久我も口は堅そうだし、犬塚は逃げたままだし、どうしたものか。

「おい小野寺君、ここはもうよかろう」

草壁が小野寺の肩を叩いた。

「これ以上、新しく何かが見つかることはあるまい。綾子さんを迎えに行って、帰るとしようじゃないか。高崎に着いたら、夕飯にちょうどいい時間になるぜ」

「あ、ああ、そうですね」

確かに、ここでできることはもうあまりなさそうだ。二人は木佐貫と薗木に引き上げる旨を告げた。無論のこと、引き止める言葉は聞かれなかった。

少し歩いて、木佐貫たちの声が聞こえなくなったところで、小野寺が言った。

「何だか、我々があまり大したことをしないうちに、隠し金の方は決着してしまいましたね」

これまでのところ、自由党の跳ねっ返りたちを嵌めたのは綾子と市左衛門で、取り押さえたのは市左衛門が頼んだ若い衆、久我一派を捕らえたのは警察だ。小野寺と草壁は、ほとんど見物していただけだ。小野寺としては、どうも物足りない。

「まあ決着と言えば、決着に違いないな」

草壁は、煮え切らないように言った。

「しかし、佐川殺しの下手人はまだわからんし、肝心の一〇二列車を脱線させた奴も、捕まえてないんだ。それが片付かなきゃ、俺たちの仕事は終わらん」

もっともな話だった。井上局長から命じられたのは、あくまで脱線事故の解決なのだ。隠し金騒動は怒濤《どとう》の如き展開を見せたが、そちらの方は最初と大して変わっていなかった。

「言われる通りですね。よし、次はどうします。久我を問い詰めますか」

「うん、まあそれもいいが」

草壁には、何か考えがあるようだ。

「もう一つ。消えた栗原弥助さんのことも、忘れちゃいかんぜ」

第九章　井上局長来たる

「いやあ、本物の列車強盗とは恐れ入りました。最初に話を聞いたときは、半信半疑だったんですが」

高崎駅の駅長室で出された茶を啜りながら、小野寺と草壁は、幾らか興奮気味の渡野目駅長と向き合っていた。

「五〇二列車は、無事横浜に着いたんですね」

「今朝八時過ぎに。十一時間遅れの到着です。襲われた貨車二両は切り離して、残りの八両で走らせました。夜遅くなったんで、赤羽で夜明かしさせて、朝早くに出したんです。深夜に官鉄に乗り入れるわけにもいかなくて。運行手配の急な変更で、官鉄からはだいぶ文句を言われましたよ」

渡野目は渋面をつくって、品川駅からのものらしい電文を振って見せた。

「八両分の生糸が無事到着したことは、良しとしましょう。五〇二列車を襲った連中は、その場で捕まりましたし」

草壁が慰《なぐさ》めるように言うと、渡野目は深々と頷いた。

「警察から続行列車の手配を言われたときには、無茶を言うなと思ったんですが、やって良かったですよ、本当に」

そこで駅長室の大時計の鐘が、一つ鳴った。十二時半だ。渡野目の顔に、緊張が走った。

「もうすぐですな」

のんびりと言う草壁と対照的に、渡野目は急に立ち上がって背筋を伸ばし、制帽を被り直した。

「では、ホームに出ましょう」

渡野目は先に立って、直接ホームに出られる扉を開けると、外に出た。改札はもう始まっているので、前橋行き下り第三列車に乗ろうとする人々が、ホームにばらばらと立っている。三人は渡野目を先頭に、機関車の停止位置近くまで進んだ。

待つこと五分ほどで汽笛が響き、半マイル足らず先のカーブを回って、第三列車が現れた。渡野目が懐中時計で時間を確認する。機関車の姿がぐんぐん大きくなり、やがて白い蒸気を噴き出しながら、渡野目の前を過ぎてぴったり所定の停止位置に止まった。十二時三十九分、今日も定刻だ。

渡野目は、機関車の次位に特別に連結された上等車の出入り口の前に立ち、背筋を伸ばした。そして、すぐに降りて来た中年の紳士に向かって、さっと敬礼した。紳士は、鷹揚に答礼を返した。井上局長である。その後ろから、奈良原社長も現れた。奈良原は渡野目に軽く手を上げ、「ご苦労」と一言だけ言った。

「局長閣下、社長、長旅お疲れ様であります。このたびは、御自らの御視察、誠に恐縮で、光栄至極に存じ……」

「ああ、堅苦しい挨拶はいらん。駅長室はそこじゃろ？　勝手に入らせてもらっておくから、君は発車合図を出したまえ。仕事が優先じゃ」

口上を述べ立てる渡野目を制し、井上が気さくに言った。渡野目は、慌ててもう一度敬礼した。

「はっ、痛み入ります。では、失礼をいたしまして」

渡野目は一歩下がり、機関車の脇に立つと懐中時計を出した。発車まで、一分を切っている。井上は、草壁を見つけると笑みを浮かべた。

「よう草壁君、なかなかの見ものだったようじゃな」

「確かに一騒動でしたね。結果はご承知の通りですが」

「局長、強盗事件でごわすぞ。見世物んごつ言うてもろうては、困る」

奈良原が、口をへの字に曲げた。井上は取り合わず、「まあ、座ろうや」と言って一同を促し、駅長室に入った。後ろで渡野目が発車合図を出し、機関車が勢いよく汽笛を鳴らした。

安楽椅子に腰を下ろした井上は、いつになく上機嫌だった。

「隠し金を狙っとった自由党のはみ出し者と、不平士族の一党はともに捕まったわけじゃな。それは警察の手柄じゃが、隠し金が結局のところ、クズ同然の代物とわかって、期待した警察もがっかりじゃろう。まあ痛み分けっちゅうことか」

井上の言い方は、賊が捕まったことより、隠し金についての警察の思惑が外れたことの方が喜ばしいかのように聞こえた。

「その隠し金紛いのものを積んだ、ええと、新浪何とかいう者《もん》は、どういうつもりでこげんこつをしたんじゃ」

井上と対照的に、奈良原は不満そうだ。やはり自分の会社の列車が襲われたことを、相当に怒っているのだろう。

「新浪市左衛門さんには、今朝一番で話を聞きましたよ。あの使えない小判や札束は、やはり小栗上野介が江戸城から持ち出したそうで、自分たちの行列とは別に、こっそり夜陰に乗じて運んだようです。たぶん、途中までは舟でしょう」

市左衛門は、荷を送り出した後、加納商店に滞在していた。それで、小野寺と草壁は早朝から話を聞きに行ったのだ。幸い、久我たちの取り調べを優先した木佐貫警部には、先んずることができた。市左衛門は、ちょうど今頃、高崎署に呼び出されているだろう。

「こんな粗悪な金が出回らんようにしてくれた小栗には、礼を言わにゃあいけんかも知れんの」

井上は残念そうに言った。井上も、小栗の性急な処刑には大いに疑問を持っていたらしい。

「その新浪とやらは、大名主だそうじゃの。権田村の者や、小栗に恩義のある連中と諮って、その荷物を隠したんじゃな。誰かが盗んで、市中に流れ出たりせんように」

「そういうことのようです」

「じゃっどん、ないごて今頃になって、そん荷を動かそうとしたんじゃ」

奈良原が髭をしごきながら、もっともな疑問を口にした。

「妙義の事件から秩父の事件にかけて、自由党とその取り巻きの動きがこの辺りで活発になったとき、小栗の隠し金を捜そうという奴らが現れたそうです。軍資金として、これ以上のものはない、と思ったんでしょうな。それに刺激されたか、いろんな有《う》象《ぞう》無《む》象《ぞう》が新浪さんたちの周辺を嗅ぎ回り始めたとか。それを知った警察も、政府の誰かにご注進に及び、これまた隠し金を捜しだす始末です。新浪さんたちは、拙いことになったと思った。それで、あの荷を遠くへ運んでしまおうと考えたんです」

「遠くとは、どこやな」

「一旦は横浜の倉庫に収め、様子を見て船に積み、北海道に持って行って埋めるつもりだったそうで」

「北海道？　えらい手間じゃなかか。船から海に捨つっ方が世話がなかじゃろうに」

「船から捨てるには、船員の目がありますからね。船長以下、乗組員全部を抱き込まなきゃならない。それは難しいでしょう」

なるほど、と奈良原は得心したようだ。

「しかし、横浜の倉庫やら北海道への船やら、田舎の名主に手配できるんかね」

井上が首を捻った。それには小野寺が答えた。

「三井の誰かが手を貸したようです。三井の大番頭だった三野村利左衛門さんが、小栗家の奉公人だったことは秘密でも何でもないですから」

「そうか。三井商会なら、大概のことはできるのう」

「そいにしてん、狙われちょっ最中にそいを承知で運ぶとは、不用心過ぎんか。現に列車が襲われたんじゃ」

「いや、奈良原社長、新浪さんは、襲われたとしても構わない、と思ったんですよ」

「何？　ないごてじゃ」

「御一新直後ならともかく、今は新政府の発行した金貨や紙幣が流通しています。あんな粗悪な小判や紙切れになった札束なんか、局長もさっき言われた通り、ただのクズです。奪われても、害はありません。隠し金と思ったものがクズだったと知れ渡れば、もう変な連中がこの界隈を嗅ぎ回ることもないでしょうから」

小野寺は、そう説明してちょっと得意になった。奈良原が、口には出さなかったが、感心したような表情を見せたからだ。井上もしきりに頷いた。

「そうか。それは道理じゃの……おい、草壁君、どうした。何か気になるんか」

草壁は何を思ったか、腕組みして妙に難しい顔をしていた。が、井上の呼びかけで我に返ったようだ。

「ああ、失礼。ちょっと考え事をしてまして」

何を考えていたのかはわからないが、草壁は咳払いしながら腕をほどいた。そこへ奈良原が聞いた。

「そうじゃ、あん一〇二列車に積まれちょった千両箱、ありゃ何やったとじゃ。あれも新浪ちゅう者の仕業か」

「そうです。新浪さんが、こっそり運ぼうとした、と言っています」

「運んで、どげんする」

「小栗の遺《のこ》した荷を始末するため、三井に手配を頼んだ代金、ということです。自分のものだと名乗り出たら計画が露見するので、事が全部終わってから取りに行く算段だったようで」

奈良原は、ふーむと唸ってまた髭を撫でた。聞けば、筋の通った話である。

「よし、隠し金の話はもうええ。一〇二列車の話が出たから、肝心のことに戻ろう。あの脱線事故、誰の仕業か目星は付いたんか」

警察の面々と同様、ついつい隠し金の方に目が行ってしまうが、小野寺たちが命じられた本題はこちらだ。小野寺は居住まいを正した。面目ないが、その肝心のことには、まだはっきりした目星が……。

「ええ、まあ、誰がやったかは見当が付きました」

小野寺は椅子から滑り落ちそうになった。そんな話は、まだ全然聞いていない。

「見当が付いたちな。そいは誰《だい》や。自由党か。不平士族どもか。まさか……」

警察ではあるまいな、という言葉は、さすがに奈良原も呑み込んだ。草壁は、かぶりを振った。

「そのどれでもありません」

「何じゃと。それじゃ誰だ。まさか、隠し金騒動とは全く関係ない奴なのか」

井上も驚いて身を乗り出した。草壁は井上にも、かぶりを振った。

「いえ、関係ないわけじゃない。あの脱線は、隠し金と深く関わってます」

「だったら、君……」

「局長、申し訳ないがもう少し待って下さい。見当は付いたが、そいつがなぜやったのか、理由がもう一つはっきりしない。それを確かめてからにしましょう」

「ははあ、犯行の動機、とかいうやつじゃな。ふむ、わかった」

井上は、再び安楽椅子の背に体を預けてから言った。

「良かろう。満足するまで調べてくれ。そう言えば、駅構内で殺しも一件起きちょったな。あれはどうなった」

「あれもたぶん、同時に解決できますよ」

小野寺は、またしても驚かされる羽目になった。草壁は、殺しの下手人まで見つけたというのだろうか。井上は、これを聞いてニヤリとした。

「いかにも君らしいの」

奈良原は、このやり取りを聞いて目を白黒させている。草壁の言うことを、どこまで信じていいのかわからないのだろう。無理もない。付き合いの長い自分だって、同じ気持ちなのだ。結局奈良原は何も言わず、大袈裟に溜息をついた。

「では草壁君、あと二、三日だな」

「まあ、そのくらいでしょう」

「よかろう。では、待たせてもらおう」

井上の言葉を聞いて、奈良原が首を傾げた。

「局長、滞在されるおつもりか」

「うん。中山道線の現場も見ておきたいしな」

中山道線は、高崎で分岐して信濃路へ入り、木曾《きそ》から名古屋《なごや》を経て、京都から延びて来ている路線に繋ぎ、東京から神戸《こうべ》までを結ぶ一大幹線となる予定である。東京から京都、大阪、神戸への路線は、東海道《とうかいどう》経由か中山道経由かの論争があるが、井上は地方に産業を興し発展を促すという観点から、沿線に貧しい地域の多い中山道線を推している。高崎から先は、まず碓氷峠《うすいとうげ》の入り口、横川《よこかわ》を目指して、既に去年の十月、着工されていた。

「ふむ、そうでごわすか」

奈良原が頷くと、井上は悪戯《いたずら》っぽく笑って、付け足した。

「それに、せっかく高崎まで来たんじゃ。磯部《いそべ》にはいい湯宿があるそうじゃな。奈良原さん、あんたも付き合うか。あそこなら芸者も呼べるじゃろ」

奈良原はこれを聞いて、眉を吊り上げた。

頃合いを見計らって渡野目が、すぐ近くの料理屋に昼食の席をご用意していますと呼びに来た。井上たちの来訪を聞き付けたのか、西群馬郡の郡長も同席するという。井上は面倒臭そうな顔をしたが、まあ仕方ないかと立ち上がった。一応、草壁と小野寺にも声は掛かったものの、堅苦しそうな席は遠慮し、それを潮に退散することにした。時計を見ると、一時半になろうとしていた。

駅前に出ると、草壁が新町《あらまち》の方を指して、また蕎麦でも食うかと言ったので、二人は連れ立って歩き出した。

「さて草壁さん、一〇二列車を脱線させた奴には、もう見当が付いていると局長に言いましたね。僕は何も聞いてませんけど」

小野寺は、さっきから聞きたくてうずうずしていたことを、ようやく口に出した。

「うん、そうだったかな」

草壁は、とぼけているのだろうか。小野寺はむっとして睨んだ。

「さっさと教えて下さい。誰の仕業なんです」

「いやまあ、ここで言ってもいいんだが……」

草壁は頭を掻きながら、歯切れの悪い言い方をした。

「やっぱり、なぜやったかがはっきりしないと、完全じゃない。理屈の上では間違いないと思うんだが、万一ってこともあるからな」

やれやれ、またこんな調子か。自分ではほぼ結論が見えているのに、完璧に納得するまで漏らそうとしない。悪い癖だ、と小野寺はいつも不満だった。

「でも、俺が見聞きしたことは全部、君も見聞きしてるんだ。君なりに見当は付かなかったかい」

小野寺は、ぐっと言葉に詰まった。確かに草壁とは、ほとんど一緒に行動しているのだ。草壁に見えているものが、自分には見えていないのか。そこを突かれると、自分が情けなくなる。

「もういいです。自分で考えますよ」

意地になって、小野寺は肩をそびやかした。そうは言ったものの、これはという考えがあったわけではない。仕方なく小野寺は口を閉じて、そのまま蕎麦屋の縄暖簾をくぐった。出された盛り蕎麦をツユにつけ、一気に啜り上げた。この店は二度目だが、蕎麦の出来はなかなかのものだ。味に満足した小野寺は、改めて草壁に聞いた。

「それで、次はどうするんです。その、なぜやったかを見つけに行くわけですか」

「うん、まあそうなんだが、確かめておきたいことはまだいろいろある」

そう答えて、草壁も蕎麦を口に運んだ。

「取り敢えず、親分のところへ行ってみるか」

「親分？」

「新浪さんが助っ人を頼んだ、田町の親分さんとやらのところにね」

「ああ、その親分ですか」

鸚鵡返しに言って頷いたが、そこへ行って何を聞こうというのか、小野寺にはよくわからなかった。

田町の親分さん、と呼ばれるのは、田町の表通りに一家を構える、渋田《しぶた》元治郎《もとじろう》という人物だった。江戸時代の半ばから続く、俠客《きょうかく》の家だ。渋田は先代に見込まれて跡目を継いだ入り婿《むこ》で、もう六十になる。さすがに御一新以後は賭場《とば》を閉め、口入屋《くちいれや》をやっていた。上州の俠客と言えば、大前田英五郎《おおまえだえいごろう》や国定忠治《くにさだちゅうじ》の名が頭に浮かぶ。それですっかり身構えてしまった小野寺は、敷居をまたぐのも躊躇《ちゅうちょ》したが、渋田は道路や鉄道の工夫を集め、差配するのを主な仕事にしており、今は官鉄中山道線の高崎から横川への工事にも、工夫を出している。日本鉄道とも縁があり、名刺を出すとすんなり奥に通された。

「いろいろと騒動で、大変でございましたな」

挨拶を交わした渋田元治郎は、白髪を短く刈り込んだ恰幅《かっぷく》のいい男で、見かけはごく普通の商家の主だった。それでも、時折目に宿る鋭い光が、その出自を思い出させた。

「まあ、騒ぎを起こした連中はどうやら皆、御用になりましたが」

「とにかく、無事収まって何よりです」

「駅の脇の倉庫が襲われたときは、渋田さんのお身内もご活躍でしたな」

草壁が話を向けると、渋田は苦笑した。

「いや、活躍などとお恥ずかしい。市左衛門さんからお話を聞いて、人手をお貸ししたまでのこと。あの村上とかいう男の仲間を捕らえたのは、警察の方々ですからな」

謙遜してはいるが、村上たち自由党崩れの連中を叩きのめし、警察に引き渡したのはここの若い衆だ。無論、渋田もそれは承知であろう。

「新浪さんとは、だいぶお親しいんですか」

小野寺が尋ねると、渋田はいかにも、と頷いて見せた。

「御一新前からのお付き合いです。大きな声では申せませんが、市左衛門さんは若い頃、うちの賭場にも出入りしておられましたよ」

へえ、と小野寺はちょっと驚いた。現在の市左衛門の様子からは、かつて悪さをしていた片鱗《へんりん》は微塵も感じられない。

「まあ、若い頃にはよくある、親や家への反発ですかな。私も昔はだいぶ暴れたりいたしまして、市左衛門さんとはその時分からのご縁です。ずいぶんお世話になりましたよ」

「小栗上野介様にお会いになったことは、ありますか」

草壁のその問いかけに、渋田は目を細めた。

「ああ、一度だけございます。徳川の御世《みよ》が続いておれば、私なんぞのような者がお目にかかれるお方ではございませんでしたが、分け隔《へだ》てのないご立派なお方でしたな。本当に惜しい方を……」

そこで渋田は口をつぐんだ。小栗に下された処断への不満は、新政府への不満と取られるのを恐れたようだ。草壁はすぐに話を戻した。

「倉庫が襲われた夜は、ずっとあの向かいの商家で待ち構えておられたんですか」

「はい、私は年ですので出張りませんでしたが、うちの若いのを十人ばかり出しました。村上とやらの取り巻きは、弁は立つかも知れませんが、腕っぷしではうちの連中に太刀打ちできませんから」

「村上を、ご存知だったんですか」

「はい。秩父の騒動に加わったそうですが、そこでは逃げおおせたようですな。あの男は以前から近郷の村で、黙っておとなしくしていれば貧乏になるばかりだ、奪われたものを取り戻すため、政府と戦おう、などと説いて回っていました。しかし、何と言いますか」

渋田の顔に、嘲りのような笑みが浮かんだ。

「底が浅い、と見受けました。戦うのはいいが、その後どうなるのか、どうやって困窮した村の暮らしを立て直すのか、その辺が全く明らかでない。妙義での蜂起を見て、自分らも一旗、と思ったんではないですかな。どうも、賭場を荒した昔の私らと、根っこは同じような気がいたします」

村上についての渋田の見方は、小野寺たちと同じようだった。辻説法をちょっと聞いただけで村上たちを見切ったのは、さすがと言うべきか。

「待ち伏せの段取りは、大変だったでしょう」

「いやいや、そうでもありません。半ば空家だった商家を借りたのと、人数を揃えるだけでしたんで。三日前の晩にお話をいただきましたから、充分に用意はできましたよ」

「そうですか。さすがは高崎で名の知られた親分さんですな」

草壁が持ち上げると、渋田は、いえいえとんでもない、と笑った。

「ところで、突然ですがこちらで差配されている工夫か人足の中に、栗原弥助という人は居ますか」

渋田の表情が一瞬、強張った。が、すぐに穏やかな微笑に変わった。

「栗原弥助、ですか。さて、工夫や人足は何十人と居て、常に入れ替わりますから、皆の名前を覚えておるわけではありませんので……ああ、確かそんな名前の人が、市左衛門さんのところに出入りしていたように思いますが」

「そうですか、わかりませんか。いや、失礼しました」

「その人をお捜しですか」

「ええ、ちょっと姿が見えなくなっているそうで。いや、気にせんで下さい」

草壁が軽い調子で打ち消すと、渋田も深入りせず、そういう人が現れたら、お知らせしましょうとだけ言った。

その後は烏川の列車襲撃について草壁が話し、渋田がそれを興味深く聞く、という形になった。草壁がうまく目的を達したのかどうか、小野寺には明確に判別できなかったので、横で無難に相槌《あいづち》を打つ程度にしておいた。

渋田との話は、一時間ほどで終わった。帰り際になって、渋田が言った。

「鉄道の方では、横川から先、碓氷峠の工事も始められるそうですな。こちらにも是非ともお手伝いさせていただきたく存じますので、よろしくお伝え下さいませ」

横川以遠の建設工事のことが、早くも耳に入っているようだ。やはり侮れない人物だな、と小野寺は思ったが、何とぞよろしくと腰を折るその姿は、世慣れた商人そのものであった。


通りへ出てしばらくしてから、小野寺は草壁を肘で小突いた。

「人が悪いですね。弥助さんが渋田さんのところに居ると、いつ目星を付けたんです」

「いや、目星ってほどじゃない。だが、高崎で身を隠して暮らそうと思ったら、木島組か渋田さんのところの人足や工夫のように、出入りの激しい中へ紛れ込むのが一番だ。でも木島さんは、弥助さんを知っている、と初めから言っていた。承知のうえで弥助さんを隠したなら、そんなことは言うまい。で、渋田さんにぶつけて顔色を窺ったんだが、もろに当たった感じだね」

「ええ、あれは僕でもわかりましたよ。笑みが一瞬、凍り付きましたからね」

草壁は、それを見るため世辞を言って、笑わせておいたのかも知れない。

「弥助さんのことを確かめるため、渋田さんのところに行ったんですね。まずまずうまく行ったじゃないですか」

「うん、結果そうなったが、実はそこまで期待してなかった。確かめたかったのは別のことで、そっちもうまく行ったよ」

「え？　別のことですって」

これは意外だった。弥助のこと以外で何か得るものがあったか、小野寺は会話を思い返してみたが、よくわからない。まさか、市左衛門が若い頃、羽目を外していたという話ではあるまい。

「おや、わからなかったか。よし、それじゃ考える手掛かりをあげよう」

草壁が面白そうに言った。

「倉庫が襲われた夜、駆け付けた巡査たちはどんな格好をしていたかね」

「はあ？　巡査がですか」

小野寺は、ぽかんとして草壁を見つめた。どんな格好と言われても、巡査らしい格好をしていただけだ。何の意味があるのか、さっぱりわからなかった。

横川への官鉄線工事の現場は、佳境を迎えていた。工事期間は一年と見積もられ、もうその半分以上を過ぎている。高崎駅の北の外れ、日本鉄道線との分岐点辺りには、レールや枕木、砂利《バラスト》などの資材が、大量に運び込まれ、積み上げられていた。

分岐点近くの工事現場に足を踏み入れた小野寺は、しばしその喧騒《けんそう》に見入った。大宮から宇都宮を経て、福島、仙台へ。この高崎から横川を経て、信州、さらに名古屋、京都へ。線路は次々に延びて行く。その線路はそのまま、文明開化をこの国の各地方に運んで行く使者となる。逢坂山で初めて鉄道の現場に出た頃、日本の鉄道はまだよちよち歩き、線路延長も百マイルにも満たなかった。今や鉄道の有用さは全国に知れ渡り、山陽路《さんようじ》や九州でも鉄道のるだろうか……。

建設計画が立ち上がっている。この分なら、数年後には千マイルを超える鉄道が、各地に延ばされていることだろう。無論、それで終わるものではない。五千マイル、いや一万マイルの鉄道が、遠からず全国を覆っていくはずだ。そのとき、この国はどのように姿を変えていくだろうか……。

「さて小野寺君、そろそろ出番だぜ」

草壁の声に、小野寺の感慨は中断された。草壁は、工事を指揮している大柄な洋装の人物を目で示していた。小野寺は了解し、その人物に近付いて声をかけた。

「田所《たどころ》さん、ご無沙汰してます」

田所と呼ばれた技手が、振り向いて破顔した。

「よお、小野寺君か。しばらくだなあ。宇都宮線の方に居たんじゃなかったのか」

そう言いかけてから、後ろに居る草壁に気付いたようだ。

「あれ、草壁さんも一緒ですか。ははあ、こいつは何か事件ですな」

田所は、自分でしきりに頷きながら、二人を見た。何か面白がっているような気配だ。

「待て待て。そう言えば昨日、横浜行きの五〇二列車が襲われたと聞いたぞ。そいつに関わってるのか。図星だろう」

田所勝佑《しょうすけ》は六年前、逢坂山トンネル工事の技手を務めているとき、草壁と小野寺が工事妨害事件を解決するのを、間近で見ていたのだ。田所がここの主任技手として来ていたことは、小野寺たちにとって甚だ好都合であった。

「ええ、実はまあ、その通りです。詳しいことは言えませんが」

小野寺は頭を掻いた。田所は、わかってるさという風に、肩を叩いた。

「構わんよ。しかし、わざわざここに来たのは、昔話をするためじゃないよな。俺に何をしろってんだ」

こうあけすけに言ってもらえれば、話は早い。これが田所のいいところだ。

「いやあ、そう言っていただけると恐縮です。実は、人を捜してまして」

「人？　どんな奴だい。石川五右衛門《いしかわごえもん》か、幡随院長兵衛《ばんずいいんちょうべえ》か」

「そんな派手なのじゃなく、普通の男です。工夫の中に居るんじゃないかと」

「ほう。そいつはどんな悪さを仕出かしたんだ。五〇二列車を襲った奴の一味か」

「襲撃犯の一味ってわけじゃありませんが、一連の事件に関わりがあるのは間違いなさそうなんです。正直、捕まえてみないとわからないところもあります」

「ふうん……そうか、それじゃあ、工夫頭《がしら》を呼ぼう」

田所は辺りを見回し、目当ての男を見つけると、大声で呼ばわった。

「おうい、頭、こっちに来てくれ」

四角い顔に尻を端折った股引姿の男が振り向き、すぐに駆けて来た。彼が工夫頭らしい。

「へい、何でがんすか」

「ちょっと人捜しだ。こちらの二人の話を聞いてやってくれ」

工夫頭は訝しげな顔を見せたが、すぐ小野寺たちの方に向き直り、どんなことでしょうと尋ねた。小野寺が話そうとしたとき、草壁がさっと前に出た。

「君、僕たちの前に、工夫の一人を訪ねて渋田の親分の身内が来なかったかい」

工夫頭の目が見開かれた。

「ほんのちょっと前に、来ましたよ。渋田の親分さんのところで集めた工夫の一人に、会いに来ました。今、あそこに……」

工夫頭が後ろを向いて、枕木を積んであるところを指差した。そのとき、枕木の陰から一人の工夫が顔を出した。そして、集まっている小野寺たちを見た途端、ぎょっとして身を翻した。

「そいつを捕まえろ！」

状況を素早く察した田所が、怒鳴った。周りの工夫たちが、びっくりして左右を見回した。枕木の陰から飛び出した工夫は、そのまま他の工夫たちの間を突っ切ろうとした。だが、何人かが田所の叫び声に応じ、その工夫の前に立ちはだかった。工夫は、瞬く間に取り押さえられていた。

「さて、あれが捜している奴かい」

田所は、両腕を摑まれた工夫を、顎で示した。四十くらいと見える年嵩の工夫は、草壁と小野寺と田所を順に見つめ、怒っているような戸惑っているような、複雑な顔をした。

「何なんだよ。何でこんなことするんだ。俺は、何もやってねえ」

草壁は工夫に歩み寄り、ぐっと顔を近付けた。

「そうかい。何もやってないかね。ま、そうなのかも知れんが」

草壁の顔には、何だか愉快そうな笑みが浮かんでいる。

「いずれにしても、君はいろいろなことを知っているはずだ。聞きたいことがたくさんある。ゆっくり付き合おうじゃないか、栗原弥助さん」

名前を呼ばれた栗原は、否定しても無駄だと悟っているのだろう。何も言わず、ただ草壁を睨み返した。


田所が詰所の一室を提供してくれたので、ひとまず栗原をそこに入らせ、尋問することにした。田所は気を利かせたのかどうか、仕事に戻るからと言って、詰所をすぐに出て行った。代わりに、詰所の外に屈強そうな工夫を二人、張り番に立たせた。

栗原の方は、これで逃げ場がなくなったわけだが、恐れ入る様子はない。その目には強い光が宿り、唇を固く引き結んでいた。

「さて栗原さん、君は自由党の仲間だったのかな」

草壁がいきなり尋ねた。栗原は、この唐突な質問に対する準備は不充分だったようだ。表情はどうにかそのままを保っていたが、びくっと肩が動いた。

「答えられないような問いじゃない、と思うがね」

「俺は、何も喋る気はねえ」

栗原はそう言ったきり、腕組みをして挑むような目で草壁を見据えた。

「そうかい。じゃ、聞き方を変えよう。君は、村上たちの主義主張に賛同しているように装っていただけじゃないのか」

今度はもっと明らかな反応があった。栗原は大きく目を剝いてから、慌ててもとの表情に戻った。しかし、口は開かなかった。

驚いたのは栗原ばかりではない。小野寺も同じだった。草壁が言うのは、栗原は支持者のふりをして村上に近付いた、ということなのか。何のためにそんな、と言いそうになり、草壁に目で制された。

「駅の倉庫を村上たちが襲ったとき、君もあの辺に居たね」

草壁は、また方向の違う問いを投げた。今度は栗原の顔に、大きな変化は表れなかった。

「君は、鉄道に知り合いが居るね」

これまた、全く異なる問いだ。栗原の目が、左右に動いた。同じことを聞かれたときの、ぽかんとしたような村上の反応とは、明らかに異なっていた。小野寺は、草壁の口元に微かな笑みが浮かんだのを、見逃さなかった。

その後二十分ばかり、栗原への質問は続いた。だが、それ以上は何を聞いても、栗原はそっぽを向いて、返事すらしようとはしなかった。なぜ急に姿を消したのか、なぜ渋田のところへ行ったのか、言葉を変えて何度も尋ねたが、駄目だった。

小野寺は、やきもきしていた。実直と言おうか、意固地と言おうか、栗原がこうも手強《てごわ》いとは思わなかった。結局、元八丁堀同心の草壁の手管をもってしても、何も喋らせることはできなかったのだ。

二人は田所と工夫頭に、栗原を逃がさないよう見張っていてくれと頼み、工事現場を離れた。

「警察に引き渡すんじゃないのか」

田所が意外そうに聞いてきたが、草壁は、警察に渡すような容疑はまだないので、と答えた。田所は怪訝そうな顔をしたものの、一応は了解した。

「しかし、いつまでもこうしておくわけにはいきませんよ」

「もちろんです。明日には迎えを寄越しますから、それまでお願いします」

草壁さんにそう頼まれたらしょうがないな、と田所は苦笑し、後で何がどうなったか教えて下さいよ、とだけ言って二人を見送った。

ゆっくり歩いて駅へと戻りながら、小野寺は草壁の様子に首を傾げていた。栗原がだんまりを押し通したにも拘わらず、草壁は非常に満足そうだったからだ。

「草壁さん、どうだったんです。あいつ、何も言いませんでしたけど、得るところはあったんですか」

小野寺が辛抱できず声をかけると、草壁は薄笑いで応じた。

「うん、あったよ。概《おおむ》ね思っていた通りにね」

「悪い癖ですよ。自分一人で納得しないで、ちゃんと僕にも話して下さい」

またこの繰り返しだ。小野寺は不満をはっきり顔に出した。局長や社長からは、草壁の手綱をちゃんと握っておけと言われているのに、目隠しのまま引き摺り回されるのは、いつも自分の方だった。

「君は、目は口ほどに物を言い、ってことわざを知らないかね」

「知ってますよ、もちろん。つまり何ですか、弥助さんの目付きや顔色で、だいたいの答えはわかった、と言うんですか」

確かに、草壁の質問に対する栗原の反応は、小野寺にも見えた。栗原は鉄面皮《てつめんぴ》ではなく、朴訥《ぼくとつ》な男のようだから、感情がつい顔に出るのだろう。とは言え、それで充分なのか。

「読み方がわかっていれば、目付きや顔色だけでも知りたいことはわかるさ。村上たちに賛同していると装ったのかと聞いたら、明らかに動揺していた。あれで、図星だったとわかる。逆に、村上たちが倉庫を襲ったとき、その辺に居たかと聞いても、わりに平然としていた。そのことを聞かれると、予想していたのさ」

「それはつまり……実際にあの場に居たので、聞かれたときの心づもりはしていた、ということですか」

「そういうことだ。鉄道に知り合いが居るかと聞いたときは、動揺が見られた。これも、図星だったようだね」

小野寺は、心中で唸った。初めから言葉を引き出すのは難しいと踏んで、繰り返し唐突な質問を投げつけることで、反応を見極めたわけか。村上を尋問したときと似ているが、さらに深い。これが八丁堀流というものか。

「なるほど。それはわかりましたが、大事なところはまだです。弥助さんは何のために、そんな手を使って村上に近付いたんですか」

「それについちゃ、だいたいの想像はついてる。まだ一つ二つ、確かめたいことが残ってるから、そいつを済ましてから話すよ」

またこれだ。小野寺はげんなりした。いい加減、思わせぶりはやめてほしいのだが。

「それと、村上たちが倉庫を襲ったとき、その場に居たことが重要なんですか。弥助さんは村上の仲間に入ってたんだから、居たとしても不思議じゃないでしょう……」

そこまで言ってから、小野寺はようやく肝心のことに思い当たった。

「まさか、佐川殺しは弥助さんの仕業だと？　でも、佐川は村上の配下ですから、弥助さんとは仲間ですよね。どうして……あっ、本心では村上に賛同していないことを佐川に知られたから？　いやいや、それって殺すほどのことではないかも。それに、どうして倉庫襲撃の最中なんかにそんなことを……もっと重大な秘密があったのか」

「おいおい小野寺君、一人で何をぶつぶつ言ってるんだ」

気付くと、草壁が苦笑してこちらを見ていた。

「そう慌てなさんな。弥助さんが殺しをやったかどうか、まだわからんだろう」

「え、それじゃ誰が……草壁さん、下手人はもうわかってるんじゃないんですか」

「だから、まだわからんって。今のところはな」

小野寺の頭が混乱してきた。草壁はまた、煙に巻こうとしているのか。

「話を変えましょう。弥助さんは、渋田の親分を頼ったんですね。草壁さんはそれに気付いて、渋田さんにカマをかけ、渋田さんが弥助さんを逃がそうとするよう仕向けた。そして思惑通り渋田さんの使いが弥助さんを訪ねた頃を見計らって、工事現場に行き、弥助さんが尻《しっ》尾《ぽ》を出したところを捕まえた。これで合ってますか」

「おう、ちゃんと見ていたようだね。その通り。俺たちは弥助さんの顔を知らないから、揺さぶりをかけて向こうから動くようにしたのさ」

「相変わらず人が悪い」

「前にも言ったが、人の好い八丁堀なんか居るか」

小野寺は、草壁のしたり顔に水でもかけてやりたくなったが、我慢して先を続けた。

「渋田さんは、侠客の親分とは言え、何で弥助さんを匿うようなことをしたんでしょう。前からの知り合いで、義理でもあったんでしょうか」

「昔から世話になっている人に頼まれたら、嫌とは言うまい」

「世話になってる人って、誰です」

「決まってるだろう。新浪市左衛門さんさ」

市左衛門、という答えに驚いた小野寺だったが、逆に謎が増えてしまった。市左衛門は、どうしてそんなことをする必要があったのか。自分たちと一緒に本郷村へ行って、栗原の失踪を聞いて困惑していたではないか。栗原のところへ案内すると言ったのは、市左衛門ではなかったか。

草壁は、小野寺がどういうことかと食い下がっても、あと一つ二つ、確かめるまで待ってくれの一点張りだった。小野寺もついには諦め、黙って草壁の行く方についていった。どこへ行くのかは、もう敢えて聞かなかった。

着いた場所は、意外なことに高崎警察署だった。木佐貫に用事かと思ったが、草壁が面会を求めたのは、薗木警部補だった。

「またおはんらか。おいに何か用か」

部屋から顔を出した薗木は、胡散臭そうに草壁と小野寺を見た。話すのも面倒だと言いたげだ。第五〇二列車の積荷の件で味噌を付けてから、ずっと不機嫌でいるのだろうか。

「幾つか、確かめたいことがあってね。すぐ済むよ」

薗木は草壁を睨みつけたが、舌打ちして「入れ」と顎で促した。

「何じゃ。さっさと言え」

「大宮で脱線した第一〇二列車から見つかった千両箱について、高崎駅の駅員たちに事情を聞きに行ったのは、誰かな」

薗木は、頭がどうかしたのか、と言うような表情を草壁に向けた。それは、小野寺も同様だった。質問の意味がわからない。

「そいは……うちの巡査じゃ。岩元と、加山《かやま》ちゅう者《もん》じゃが、そいがどげんした」

「二人とも、この群馬の人だね」

「県警察本署も高崎署も、ほとんど地元の者じゃ。署長とおいだけは薩摩じゃが」

「第五〇二列車に新浪さんらが小栗の隠し金を積む、という話は、誰が持って来たんだ」

　薗木の顔が、険しくなった。その話は思い出したくもない、というのが本音なのだろう。少しの間、薗木は横を向いて黙っていたが、仕方なさそうに言った。

「あれも、うちの巡査が地元を回って聞き込んで来た噂じゃ。地元の話は地元の巡査が一番確かじゃち思うて、ちと当てにし過ぎたかも知れん」

　薗木は溜息をつき、唇を噛んだ。

「聞きたいことはそいだけか」

「あと一つ。村上たちが倉庫を襲うのを、警察はなぜ事前に知っていたのかな」

　薗木の顔に、明らかな驚愕が浮かんだ。

「おはん、いったいどうしてそいを……」

「見るものをきっちり見ていれば、わかるさ。で、どうなんだい」

　薗木は目を白黒させたものの、隠そうとまではしなかった。

「密告の手紙が来たんじゃ。気付かんうちに、署の受付脇の机に置かれちょった。いつ、誰が置いて行ったかはわからずじまいじゃ。手紙には、襲う日時と村上の名前まで書いてあったんで、悪戯には思えんかった」

「自由党の誰かが裏切って密告した、と思ったわけか」

「そん通りじゃ。自由党の誰かは、まだわかっちょらん」

「そうか。それで、襲撃が起きたときは、薗木さんはこの高崎署に居たんだね」

「そうじゃ。待ち伏せは目立ち過ぎっで、見張りを置いて巡査たちを待機させ、おいは部屋で一人で待っちょった。知らせが来てすぐに出向いたが、警視庁の警部殿や巡査連中は、目と鼻の先の宿に居ったからの。ちと遅れを取ってしもうた」

草壁はそう聞くと、なるほど、なるほどと何度も頷いた。聞きたかったことは、全部聞けたようだ。薗木に礼を言い、その場を辞した。小野寺は、何でそんなことを聞きに来たのか、何か摑んでいるのか、などと余計なことを聞かれないうちに退散しようと、速足で表に出た。が、気付くと草壁がいない。どうしたのかと振り向くと、草壁は立ち番をしている巡査に、何か尋ねているようだ。すぐ済むだろうと思って待ったが、意外に時間がかかった。五分ほどして話を終えた草壁は、巡査に軽く手を振ってからこちらに歩いて来た。

「巡査に何を聞いてたんです」

「ああ、ちょっとね。これで警察の用事は済んだよ」

「ちょっとって……」

「ここの巡査はほとんど地元の人だってことだが、平民出身も多いらしいね。岩元巡査もあの立ち番の巡査も、養蚕農家の出だってさ」

「はあ？」

「この辺の村も、新浪さんたちが製糸場を建てたりして力を入れてるが、村上たちの言ってた通り、なかなか暮らしは大変らしいね。だから学校へ行ける者は、何とか役人や軍人や巡査になって家を助けようと頑張ってるそうだ」

「いったい……何の話ですか」

小野寺は眉間に皺を寄せた。が、草壁はそれ以上言おうとせず、鼻唄混じりに歩き出した。

小野寺は諦め、草壁と肩を並べると、そそくさと警察署を後にした。


「それで、警察が事前に村上たちの襲撃を知っていたなんて、なぜわかったんです」

しばらく黙って歩いてから、小野寺は辛抱できなくなって聞いた。草壁は、相変わらずしれっとした顔だ。

「この前、君に手掛かりを一つ教えただろう。巡査がどんな格好だったか、というやつ」

「それは忘れてませんが、それがどう繋がるんです」

「だから、どんな格好だった」

「どんなって、制服姿に決まってるじゃないですか。巡査なんだから……」

語尾が消えた。制服姿？　ちょっと待てよ……。

「ははあ、どうやら気が付いたようだね」

草壁が楽しそうに言った。成長したじゃないか、とでも言いたげだ。小野寺は構わず、頭を回転させた。答えは、すぐに出た。

「そうか。夜中の十二時過ぎだというのに、駆け付けた木佐貫警部と巡査たちは、全員制服制帽で、警棒もサーベルも持って、ランタンも用意していました。もし普通に寝ていたら、あんなにすぐに着替えて一斉に飛び出すなんて、できっこない。準備万端整えて、待ち構えていたんですね」

「そうさ。事前に知っていたから、そんなことができたんだ」

「勿体をつけずに、初めから教えてくれればいいものを」

「それじゃ、君の頭の訓練にならないだろう」

馬鹿にされた気がして、小野寺は草壁を睨んだ。草壁は、知らん顔だ。

「さて、それじゃ渡野目さんのところに行くか」

「駅長に聞き漏らしたことが、まだあるんですか」

「うん、一つだけね」

全て思惑通り進んでいるらしく、草壁の足取りはずいぶん軽いように見えた。

「局長と奈良原社長は、本当に磯部の温泉に向かわれましたよ」

駅長室で渡野目が、笑いながら言った。

「社長は戸惑い気味でしたが、結局一緒に、人力車を連ねて行かれました。今夜は芸者を呼んで宴会ですな」

「そりゃあ、羨《うらや》ましいですな。局長たちは、明日もこちらへ?」

「ええ、昼頃には来られると思います。それから、中山道線の現場へ出られるようですが」

「ああ、さっき田所さんのところへ行って来ましたよ。彼は局長が来るのを知ってるんですか」

「ついさっき、駅員を知らせにやりました。急な話で、田所さんも大変でしょうが」

「局長のことですから、特別な気遣いは無用でしょう」

そうですね、と渡野目は相槌を打ってから、今度はどんなご用で、と尋ねた。

「ええ、一つだけお聞きしたいことがありまして」

渡野目より小野寺の方が緊張した。これが草壁の確かめたいことの最後の一つなら、どんな重要なことなのか。

「渡野目さん、栗原弥助という人をご存知ありませんか。名前を聞いたことは」

意表を衝かれる、というのはこういうことだろう。そう言えば、渡野目駅長に栗原について聞いたことはなかった。関わりがあるとは思えなかったからだ。それを今、草壁は改めて聞こうというのか。

「栗原弥助、ですか」

渡野目は少しの間、首を捻った。

「ふーん、そうですね……聞いたことがあるような。ええと、確かうちの職員の、従兄弟《いとこ》か何かじゃなかったかな。会ったことはないですが」

「その職員、誰だか思い出せますか」

「さて、誰だったかな。そうだ、職員の身元調書を見れば、思い出すかも知れません」

それを聞いて、草壁は微笑みを浮かべた。

「是非、お願いします」

第十章　信濃路遙かなり

翌日、午後一時四十五分。一時二十九分発の上野行き第六列車を見送って部屋に戻った後、渡野目駅長は、いつになくそわそわしているようだ。無理もない、と小野寺は思う。昨日の午後、栗原弥助の従兄弟だという職員が判明し、草壁がこれで全部揃いましたと宣言したのだった。そのうえで、局長と社長に説明するので、駅長室を拝借すると告げ、関係者一同に集まってもらうと言い出したのだ。渡野目は仰天したが、急いで手空《てす》きの駅員を呼び集め、会合を段取りした。

小野寺も、使い走りをやらされる羽目になった。警察の面々は、草壁が捜査を主導するような真似は許さんという空気だったが、井上局長の御威光で渋々ながら承知させた。市左衛門は、滞在していた加納商店から帰ろうとするところだったが、事情を話すとすぐ、加納と共に招集に応じてくれた。

「あと十五分ほどですなあ」

渡野目が大時計に目をやって呟いた。駅長室は、椅子をたくさん運び込んだので、だいぶ窮屈になっている。

「済みません。草壁さんは、どうもこういう芝居がかったことをやりたがるんで」

「まあいいですよ。不肖私も、その芝居がかったことをこの場で見聞できるんですから」

渡野目は、多少迷惑しているとしても、愛想のいい表情を崩さずに言った。

「職員の方々は」

「隣の部屋に待機させます。もうじき揃うはずです」

「どうもご面倒をおかけします」

小野寺は、草壁に代わって頭を下げた。草壁自身は、駅の表で呼び集めた人々の到着を待っている。六年前の逢坂山での光景が、小野寺の頭にちらついていた。あのときもこうして関係者を集め、その場で犯人を捕らえたのだ。今度も、同じことが起きるのだろうか。

最初に現れたのは、加納と市左衛門だった。市左衛門は、この場においても微笑を絶やさない。小野寺にも、このたびはご苦労様です、お呼びをいただきありがとうございます、と丁寧に挨拶した。加納も、常と変わらぬ商人らしい物腰で、小野寺の勧める安楽椅子に腰を下ろした。

次に入って来たのは、工夫頭に伴われた栗原だった。栗原は、部屋に入るなり市左衛門の顔を見てぎょっとし、深く頭を下げた。市左衛門の方は、驚いたことに栗原を見てもほとんど表情を変えず、軽く一礼を返しただけだった。工夫頭は栗原を座らせると、役目は終わったとばかりにすぐさま退出した。

続いて、木佐貫警部と薗木警部補、岩元巡査の三人が現れた。薗木は栗原を見て眉を吊り上げ、「おはんは……」と言いかけ、木佐貫に制された。薗木は憮然《ぶぜん》として口をつぐみ、木佐貫と並んで座った。その後ろに、栗原を一睨みしてから岩元が立った。

小野寺と渡野目を含む八人は、席に着いたまま、じっと待った。誰も、ひと言も喋らない。妙に重い沈黙が、駅長室を包んでいた。栗原と薗木が、居心地悪そうに身じろぎした。駅前の喧騒と、構内の作業の音、機関庫で機関車が噴き出す蒸気の音が、いつもより大きく耳に響いている。

大時計が二度、鳴った。小野寺と渡野目が、顔を見合わせた。約束の時間だ。まだ全員は揃っていない。何人かが、落ち着かなげに目を動かしている。その中で、市左衛門一人が泰然としているように見えた。

いきなり、表に通じる扉が勢いよく開いた。

「いやあ、すまん。待たせましたかな」

奈良原を従えた井上局長が、悠然と部屋に入って来た。一同が立ち上がり、二人の高官を迎えた。井上が手で、皆座って下さいと鷹揚に示し、自分も中央の安楽椅子に腰を下ろした。

そこで頃合いを見計らったように、草壁が登場した。草壁は室内を見渡して、呼んだ全員が揃っていることを確認すると、満足の笑みを浮かべた。小野寺は、少し呆れてその様子を見ていた。いよいよ草壁座の幕が開くようだ。

「どうも皆さん、ご足労いただき申し訳ない。それではこれから、大宮での第一〇二列車の脱線に始まり、第五〇二列車の襲撃に至る一連の事件について、わかったことをご説明申し上げます。しばらくの間、お付き合い下さい」

草壁は開幕の口上を述べ、井上と奈良原に軽く一礼すると、一度咳払いして話を始めた。

「まずは、大宮駅での一〇二列車の脱線です。これは、脱線現場の五号分岐器《ポイント》を、何者かが切り替えたために起きたもので、それは疑いがない。謎は、誰が何のためにやったか、ということに絞られる。ここまでは皆さんご承知の通りです」

「前置きはよか。誰の仕業じゃ」

奈良原がせっかちに言った。草壁は動じず、微笑で応じた。

「ここで注意すべきなのは、この一〇二列車が特別な編成だった、ということです。試運転から帰る新型のボギー客車を、貨車の前に連結していた。ご覧の通りです」

いつの間に用意したのか、草壁は壁に立ててあった巻紙を卓の上に広げた。第一〇二列車の編成と脱線時の位置が、図で示されていた。一同が目を大きく開き、覗き込んだ。草壁はその図を指しながら、先日、新橋工場から来た森井技手と話して判明したことを、説明していった。井上と奈良原は、小さく頷きながら耳を傾けていたが、全くの素人である加納は、話が理解できずにぽかんとしていた。市左衛門は、ほとんど表情を変えていない。

「ふむ、なるほど。ボギー客車が繋がれていたから分岐器が動かせた、ちゅうことはわかった。やったのは鉄道に関わる者じゃ、ちゅう見立てもわかる。残念じゃがの」

聞き終えた井上は、苦い顔をした。鉄道に情熱を燃やす井上としては、鉄道関係者が鉄道を害するようなことをした、というのが辛いのだ。

「大宮の駅の者か」

奈良原が勢い込んだ。

「いえ、そうではありません。ここで、現場を見ていた人の話を聞きましょう」

草壁は、渡野目に目で合図した。渡野目が頷き、隣室の扉を開けて、職員の一人を呼び込んだ。

「失礼します。一〇二列車の機関士でした、足立です」

局長と社長の前に立たされた足立は、緊張で額に汗を浮かべていた。足立は、今朝の下り貨物列車を運転して高崎まで来ていたのだ。

「足立さん、大宮駅五号分岐器に差しかかるとき、そこに異状は全くなかったんですね」

草壁と小野寺は既に聞いた話だが、改めて念を押すように聞いた。

「はい、何も異状はありませんでした。異変があったのは、機関車が分岐器を通過してからです」

「分岐器の傍には、人影はなかったんですね」

「はい、逃げて行くような怪しい人影を見たのは、脱線した後です」

「わかりました。もう結構です、ご苦労様」

足立は明らかにほっとした様子で、局長たちに最敬礼すると、くるりと背を向けて隣室に帰った。口の中は、カラカラになっていただろう。

「どういうことじゃ。分岐器を操作した奴は、どこかに隠れて待っちょったのか。じゃが、あの辺には隠れられるようなところは……」

井上が言いかけると、草壁が笑みを向けた。

「その通りです。まさにそれが重要なんです。日本鉄道に関わる者なら、大宮駅の配線と五号分岐器の場所はわかるでしょう。工事のため、本来は下り列車しか通らない五号分岐器を上り列車も通ることもね。その中に、一〇二列車にボギー客車が繋がれているのを知ってて、しかも壊れた三十七号貨車の積荷を承知しており、機関士から見られずに五号分岐器の梃子に近寄れるという立場の人間が、一人居ます」

草壁は、再び渡野目に目配せした。今度は渡野目は少し戸惑った様子で、隣室から次の職員を呼び入れた。

「失礼します。高崎駅で貨物掛をしております、萩山です」

入って来た萩山は、落ち着かなげに目を部屋のあちこちに向けた。

「萩山さん、分岐器を動かして一〇二列車を脱線させたのは、あんただね」

いきなり真正面から、草壁が言った。萩山が蒼白になった。

「い、いや、ちょっと待って下さい」

渡野目が、びっくりした様子で口を挟んだ。

「萩山は、ここで一〇二列車の貨物の積み込みを扱っていたんですよ。どうやって列車を追い越し、先回りをしたと言うんです」

「先回りじゃありません。一〇二列車に、乗って行ったんです」

「乗って行った、ですと」

啞然とした渡野目は、そう叫んだきり、二の句が継げないようだ。

「車掌も機関士も、気付かなんだのか」

井上が聞くと、草壁は自信ありげにニヤリとした。

「萩山さんは、積み込みを終えた後、休みを取っていました。その後、彼の姿は翌日遅くまで見られていない。そうでしょう？」

「はあ……確かに」

渡野目が肯定した。草壁はさらに続ける。

「休むと言って駅を出た萩山さんは、こっそり戻って、出発前の一〇二列車に隠れたんです。乗り込んだのは、前の方のボギー客車でしょう。あれなら、便所も付いてますからね。大宮駅の構内に差しかかってスピードが落ちると、萩山さんは五号分岐器のところで客車の前方の出入り口から飛び降りた。時速十キロメートルなら、簡単です。そのとき、足立機関士と火夫は前方を見ているし、車掌は後方を監視しているので、見咎められることはない。そうして、二両目のボギー客車が通過するときを待ち構え、分岐器を動かしたんです。かなり際どい仕事ですが、何とかやりおおせました」

渡野目は萩山の顔を見つめた。何か反論が出るかと思ったのだろう。しかし萩山は、黙って唇を震わせるだけだった。

「脱線を見届けたあんたは、駅裏の畑の方へ逃げた。足立さんが見たのは、その後ろ姿だ。大宮の町で一晩隠れたあんたは、何食わぬ顔で翌日の列車に乗って戻ったんだ。この高崎駅で降りるときは、顔を見られないように気を遣ったろうが、ばれずに済んだようだね。改札は通らず、ホームの裏から自分の詰所へ行ったんだろう」

奈良原が、うーむと唸るのが聞こえた。栗原は、唇を嚙んでそっぽを向いている。

「そげんこっか」

木佐貫が、苦い顔で萩山と草壁を交互に睨んだ。自分たちが顧《かえり》みなかった脱線事故の犯人を草壁に挙げられたのが、面白くないと見える。

「それともう一つ、三十七号貨車に千両箱を積んだのも、あんただろう」

この草壁の指摘にも、萩山は一言も返さず、視線を下げたままであった。

「いったいないごて、そげんこつを」

奈良原が、困惑気味に言った。顔は萩山に向いているが、草壁に向けた言葉だ。

「一言で言えば、撒き餌《まえ》、ですかね」

「撒き餌じゃと。釣りん撒き餌か。何を釣ろうとしたんじゃ」

奈良原が眉間に皺を寄せた。井上も、首を傾げた。

「あの千両箱は、そこの新浪さんが三井に支払うために、用意したもんじゃなかったんか」

井上が市左衛門を目で示した。驚いたことに、市左衛門は微笑したまま、さっきから全く表情を変えていない。

「はい、左様でございます。私が萩山さんに、内緒で頼んだので」

「三井に支払うのに、万延小判なんか使う必要はないでしょう。紙幣に換えるなり、為替《かわせ》で送るなりすればいい。今どき、あんな重くて嵩張るものをわざわざ貨車に積むのには、それなりの理由があったはずだ」

草壁の舌鋒《ぜっぽう》が、市左衛門に向かった。

「どんな理由があったとおっしゃいますので」

「見せ金ですよ。小栗上野介の隠し金が、確かにあると思わせるための」

井上と奈良原、それに木佐貫と薗木が、ええっという顔で一斉に市左衛門に視線を向けた。市左衛門は、この言葉にもわずかに眉を動かしただけだった。隣の加納の方が、遙かに強い反応を示した。

「それじゃ、あの脱線は……」

井上が言いかけるのを、草壁が引き取った。

「ええ。貨車を壊して千両箱が思いがけず見つかるように仕向け、いかにも密《ひそ》かに運んでいた隠し金を何者かが襲ったものの、強奪には失敗した、と見える形を作り出したんです。ボギー客車のすぐ後ろに、鉄製の台枠を使っていないので壊れやすい三十七号貨車を繋ぎ、そこに千両箱を積んでおく、なんていう芸当は、萩山さんでないとできませんからねえ」

萩山が、がっくりとうなだれた。彼はまだ一言も漏らしていないが、その萎《しお》れ方は、自白したも同然だった。草壁は萩山に、端の椅子にかけてじっとしているよう告げた。萩山は、黙って従った。渡野目が、冷ややかな視線を注いでいた。

「新浪さん、あなたは小栗の隠し金を狙って周りを嗅ぎ回る連中を、罠に嵌めて一気に片付けようとした。そのうえで、小栗の隠し金など存在しないと世間に知らしめるために、こんな大仕掛けを考え出したんですね」

市左衛門は、まだ微笑を消さない。だが、その目は真っ直ぐ、草壁を見据えている。

「その連中とは、自由党のはみ出し者、村上たちと、不平士族の久我一派じゃな」

「それと、警察もです。寧ろ、そっちが本命でしょう」

井上は眉を吊り上げたが、木佐貫を横目で見て、得たりとばかりに笑みを浮かべた。

「なるほど、群馬の警察を使って、しつこく隠し金を追っておったのは、大迫警視総監じゃったの。政府の誰ぞの意向じゃろうが、見事にしてやられたのう」

木佐貫が唇を歪めた。歯軋りの音が聞こえてきそうだ。

「いやいや、ちょっと待て」

ここで奈良原が口を挟んだ。

「隠し金がなかことを世間に知らすっとなら、こげん仕掛けをせんでん、新聞記者を集めてあんクズみたいな小判と札束を見せてやればよかろう。そいで皆、隠し金が幻やったとわかるじゃろうが」

「奈良原社長、お言葉ですが、今頃唐突に記者を集めて、さあこの通り隠し金なぞございません、という具合に発表したとして、あなたなら信じますか」

奈良原は、言葉に詰まった。

「隠し金信者どもを納得させようとすれば、そんな取って付けたようなやり方じゃ無理です。新浪さんは、そこをよくわかっておられたんですよ」

草壁は市左衛門に頷いて見せた。市左衛門からの反応はなかった。草壁はさらに続ける。

「村上たちも久我たちも、一〇二列車の千両箱のことを新聞記事で読み、誰かに先手を打たれたと思って、急いで動き出したわけです。一方、警察は千両箱を確かめて、間違いなく隠し金はあると信じ、一石二鳥で、隠し金を狙って来る自由党も不平士族も捕らえようと網を張った。結果、半分はうまく行ったんですがね」

井上は、面白そうにうんうんと頷いた。

「なあ木佐貫君。虚仮《こけ》にされたと思っちょるかも知れんが、秩父事件の残党も、いずれどこかで蜂起したかも知れん不平士族も、ごっそり捕らえたんじゃ。高崎まで出張った成果としては、上出来じゃないか。儂が大迫に、よう言うておくから」

「はっ、恐れ入ります、局長閣下」

その言葉に救われたか、木佐貫は取り繕《つくろ》うように勿体をつけ、井上に一礼した。

「まあ、新浪さんたちとしては、警察にいつまでも目を付けられたままでは、商売に差し障りがあるでしょうからね」

草壁はそう言いながら市左衛門と加納を見た。市左衛門は相変わらずだが、幾分青ざめた加納は目を逸らした。

「加納さん、列車を手配したのはあなただ。あなたも承知してたんでしょう」

草壁が声をかけると、加納は肩を震わせた。

「私は、その……」

「お言葉ですが、草壁さん」

加納を遮るように、市左衛門が口を開いた。

「千両箱を積んだからと言って、なぜ私が大仕掛けを企んだなどとおっしゃるのです。村上さんや久我さんがどう思われたかは知りませんが、仕向けたというのはいささか心外でございます」

「そうでしょうか。あなたはその大仕掛けの次の一手として、村上たちを罠に誘い込んだじゃありませんか」

ここで初めて、市左衛門の微笑が少しだけ歪んだ。

「これは、何をおっしゃいます。草壁さんもご承知のように、私はそちらの小野寺さんの奥様で、うちの親戚筋に当たります綾子さんの思い付きに、乗らせていただいただけのこと。大仕掛けのうちの一つ、などということは」

「綾子さんがお宅に行かれたのは、村上の襲撃の二日前の昼頃です。ですがね、新浪さん。田町の親分、渋田さんは、あなたから村上を待ち伏せる段取りを頼まれたのは、襲撃の三日前だった、と言ってるんです。これは、どういうことでしょう。あなたは、綾子さんが来るずっと前から、罠の手配をしていたようですね」

市左衛門の顔から、一瞬、笑みが消えた。が、すぐにもとの微笑に戻った。

「それは、思い違いではありませんかな」

「いいえ。あなたは、村上に倉庫を襲わせ、そこで一網打尽にする仕掛けをした。村上の仲間があなたの家の周りを見張っているのを知りながら、そのままにして、荷を運び入れるのを見せつけるつもりだったんです。ところが、綾子さんが来て、思い付きで偶然、あなたの企みと似た計略を出した。あなたは咄嗟に、それに乗ることにした。いや、もしかしたら、綾子さんがそんなことを思い付くよう、あなたが誘導したんじゃありませんか。ご親戚ですから、綾子さんの性分はよくご存知のはずだ。綾子さんが考えた計略としておいた方が、警察に余計な勘繰りをされないと思ったんでしょう」

小野寺は、市左衛門の顔をじっと見ていた。首を突っ込んだのは綾子だが、その綾子を自分の企みに利用した市左衛門は、許し難いと思っていた。だが、市左衛門の鉄面皮は、まだ崩れてはいない。

「これがあなたの唯一の綻びでしたな。渋田さんに口止めすることまでは、考えなかったんですね」

確かに、上手《じょうず》の手《て》から漏れた水だ。渋田のところに草壁が話を聞きに行くとは、思わなかったのだろう。だが草壁は、二日前に思い付いたにしては段取りが良過ぎると、違和感を持ったのだ。

「ふうむ。じゃっどん、千両箱一つでそこまで誘い込まれっとは、村上も久我も警察も、思い込みが激しかね。もうちっと、頭を冷やして考えればよかのに」

まだ自分からは話そうとしない市左衛門を横目で睨みながら、奈良原がふと疑問を口にした。市左衛門を追い込む話の腰を折らないでほしいな、と小野寺は思ったが、草壁は笑みを浮かべて頷いた。

「奈良原社長、いいところを衝かれました。その通りです。それほど簡単に人は思惑通りに動いてくれません。うまく吹き込まれていたのです」

「吹き込まれた？　誰かに、隠し金を信じ込むよう騙《だま》された、ちゅうこっか」

「そうです。さて、待たせたねえ栗原さん。やっと出番だよ」

草壁がその笑みを、ずっと黙ってこちらを見ようともしなかった、栗原に向けた。呼ばれた栗原は、顔を上げて草壁を一睨みしてから、申し訳なさそうに市左衛門を見た。市左衛門は、一瞥を返したものの、何も言わなかった。

「栗原さん、君は新浪さんの指図で、自由党の支持者を装って、村上たちに近付いた。大宮の脱線事故が起きた後、千両箱を隠し金に結び付けるよう、うまく村上の耳に吹き込んだのは、君だ。違うか」

「俺は……」

栗原は絞り出すように言いかけたが、それきり後が続かず、また市左衛門を見た。

「ああ、まったく君は正直者だねえ。こう言っては何だが、君の役どころは純朴な農夫、本来の君そのままだ。困窮する農家の救済を掲げる村上のところへ行くには、うってつけだよ。

嘘が下手な君は、村上に話を吹き込むのに苦労したろうが、それが朴訥に見えて、却って村上を信用させることになったんだろう。逆に、講釈師のように話が上手い人間なら、村上は信用しなかったろうね」

草壁は、お見事でしたねとでも言うような目で、市左衛門を見た。市左衛門は、反応を返さなかった。

「村上たちを追っている警察に、栗原さんが目を付けられるところまでは、新浪さん、あなたも承知していた。だが、我々が調べに来ることは想定していなかった。面と向かって我々に尋問されたら、栗原さんの性分ではいつボロが出るかわからない。そこであなたは、栗原さんに身を隠せと言って、渋田の親分さんに彼のことを頼んだ。渋田さんは、事情がよくわからないまま、あなたの頼みだからと、多くは聞かずに鉄道工事の工夫に紛れ込ませたんだ」

小野寺は、市左衛門の家を最初に訪れたときのことを、思い出していた。あのとき市左衛門は、親切にも自分が栗原弥助のところへ案内しよう、と言ってくれた。それは、小野寺と草壁が、先に栗原のところへ行ってしまわないようにする牽制《けんせい》だったのだ。

市左衛門の家からの帰りは夜になった。大名主ほどの家なら、普通は泊まって行けと言うはずだが、そうではなかったことを小野寺は少しだけ妙に思っていた。帰り道、夢うつつに馬のいななきを聞いた気がしたが、あれは小野寺たちを帰らせた後、市左衛門が馬を走らせて、栗原に急を告げに行ったのに違いなかった。翌日、もぬけの殻の栗原の住まいを訪ねたときは、市左衛門の演技にすっかり騙されたわけだ。

「うむ、なるほど。村上たちのことはわかった。では、久我一派はどうなんじゃ。やっぱりその栗原ちゅう男が、吹き込んだんか」

井上が尋ねると、草壁はかぶりを振った。

「渡野目さん、残りの一人を呼んで下さい」

渡野目が頷き、隣室の扉を開けた。呼ばれて入って来たのは、鉄道職員ではなかった。馴《な》染《じ》みの顔だ。

「あのう、何のご用でがんすか」

人力車夫の谷川は、いかにも場違いな感じに囚《とら》われたか、腰が引けている。今までの話は、聞こえていただろうか。

「谷川さん、君が隠し金のことをいろいろと、弟分の犬塚を通して久我に吹き込んだんだね」

いきなり草壁は、核心に触れた。谷川は、のけ反りそうになった。

「なっ、何を言われるんで。そりゃあ確かに、犬塚はあの連中の仲間だったけんど、俺はそんなことは……」

「新浪さんと久我を繋ぐ人は、君しかいないんだよ。君は水沼村の出で、車夫になってから田倉さんの家に出入りするようになったのは、新浪さんの紹介だそうじゃないか。犬塚が車夫になっていたのは、久我に言われて、この近辺で隠し金の噂を拾うためだったんだろう。

それに気付いた新浪さんが、君を犬塚に近付けたんだ」

「い、いや、それは……」

谷川はそう言ったきり、口を半開きにしたまま言葉を失った。彼もやはり、根は正直な田舎者で、手練手管とは縁のない男らしい。草壁は、いいからいいからと宥めるように言って、萩山の隣に座らせた。

「谷川さんたちを使えば、彼らの車に乗る我々の動きも逐一わかる。なかなかいい手ですな」

さすがに市左衛門の顔からは、微笑が消えかけていた。

「しかし、あなたも大したものだ。警察まで思い通りにするとは」

その一言に、木佐貫が顔色を変えた。

「なっ、何を言うか。儂らがこん男に操られたとでも……」

怒りも露わに立ち上がろうとする木佐貫を、井上が手ぶりで抑えた。

「おい草壁君、警察に隠し金のことを耳打ちした奴が、また別に居った、ちゅうんか。しかし、警察が乗せられたんなら、相手は相当に信用のおける奴、ちゅうことじゃな」

井上は腕組みし、谷川と栗原を顎で示した。井上の言う通り、彼らでは警察を動かすのは難しいだろう。

「局長、さっき言われましたな。警視総監が以前から、群馬の警察を使って隠し金を追っていたと。もしその筋から話が入れば、喜んで飛び付いたんじゃありませんかね」

木佐貫に続いて、薗木も真っ赤になった。

「何じゃと。おいら群馬県警察本署が、騙されちょったとでん言う気か」

薗木は、草壁に嚙みつこうと席を蹴り、一歩踏み出しかけた。だが、そこで止まった。草壁が、自分の後ろをじっと見ていることに気付いたからだ。薗木の目が見開かれた。そしてゆっくり、振り返った。

岩元巡査が、直立したまま固まっていた。よく見ると、体が小刻みに震えている。

「まさか……」

薗木が、喘ぐように呟いた。岩元の顔が、徐々に下に向いた。

「五〇二列車に隠し金らしいものが積まれること、それを久我たちが奪おうとしていること、それらは全部、岩元巡査から薗木さん、さらに木佐貫さんへと伝えられた。そうですね」

草壁が確かめると、薗木は苦いものを飲み込むように、頷いた。

「村上たちが倉庫を襲うと手紙で密告したのも、あなただ。栗原さんと打ち合わせた上でのことですね」

岩元が微かに頷いた。岩元なら、高崎署内に手紙を置くことなど、いつでもできる。

「全部、仕組まれとったわけか」

木佐貫が、全身の力が抜けたような、大きな溜息をついた。

「お前は……地元の巡査の中じゃ、一番使える奴と思うちょったが。こげな風に裏切るとはのう」

「申し訳ありません」

岩元は、俯いたまま小さな声で言った。それで充分だった。萩山も栗原も、谷川も岩元も、全員が草壁の言う通りだと認めたも同然である。

「みんな、もうええ」

ようやく市左衛門が言った。市左衛門は顔を上げ、四人の顔を順に見回してから、草壁に向き直った。先ほどまでの微笑が、再び戻っていた。

「草壁さん、よくおわかりになりましたな。お見事でした。この四人は、私の段取りに従っただけ。全ては私が仕組んだことです」

「あんたは、小栗からあの役に立たん小判や札束の始末を、任されとったんか」

井上が興味深そうに、市左衛門の顔を覗き込んだ。

「私だけではなかったのですが、御一新から十七年も経って、今は私一人になってしまいました。決着をつけるには、ちょうど頃合いだったかも知れません」

「どこに隠しておったんじゃ」

「うちの母屋を建てるとき、床下に敷き詰めたのです。取り出すのは、多少手間がかかりましたが」

草壁と二人で市左衛門宅の座敷に座っていたとき、それはまさに尻の下にあった、ということだ。あのときは想像すらしなかったが。

「そうか。だいたいの事情はわかった。しかし新浪さん、あんたは一〇二列車を脱線転覆させた。五〇二列車を囮に使い、襲撃させた。死傷者が出んかったとは言え、この国の鉄道を預かる者として、それを許すわけにはいかん」

井上は毅然《きぜん》として言った。市左衛門は、覚悟したように、ただ深々と頭を下げた。

そこに、草壁の鋭い声が飛んだ。

「それだけじゃありません。あなた方は、人殺しに手を染めたんですよ」

部屋全体が、凍り付いた。言うまでもなく、草壁が指摘するのは高崎駅での佐川殺しだ。

沈黙を破ったのは、やはり井上だった。

「この中に、下手人が居るんじゃな」

「そうです。あの夜、何が起きたのかは、だいたいわかっています」

小野寺は改めて部屋に居る面々を見渡した。誰が関わったかは、既に草壁から教えられている。関わった者たちは、明らかに動揺していた。

「佐川が殺された場所は、萩山さんの詰所の傍です。真夜中頃ですから、詰所には誰も居ないはずだ。鍵もかけていないし、佐川は詰所に入って、倉庫の襲撃に邪魔が入らないか、見張るつもりだったんでしょう。だが、おそらく詰所には入らなかった」

「なぜ入らなかったんじゃ」

井上が首を傾げた。草壁は、そこが肝心です、というように指を立てた。

「中に、誰かが居たんですよ。予期せぬ先客に驚いて、佐川は中の様子を窺うことにした。

詰所の壁際で屈み込み、聞き耳を立てたんです」

「聞き耳って、中に居た者は話でもしよったんか。つまり、一人ではなかったと」

「その通りです」

「ないごて、そげなことがわかるんじゃ」

いささか意気消沈して、これまで黙って聞いていた木佐貫が、さすがに疑問に思ったようだ。草壁は、予期した問いだとばかりに話を進めた。

「佐川は、脳天を殴られていました。頭のてっぺんを、上から殴ったんです。佐川は決して背の低い方じゃない。そんな殴られ方をしたのなら、姿勢を低くしていたことになる」

「じゃから、なぜ盗み聞きとわかる」

「佐川は、立ち上がる間もなくやられています。線路の砂利《バラスト》を踏んで後ろから近付いたのに、気付いた様子がない。何かに集中して、気を取られていたからです。そんなに佐川の注意を引きつけるものと言えば、盗み聞きしている会話だというのが、最もあり得ることでしょう」

木佐貫が、唸った。

「ということはだ。詰所で話をしているのが二人、佐川を殴ったのが一人、少なくとも三人は居ったことになるな」

井上が頭で勘定したらしくそう言うと、草壁は、よくできましたとばかり頷いた。

「ご理解いただけたようですな。では、詰所に居たのは誰で、何を話していたのか、ですが」

「ぼ、僕は殺してない！」

いきなり、萩山が悲痛な声で叫び、立ち上がろうとした。渡野目が、慌てて肩を押さえた。

「そう先走らないで。あんたが手を下したわけじゃない。詰所で話していたのは、あんただ。そうしてその相手は、君だ」

草壁の指が、真っ直ぐ栗原に向けられた。栗原が、呆然とした。

「これだけ綿密な企てだ。実行する君たち四人は、互いに連絡を取り合っていたはずだ。しかし、関係ないはずの四人が何度も会合していれば、いつかは気付かれるでしょう。駅員の萩山さんと、工夫をやっていた栗原さんが駅構内に居るのはおかしくない。岩元巡査も、仕事でたびたび駅に聞き込みに来ている。ただし、車夫姿の谷川さんが駅の奥に入っていれば、咎められる。それらを考え合わせると、萩山さん、栗原さん、岩元巡査が交互に駅構内、たぶん萩山さんの詰所で会い、谷川さんは新浪さんとの間の連絡役だったんでしょう。谷川さんとの繋ぎ役は、栗原さんだ。他の二人は普段、制服を着てますからね」

栗原と萩山が、一瞬、顔を見合わせた。その驚いた顔から、一同は草壁の言うことがほぼ間違っていないのだ、と察しただろう。

「栗原と萩山は、あの夜、詰所で何を話しておったんじゃ」

「おそらく、五〇二列車のことです。続行列車を仕立てて、襲撃現場を押さえるという段取りを考えたのは萩山さん、その案を警部たちに吹き込んだのは岩元さんでしょう。それを栗原さんから谷川さんを通じ、新浪さんに知らせようとしたんだと思いますね」

「ふむ、なるほどな」

井上が栗原と萩山を横目で睨むと、二人とも目を逸らした。

「じゃが、警察側の様子を詳しく聞こうとすれば、やはり岩元巡査ではないのか。彼は来んかったんか――」

そう言いかけた井上は、はっとして一旦言葉を呑み込んだ。

「それはつまり……そうなのか。もう一人の男が、岩元じゃったと――」

「そうです。岩元巡査は村上の襲撃に備えて署で待機していましたが、同僚の巡査によると、しばらく姿が見えなかったそうです。その間に駅の詰所へ行ったんでしょう」

小野寺は、高崎警察署を昨日訪ねたとき、帰り際に草壁が、立ち番の巡査に何事か聞いていたのを思い出した。あれが、このことだったのか。

「遅れて詰所に着いた岩元巡査は、詰所から漏れる灯りで、盗み聞きしている者が居るのを見た。中で栗原さんと萩山さんが話していることを聞かれたら、この仕掛け全体が露見しかねない。そう思った岩元巡査は、背後から忍び寄って、頭を一撃し、昏倒したところを絞め殺した。それから駅の裏側の柵まで運び、そこへ死体を置いた」

「勝手なことを言うな。証拠があるのか」

栗原が喚いた。当の岩元は、青ざめたまま立ちつくしているだけだ。

「死体の周りには、巡査の靴跡しかなかった。岩元巡査は自分の靴跡が残るのを承知していたから、他の巡査に死体を発見させ、周り中を巡査の靴跡だらけにしたんだ」

草壁が言うのを聞いて、井上の冷ややかな目が、木佐貫に向けられた。何で靴跡のことに気付かなかったのか、と言っているのだろう。木佐貫の額には、汗が浮いていた。

「それだけじゃない。靴跡の重なり具合を見れば、最初に付いた靴跡がどれか、ある程度見当はつく。その最初の靴跡と思われるものには、特徴があった」

草壁は、ゆっくりと岩元の足を指差した。

「岩元さん、最初に会った鎮守の森で気付いたんだが、あんたの靴は古びて、踵に傷が付いてる。今言った最初の靴跡の特徴が、まさにそれだった。あんたは死体が見つかる前に、薗木警部補と一緒に村上たちを連行して署に戻ってる。だから、死体の脇であんたの靴跡が見つかるはずはないんだ。あんたが下手人である場合を除いてはな」

一同が絶句した。まさに、言い逃れができない証拠だった。

「こんなはずではなかったんです……」

岩元巡査が、俯きながらぼそぼそと呟いた。

「会合するたびに次回の段取りを決めていたんですが、村上たちが倉庫を襲う夜中なら、注意はそっちに向いているはずだから、詰所は却って安全だ、と思いました。それで、あのとき会合するようにしたんです。私は、ほんの数分話して、襲撃が始まる前に署へ戻るつもりでした。なのに、あんなところに見張り役を置くなんて……結局、全て裏目に出てしまいました」

「しかし、殺しまでする必要があったのか。盗み聞きしただけでは、企みの全貌など見通せまい」

井上が疑念を呈した。岩元は、顔を上げられぬまま答えた。

「あいつは、一撃では昏倒しませんでした。倒れる前に、こっちを振り向いたんです。そして、あっと声を上げました。詰所の灯りで、私の姿を見たんでしょう。顔はともかく、巡査だというのははっきりわかったはずです。それで口を塞ぐしかなくなり、捕縄で……」

岩元の声が途切れた。悪人を捕らえるための捕縄で人殺しをしてしまった、という罪の重みを、改めて噛みしめたのかも知れない。

「こん馬鹿もんが……」

薗木は拳を握りしめ、わなわなと震えていた。彼にとっては、大変な衝撃だろう。

「この殺しが、転機だったんですよ」

溜息混じりに、草壁が言った。

「ほう、転機とは」

井上が興味深げに尋ねた。

「現場の靴跡で、犯人は見当が付いたし、萩山さんの詰所の傍で殺されたのは、そこで何か見たか聞いたかしたための口封じだ、というあたりまでは思い浮かびました。で、ふと思ったんです。殺された佐川は、なぜ盗み聞きをしようと思ったんだろう、とね」

「うん？　それは、詰所に誰か居るのを見たからじゃろう」

「そうですが、佐川は萩山さんを知りません。見知らぬ男が詰所に居るとわかれば、盗み聞きより、まず見つからないようにその場から離れるでしょう。敢えて盗み聞きしたのは、萩山さんの相手が佐川の知っている人間だったからです」

「そうか」

木佐貫が、膝を打った。

「自分らの仲間のはずの栗原が、居っはずがなかとこで、知らん男と話ばしちょる。佐川にとっては、栗原は新参者じゃ。裏切ったか、事によると警察の密偵かも知れん、と疑ったんじゃな」

井上がまた、今頃気付いてどうする、という目で木佐貫を見た。木佐貫は、きまり悪そうに身じろぎして、口を閉じた。

「さあ、これで役者が三人です。三人が殺しまでやって守った秘密と言えば、思い当たるのは隠し金のことしかないでしょう。萩山さんは、一〇二列車脱線の犯人にほぼ間違いないと思っていましたが、栗原さんと岩元巡査の役割は何なのか。これは、すぐにはわかりませんでした。それで、最初から事件全体を見直してみたんです」

草壁は、いったん言葉を切った。そして、全員が自分を注視しているのを見て取ると、満足げに先を続けた。相変わらず芝居がかっているな、と小野寺は苦笑した。

「そこで、先ほど奈良原社長が言われたのと同じ疑問が浮かんだんです。一〇二列車の千両箱一つだけで、誰も彼もが隠し金目指して動き出す。そんなことがあるだろうか、とね」

奈良原が、少し胸を反らせた。そこに気付いたことを自慢しているのか。

「そこから考えて、栗原さんは村上たちを、岩元巡査は警察を、隠し金の話に誘い込む役目だったのではないか、と思ったんです。しかし、その時点ではかなり乱暴な仮説でした。久我たちを誘い込む役目の人が誰か、まだわかりませんでしたからね。それで、誰にも話さなかったんですが、小野寺君が犬塚の動きを見て、久我の仲間だと看破したおかげで、谷川さんのことに思い至ったんです。これで全て役者が揃い、確信できました。そしてこの四人に共通して繋がっているのが、新浪さんだったんです」

「待て待て。栗原と谷川が新浪と繋がっているのはわかるが、萩山は」

井上が首を傾げて聞いた。

「萩山さんは、栗原さんの従兄弟です。渡野目駅長に見せてもらった駅の書類で、確認しました」

「岩元は、どうなんじゃ」

「岩元さんは養蚕農家の出で、母上は新浪さん肝煎《きもい》りの製糸場で働いていました。高崎署で同僚巡査に聞きました」

母の話が出て、岩元の目が潤んだ。

「そうです。親はもう亡くなりましたが、うちの暮らしが立って、私が学校へ行けたのも、新浪の旦那さんのおかげです」

「何と。皆、縁者ちゅうわけか」

井上は、溜息をついて市左衛門を見た。市左衛門は、瞑目《めいもく》したまま静かに座っている。

「おい草壁君、萩山が怪しいち気付いたんは、いつのこっじゃ」

奈良原が、重くなりかけた空気を破るように聞いた。草壁は、ああ、と頷いてすぐに答えた。

「最初に、駅に誰かが忍び込んで千両箱を貨車に積めるか、と聞いたとき、萩山さんは誰でもできるでしょう、と言った。しかし、後で渡野目駅長に聞くと、去年、自由党が鉄道開業式をぶち壊そうとして未遂に終わってから、怪しい奴が入らないよう警戒しているので難しい、とのことでした。話が、真っ向から食い違っています。ですが、状況から見て駅長の話の方が正しいと思えた。なら、萩山さんはなぜそんな話をしたのか。自分から疑いを逸らすためだ、と思うしかありませんでした」

萩山が、後悔するように唇を噛んだ。

ふいに市左衛門が席を立ち、床に正座した。そして両手をつくと、そのまま深々と頭を下げた。

「誠に申し訳ございません。小栗様のご無念を晴らそうと、ただその思いで、このようなことをいたしました。もとより、人殺しなど全く思いのほかでした。はずみで起きたこととは言え、手伝ってくれていた人たちを、人殺しに巻き込んでしまったのです。その罪は、私が負うべきものです。また、加納さんは列車を仕立てるのにご助力をいただきましたが、それだけです。細かいことは、ご存知ありません。どうかご寛恕《かんじょ》のほどを」

「市左衛門さん……」

加納が市左衛門の傍へ寄り、並んで膝をつこうとした。が、市左衛門はそれを制し、席に戻るよう手で示した。加納は、哀しげな顔で従った。

「新浪さん、佐川殺しであなたが罪に問われることはない。しかし、ご自身で言われる通り、ここまでの大仕掛けを実行して多くの人を巻き込んだことについては、責めを負っていただかねばなりません」

草壁が、静かに告げた。市左衛門は、平伏したままそれを聞いた。そのとき小野寺は、言い逃れを捨てて落ち着いた態度で罪を認めたはずの市左衛門の手が、小刻みに震えているのに気付いた。怯えているのか、と一瞬思ったが、絨毯《じゅうたん》に涙の染みができるのを見て、そうではないと悟った。

市左衛門は、小栗に託されたことを全うしたかっただけだろう。そのため、近しい人々に助力を頼んだ。全て、良かれと信じてのことだ。なのに、その人々に罪を犯させ、あまつさえ、人殺しまでさせてしまった。市左衛門は、今になって激しい後悔に苛《さいな》まれているのではあるまいか。

「全て、私の不徳の致すところでございます」

絞り出すような声で、市左衛門が言った。

「よし、後は署で詳しい話を聞くが」

木佐貫が、市左衛門の腕を摑んで立たせた。市左衛門は素直に従った。岩元と萩山は、薗木に促され、悄然として部屋を出て行った。栗原は、最後に草壁を鋭い眼で睨んだが、すぐに目を背けた。そして肩を落とす谷川と共に、外へ向かった。外では、十人余りの巡査が待機しているはずだ。渡野目が、やり切れないという表情で彼らを見送った。

市左衛門らと警察が出て行くと、駅長室は五人だけになった。草壁と小野寺は、井上と奈良原に向き合う形で、安楽椅子に掛け直した。

「草壁君、小野寺、今回もご苦労じゃった」

井上が笑みを浮かべ、労いの言葉をかけた。奈良原も、草壁の手腕に感服したらしく、「ようやってくれた」と礼を言った。飾り気のない一言だが、奈良原としては充分な敬意が込められているようだ。

「僕は何もやっていませんが」

小野寺は俯き加減に頭を掻いた。自分でも情けないが、今回は草壁の横で、その動き方をただ眺めていたに等しい。

「なあに、居るだけで役に立つ場合もある」

井上が、慰めているのか茶化しているのか、わからない風に言った。小野寺は、おとなしく「はい」と頭を下げるしかなかった。

「それに今回は、お前さん以上に奥方の方が活躍してくれたようじゃからの」

ええっ、と小野寺は飛び上がった。草壁を含めた三人が、ニヤニヤしながら小野寺を見ていた。草壁が漏らしたに違いない。小野寺は、渋面を作って草壁を睨んだ。

「しかし、残念じゃのう。鉄道の者が、手を下しておったとはのう」

井上が、真顔になった。今、日本の鉄道は、外国の手を借りずにかなりのことができるようになっている。客車や貨車は国内の工場で作られ、機関車も試作品ではあるが、国産のものが登場していた。これからどんどん鉄道を延ばし、この国の産業を興していこうという矢先、この不祥事は気持ちの上でも痛いだろう。

「ないごて、こげんこつをしたんか。新しか時代を作る仕事より、古か義理ん方が大事やったとか」

奈良原が嘆息した。小野寺も同じ思いだった。萩山だけでなく、岩元も栗原も谷川も、これからの時代にできることはいろいろあったろうに。

「新しい時代が来ても、その分、古いものに搦《から》めとられてもがく者は大勢います。久我などは、そうでしょう。村上は、新しい時代の捉え方を間違った。今はまだ、端境期《はざかいき》だ。どっちへ行けばいいのか、多くの人は迷ってるんですよ」

井上は、黙って頷いた。政府部内でいろいろな思惑とぶつかっている井上は、それを痛いほど感じているのではないか。

「おはんは」

ふいに奈良原が言った。

「どっちへ行っとじゃ」

草壁は、曖昧に微笑した。

「私にも、わかりませんよ」

懐中時計の針は、九時二十九分を指している。上野行き第四列車の、発車一分前だ。十両の客車の最後尾に繋がれた中等車の前に、草壁と小野寺は立っていた。

「お見送りなんか、よろしかったのに」

開いた中等車の窓から、綾子が言った。

「別にいいだろう。お前がちゃんと帰るところを、見届けておかなくちゃ」

「あら、信用ありませんのねえ。大丈夫、こっそり戻ったりしませんから」

綾子が冗談めかして言うと、草壁が笑った。

「いやいや、信用は絶大ですぞ。今回は、大変役に立っていただいたので」

「まあ、そう言っていただけたら嬉しいですわ。寧ろご迷惑をおかけしたのでは、と思ってますのに」

少しは控え目になったかな、と小野寺は思った。綾子は烏川の一件以後、さすがに田倉の家でおとなしくしていた。

「いや、充分助かりましたとも。なあ、小野寺君」

「草壁さん、あまり持ち上げると、また次に何か起きたとき、首を突っ込んできますよ」

草壁の言う「役に立った」というのは、烏川の件だけでなく、綾子が市左衛門に倉庫の罠を持ちかけたことを指している。市左衛門の誘導があったのかはともかく、そのことが結果として市左衛門を追い込む証拠に繋がったわけだ。無論、綾子はそんなことを知る由《よし》もない。

「ちょっと聞いたのですけど、新浪の大叔父様が警察に呼ばれているとか。大丈夫でしょうか」

「ああ、あまり心配しない方がいい。どうなったかわかったら、帰ってから教えるよ」

市左衛門がやった大仕掛けについては、綾子にまだ話していない。何と言っても、幼い頃から付き合いのある親族なのだ。いきなり聞けば、衝撃は大きいだろう。東京へ帰ってから、折を見てゆっくり話してやるつもりだった。

「わかりました。大叔父様のことですから、何か途方もないことを仕出かしたんじゃないかと、心配しているんですけど」

小野寺は、咳《せ》き込みそうになった。やはり血筋か、綾子は市左衛門以上に胆が太いのかも知れない。草壁が横で、笑いをこらえている。

「まあとにかく、三日ほどしたら僕も帰るから」

「はいはい、きちんとお留守番しておきます」

綾子がそう言って笑ったとき、ホームの前方で渡野目が手を上げた。機関車が一声、大きく汽笛を鳴らした。窓から手を振る綾子を乗せた第四列車は、軽い衝撃と共にゆっくり動き出した。

照りつける日差しは、もう真夏のそれと同じだった。小野寺は額に滲《にじ》んで来る汗を拭いて、正面に見える一風変わった山容を眺めた。

「あれが妙義山です」

案内に立つ田所が、井上局長に言った。井上が頷いて、その右側に指を向ける。

「そしてあの辺が、碓氷峠じゃな」

「ええ、あれが越えるべき壁です」

小野寺たちの足元には、ほぼ出来上がった鉄道の路盤が、山の方へ向かって真っ直ぐ延びている。大勢の工夫たちが路盤の突き固めを行っており、この上に枕木を並べ、砂利を盛り、レールを敷けば完成だ。今立っている辺りから高崎側へ少し戻ったところには、安中駅ができる予定で、この先、線路は先日井上たちが泊まった磯部温泉を経て、松井田《まついだ》を通り、横川に至る。横川までの開通は、今年十月の見込みであった。

「横川までは、順調に進んでますが」

「やはり一筋縄ではいかん、か」

井上は腰に手を当て、碓氷峠に連なる山々を睨んだ。そこから見ると、山々はまさに立ちはだかる壁に見えた。

「本当にあれを、越えて行くんですか」

草壁が、信じ難いという声音《こわね》で言った。

「中山道はあそこを通っちょる。鉄道も、通れんはずはない。まあ、簡単ではないがの」

井上は自信ありげだが、確かに簡単な話ではなかった。十年前に英国人のボイル技師が中山道を踏破《とうは》した結果の報告では、さほどの困難はなく碓氷を越えられるということだった。しかし去年から精密測量に取り掛かってみると、そんな生易しいものではないことが、徐々に判明してきていたのだ。

「中山道線は、国家の背骨じゃ。こいつを仕上げて、一日も早《はよ》う東京と大阪を結んでやらにゃあならん」

「東海道を行くより、こっちの方が本当に易しいんですか」

「あっちには、富士川《ふじがわ》や大井川《おおいがわ》、天竜川《てんりゅうがわ》がある。そんな大きな川に幾つも鉄橋を架けるのは、並大抵のことじゃない。おまけに、天下の嶮《けん》の箱根《はこね》も越えにゃならんのじゃ。大河がないだけ、こっちの方がましじゃ」

草壁は、それを聞いてしばらく思案しているようだった。

「うん、局長の言われるのもわかります。ですが私は敢えて、山は舐《な》めない方がいい、と言わせていただきましょう」

井上は、ちょっと顔を顰めた。それから、ふん、と小さく笑った。

「実は、そう言って来る奴は結構多いんじゃ。なあに、いよいよ難しいとなれば、鞍替《くらが》えするに吝《やぶさ》かではない。政府は万年金欠病じゃしな」

小野寺は、それを聞いて幾らか安心した。本当のところ、小野寺は碓氷峠越えより長い鉄橋の方がましではないか、と近頃は思っていたのだ。中山道線を推す井上に遠慮して、声高には言っていないが、井上も中山道にそこまで固執するわけではないらしい。

「しかしのう、小栗の隠し金が本当に手に入っておれば、中山道線も東海道線も、両方いっぺんに作れたかも知れんのう」

「局長、隠し金の話はもう忘れて下さい。あれは夢幻《ゆめまぼろし》だったんですから」

小野寺が窘めるように言うと、井上はニヤリとした。

「わかっちょる。冗談じゃ。しかし金のかかる仕事をたくさん抱える身としては、あれが幻ちゅうのは、やはり残念じゃのう」

軽く嘆息してから、井上は続けた。

「そう言えば、烏川から逃げた不平士族の犬塚ちゅう男、宇都宮で捕まったそうじゃ。幻に躍らされて道を誤ったちゅう点では、奴にも同情すべきかのう」

「彼はまだ若い。取り返しはつくでしょう」

草壁が、小さく頷きながら言った。

「とにかく、富くじみたいなものを当てにしても始まりません。建設予算の獲得は、局長の大事なお仕事です」

小野寺に言われて、井上は頭を掻いた。

「やれやれ、厳しいことを言うわい」

「本当に、幻だったんでしょうかねえ」

唐突に、草壁が言った。小野寺も井上も、一瞬唖然とした。

「幻だったんでしょうか、って、何ですかそれは。実は本当は隠し金はあるんだ、なんて今さら言うつもりじゃないでしょうね」

小野寺は笑って、草壁の腕を小突いた。だが、草壁は笑ってはいなかった。

「思うんですがね、新浪さんは、隠し金が存在しないんだ、ということを世に知らしめる、それだけのために、千両箱まで出してあんな大掛かりなことをやった。しかし、それで得られるものは何でしょう」

「いや、あれだけの事件じゃからこそ、じきに新聞に大々的に書かれて、全国の人が隠し金などないと知ることになろう。それが新浪の望んだことじゃないんか」

「それはそうです。隠し金がないとわかって、この辺りの村々は平穏になる。警察にうろつかれることもなくなる。でも、それだけです。新浪さんにも、村々にも、大きな利益が転り込むわけではない。小栗への義理、あるいは恩義、というのはわかります。もしかすると、処刑を止めようとしなかったことの罪滅ぼしかも知れない。でも、十七年も前の話です。あんな大仕掛けまでやる意味が、本当にあったんでしょうか。私はどうしても、そこがすっきりしないんですよ」

井上と小野寺は、顔を見合わせた。話がよくわからないらしい田所は、一歩下がってこの成り行きを、ただ眺めている。

「それに、クズとなり果てた札束や小判。あんなものは後生大事に隠しておかなくても、クズとわかったとき、燃やすなり溶かすなりしてしまえば良かった。そうしなかったのは、今度のことのような使い方をするときが来る、と想定していたからじゃないでしょうか」

「草壁君、君は何が言いたいんじゃ」

「今頃何を言ってるんだと、怒られるかも知れませんが」

草壁は腕組みし、珍しく少しためらってから、話を続けた。

「隠し金は、実在する。その存在を人々の頭から消してしまうため、市左衛門さんたちが大芝居を打った。こう考えれば、私としては腑《ふ》に落ちます」

小野寺は、絶句した。その話を聞くのは、今が初めてだった。

「根拠はあるのか」

井上が質《ただ》すと、草壁はかぶりを振った。

「根拠などありません。しかし、いくら幕府の金が底を突きかけていたと言っても、江戸城の御金蔵に、五〇二列車に積まれていたクズばかりしかなかった、というのは頷けません。数百万両とは言いませんが、そこそこはあったんじゃないでしょうか」

「その隠し金は、どこにあると思う」

「少なくとも、この群馬じゃないでしょう。これだけ群馬に隠し金の噂が流れた、ということは、陽動に違いありません。噂の出元は、小栗自身かも知れません」

「なるほど。新浪はその陽動に加担しておった、ちゅうわけか。もし本当に陽動じゃったなら、まんまと成功したことになる。よし、群馬でないとしたら、どこじゃ」

「それは、わかりません。しかし、あの切れ者の小栗上野介なら、あっと驚くようなことをやってのけたかも」

「ほう。それは面白そうじゃの」

井上の目が輝いた。

「新浪は、五〇二列車の積荷を、北海道へ運ぶつもりと言うておった。北海道に隠し金がある、ちゅうことはあり得るか」

「あり得なくもないですが、もっと大胆なことも考えられます」

「ほう、どんな」

「三井商会がついているんです。一旦北海道かどこかへ置いて、御一新後に海外へ運んだ、というのはどうでしょう」

海外だって？　どんどん思わぬ方向に転がる話に、小野寺は付いていけなくなった。だが、井上は楽しんでいるようだ。

「海外か。そこまでは考えんかったの」

「海外のどこかに、いつかこの国が危急存亡の事態に陥ったとき使えるようにと、小栗の隠した金が眠っている。如何です、これは」

「ふむ、イングランド銀行かロスチャイルド銀行に、秘密にされた巨額の預金があって、我が国の危機に使われるのを待っている、か。これは面白い。頗る面白いのう」

井上は、呵々《かか》と笑った。小野寺は、そこでようやく気付いた。これは、夢の話なのだ。隠し金が実は存在するかも知れない、という所から先は、草壁と井上の語る、夢なのだ。

本当に隠し金があるなら、市左衛門はその在り処を知っているだろうか。もし知っていても、それは墓場まで持って行くだろう。そして本物の隠し金を管理しているのは誰なのか、そもそもそんな人物が居るのか、小野寺たちが知ることは永遠にあるまい。ならば井上と草壁のように、夢に遊ぶのもいいではないか。小野寺は、そう思った。

「さて、隠し金の話は、これで忘れることにしよう。肝心なのは、目の前の仕事じゃ」

井上は、また山の向こうを指差した。

「あの向こうでは、中山道線の他に直江津《なおえつ》へ至る路線も計画中じゃ。そこへ繋ぐためにも、この路線は早く碓氷峠を越えて、信州に入らにゃならんのじゃ」

「碓氷は、どうやって越えるんです」

「幾つか、案はある。ボイルは急勾配になるが普通の鉄道線で越えられる、ちゅう案を出しとった。じゃが、きちっと調べてみると高低差が意外に大きゅうて、思惑通りに行かんようじゃ。これじゃから、外国人に頼るのは良うないんじゃ」

小野寺は、逢坂山トンネルを掘るときに外国人技師に頼らなかった井上の意気込みを、改めて思い出した。日本の土地を一番よく知っているのは日本人だ。技術さえ追い付ければ、日本人が全てを設計するのが理に適《かな》っているのだ。碓氷峠を越える路線も、きっと我々が作り上げる。口にはしていないが、田所も同じ思いに違いない。

「まだ正式の報告は出ちょらんが、普通の鉄道では厳しいかも知れん。ケーブルを使うとか、歯車を嚙ませるとか、いろいろ考えちょるようじゃ。それでも、やれることは間違いない、と思うちょる。とにかくあの山を越えれば、もう信州なんじゃ」

「信州ですか。ほんの手が届くところにあるように思うのに、遙かに遠いんですな」

草壁が、感慨深げに言った。井上は頷き、再び碓氷の山々を腕組みして見据えた。

「信濃路遙かなり、か」

小野寺の耳に、井上のそんな呟きが聞こえた。

あとがき

明治初期を舞台にした鉄道ミステリ、『開化鐵道《てつどう》探偵』を上梓《じょうし》して一年余り。逢坂山《おうさかやま》トンネルを巡る事件で活躍した元八丁堀《はっちょうぼり》同心草壁賢吾と、鉄道局技手の小野寺乙松のコンビが、皆様のお許しを得て再びページの上に登場します。二人に新たな活躍の機会を与えていただいた、担当編集者の泉元彩希さんと東京創元社スタッフの方々に、改めまして厚く御礼申し上げます。

今回の舞台は、日本鉄道会社の路線です。日本鉄道は、資金不足で官設鉄道の建設がなかなか進まないのに危機感を覚えた華族有志が立ち上げた、日本初の私鉄です。明治十四年に設立され、まず高崎《たかさき》線から建設を開始し、明治十六年七月に熊谷《くまがや》、十七年五月に高崎、同年八月に前橋《まえばし》と、順調に開通していきます。建設に当たっては、もともと官設で作るべきものを民間で肩代わりしたという性格ですので、鉄道局から多大な支援を受けていました。現代風に言うと、国交省とJRが全面的にバックアップする第三セクターのようなものです。

物語では、前橋まで開通した翌年の明治十八年、大宮《おおみや》駅構内で謎の脱線事故が起こり、貨車の中から積んでいるはずのない千両箱が発見されます。なぜか千両箱にばかり関心を向ける警察に苛立った井上勝鉄道局長は、逢坂山の事件を解決した草壁を呼び、事件捜査を依頼します。鉄道局技手として日本鉄道に出向していた小野寺も、井上の命《めい》で草壁に同行しますが、今回は小野寺の新妻、綾子という新しい人物が登場します。明治の御世《みよ》ではいささか尖《とが》ったキャラクターですが、現代なら周りを見回せば、このように頭が良くて気が強く、茶目っ気のある女性が一人か二人は、居られるのではないでしょうか。

事件の方は、ちょうどこの頃盛んだった自由民権運動の過激派や、金禄公債《きんろくこうさい》のために困窮してしまった不平士族の一団が絡み、さらに大きくなっていきます。彼らが狙う小栗上野介の隠し金とは、江戸城が官軍に明け渡された際、御金蔵《おかねぐら》が空《から》っぽだったことから生まれた一種の都市伝説ですが、ここでは敢《あ》えてフィクションとして、その存在を焦点にしています。

明治のこの頃は、まだ日本が近代国家を目指して、努力と模索を続けている時期です。御《ご》一新《いっしん》前は支配階級として、役職に就かなくても家禄《かろく》を貰っていた侍たちは、収入源がなくなってしまいました。明治政府に彼らをただで養う金などありませんから、自力で稼いでもらわなくてはならない。これについていけない士族は、当然反発します。その究極が西南《せいなん》戦争だったわけですが、西郷《さいごう》軍が鎮圧されても、士族の不満が消えたわけではありません。一方で、平民たちの方にも、困窮すれば百姓一揆の伝統があります。そこへ西洋の自由主義思想が入り、自由民権活動家たちの煽動で各地に騒動が勃発《ぼっぱつ》します。その最大級のものが秩父《ちちぶ》事件で、鎮圧は警察の手に負えず、陸軍部隊が出動する事態となりました。

多かれ少なかれ、新しい何かを導入しようとすれば、従来のものに慣れた人々との間に摩《ま》擦《さつ》が起きます。会社の社内制度や工場の機械を入れ替えるだけでも、納得してもらえる説明が必要になります。明治維新は、それが国家丸ごとで行われたのです。国中が長い期間、大混乱に陥ってもおかしくない状況で、明治の指導者たちはよくも無事に乗り切ったものだ、と感服せざるを得ません。現に、同時期に西洋風の改革を試みた中国や韓国は、結果を出すことができませんでした。明治維新が世界史上稀《まれ》に見る成功と称《たた》えられる所以《ゆえん》です。

草壁と小野寺は士族ですが、草壁は八丁堀を退いてからフリー状態、小野寺は時代の先端を行く鉄道技手です。一見、草壁が古い時代を、小野寺が新しい時代を体現しているかのようですが、そうではありません。草壁は世の中の状況を常に勉強して理解していますし、不平士族の考えにも与《くみ》しません。それでいながら新政府に追随することもせず、無職のまま自由に生きている。草壁自身も生き方を模索し続けているのかも知れません。この時代の、他の多くの人たちと同じように。

さて、鉄道の方ですが、逢坂山の工事が行われていた六年前に比べると、鉄道を使ったことがある人も増え、その便利さが次第に広まってきています。反対運動より誘致運動の方が優勢になり、日本最古の純民間資本による私鉄、阪堺《はんかい》鉄道（現・南海《なんかい》電気鉄道）が難波《なんば》―大和川《やまとがわ》間で開業するのも、この明治十八年です。

やがて鉄道誘致の熱意は鉄道ブームとなり、網の目のように作られた計画路線は次第に政治利権化していくのですが、それは後の話。物語のラストで、井上は碓氷峠《うすいとうげ》を越える中山道《なかせんどう》線への思いを語ります。この頃にはまだ、東北《とうほく》本線も山陽《さんよう》本線もありません。井上を始めとする鉄道員たちは、日本の骨格を成す幹線群を、これから自らの手で作っていくのだという熱い思いに駆られていたことでしょう。金もなく資材も足らず、技術も未熟という厳しい状況ですが、彼らにとっては最も幸せな時代だったかも知れません。

二〇一八年九月

山本巧次

【参考文献】
『新日本鉄道史 下』 川上幸義 鉄道図書刊行会 一九六八年三月
『日本鉄道史 幕末・明治篇』 老川慶喜 中央公論新社 二〇一四年五月
『陸蒸気からひかりまで』 片野正巳・赤井哲朗 機芸出版社 一九六五年十二月
『一〇〇年の国鉄車両 2』 日本国有鉄道工作局・車両設計事務所 交友社 一九七四年五月
『図説 日本鉄道会社の歴史』 松平乘昌 河出書房新社 二〇一〇年一月
『事故の鉄道史』 佐々木冨泰・網谷りょういち 日本経済評論社 一九九三年一月
『鉄道重大事故の歴史』 久保田博 グランプリ出版 二〇〇〇年六月
『通貨の日本史』 高木久史 中央公論新社 二〇一六年八月
『秩父事件』 井上幸治 中央公論社 一九六八年五月
『覚悟の人』 佐藤雅美 角川書店 二〇〇九年十二月
『小栗上野介』 村上泰賢 平凡社 二〇一〇年十二月
『日本の蚕糸のものがたり』 高木賢 大成出版社 二〇一四年九月
「歴史的橋梁を訪ねて78 高崎線 烏川橋梁」 塚本雅啓 『鉄道ジャーナル』 二〇一四年二月号

注・日本鉄道にボギー客車が登場したのは、実際には明治二十二年のことです。

解説

西上心太

『開化鉄道探偵』の待望の続編。それが本書『開化鉄道探偵 第一〇二列車の謎』である。なお単行本の時は旧字体で「鐵道《てつどう》」という表記だったが、文庫化に際して新字体による表記になった。

ちなみに「金」を「失」うというごろ合せを嫌い、JR各社は正式名称こそ「鉄道」を使っているが、ロゴなどでは「金」偏に「矢」という、辞書に載っていない字を使用している(JR四国を除く)ようだ。社名に「鐵」を使っている私鉄も何社かあるようだし、旧字表記もレトロな趣《おもむき》があって味わい深かったのだがなあ。

それはさておき、明治の御代《みよ》になり欧米諸国の先進技術が奔流《ほんりゅう》のように流れ込んできた。明治二年には東京・横浜《よこはま》間で電信が開通する(このシリーズでも電信で遠方に連絡を取るシーンが出てきますね)。製鉄所や造船所、紡績所の建設があいつぎ、早くも明治五年には新《しん》橋《ばし》・横浜間に鉄道が開通した。開業式には記念の御召《おめし》列車が仕立てられ、明治天皇以下、太《だ》政大臣《じょうだいじん》の三条実美《さんじょうさねとみ》、参議の西郷隆盛、大隈重信、板垣退助ら、さらに今年の大河ドラマの主役である渋沢栄一などの貴顕顕官《きけんけんかん》たちがこぞって乗車したという。

これらの先進技術を伝え、指導にあたったのが「お雇い外国人」と呼ばれた外国人技術者である。彼らは政府によって破格の報酬でもって雇い入れられた。だが日本初の鉄道開設から七年しか経っていない明治十二年、御召列車の乗客の一人であった工部省鉄道局長・井上《いのうえ》勝《まさる》は、歌枕でも名高い逢坂山《おうさかやま》を貫くトンネル工事を、外国人技術者を用いず日本人だけで行うことを決意する。その工事現場で起きるさまざまなサボタージュ（妨害行為）や工事関係者の不審死の謎を描いた作品が『開化鉄道探偵』であった。

井上に直接依頼され、重い腰を上げたのが神田《かんだ》相生町《あいおいちょう》の貧乏長屋に住まう草壁賢吾《くさかべけんご》である。御一新《ごいっしん》前までは北町《きたまち》奉行の定廻り《じょうまわ》同心で、腕利きだったという評判の人物だ。しかし幕府瓦解《がかい》後は、薩長《さっちょう》が牛耳る《ぎゅうじ》社会に背を向けて、浪人暮らしを続けているのだ。鉄道の専門家ではない草壁の補佐役として、技手見習の小野寺乙松《おのでらおとまつ》が付けられる。かくて鉄道局のトップである井上勝の肝入り《きもい》で現地に赴い《おもむ》た二人は、日本の鉄道事業の行く末を左右しかねない難事件に挑むのである。

この作品中で、井上の口を借りる形で縷々《るる》語られてきたのが、近代国家を作り上げていく上で必要不可欠な鉄道の重要性である。産地から消費地へ物産を大量かつ迅速に運ぶことで経済を回していく。それが国を発展させていく要因であり、軍備の拡充以上に鉄道敷設《ふせつ》が大切である。それが井上が描いていたビジョンであり信念なのだ。だがサボタージュの関与が疑われるなど鉄道反対派は多く、さらに資金難が常につきまとうなど、鉄道を延伸《えんしん》していく計画は前途多難なのである。

さて本作は、前作から六年後の明治十八年が舞台。鉄道敷設区間が格段に増えたとはいえ、そのような状況はほぼ変わらない。

生糸《きいと》と野菜を積み、高崎《たかさき》を出発した日本鉄道会社の貨物列車が大宮《おおみや》駅の構内で脱線事故を起こす。何者かが列車が通過する際に分岐器を操作したのが原因だった。犯人は人目につくことなく逃亡してしまう。さらに脱線により破損した貨物車の中から、小判がぎっしり詰まった千両箱が発見されたことで、波紋が広がっていく。

工部省鉄道局長の井上は再び草壁賢吾を呼び出し、事件の解決を依頼するのだった。謎を解く鍵は荷が積まれた地にあると思料した草壁は、小野寺を伴い高崎に赴いた。

歴史ミステリに共通のことではあるが、このシリーズの魅力の第一は歴史的事実の土台の上に、大胆な意匠を持つフィクションの建造物を建てたところにある。本書の場合は高崎を中心にした上州《じょうしゅう》という場所と、事件が起きた年代が重要な意味を持っているのだ。

ちなみに日本鉄道会社とは、国の予算不足を補うために華族や士族から資金を集めて起業された日本初の私鉄である。とはいえ実態は半民半官で、国からかなりの優遇措置を受けていた。物語の前年の明治十七年に上野《うえの》から前橋《まえばし》までが開通し、脱線事件が起きた時は大宮駅で分岐する宇都宮《うつのみや》線の工事を進めていた時期でもある。今とは違い、新設間もない大宮駅の周辺は、畑に囲まれた人家も稀《まれ》な地であった。

明治の最初期は七年の元司法卿・江藤新平による佐賀の乱、九年には神風連《じんぷうれん》の乱、秋月《あきづき》の乱、萩《はぎ》の乱と、不平士族による反乱があいつぎ、十年には西郷隆盛率いる薩摩《さつま》士族を中心にした集団が武装蜂起《ほうき》した西南《せいなん》戦争が起きていた。いずれの乱も明治政府側の武力によって平定され、西南戦争の後は不平士族による大きな戦乱はなくなったが、彼らの存在が消えたわけではない。また困窮《こんきゅう》した農民と、自由民権運動家の中でも急進的な自由党員が結びつき、武装蜂起した秩父《ちちぶ》事件が前年の明治十七年に起きたばかりなのだ。秩父と高崎は指呼《しこ》の間《かん》である。不平士族はもとより、秩父事件を逃れてきた自由党員、あるいはそのシンパが高崎を中心にした上州の地に息を潜めているのである。

そしてもう一つ。作者はこの地ならではのエピソードを作品の中心にすえる。小栗上野介忠順《おぐりこうずけのすけただまさ》の埋蔵金伝説である。小栗は勘定奉行《かんじょうぶぎょう》などを務めた幕末の幕臣である。戊辰《ぼしん》戦争に際して、東上する官軍に対し徹底抗戦を進言したが受け入れられず、罷免《ひめん》された後に高崎近郊の村に逼塞《ひっそく》した。だがほどなく、官軍に捕らえられ処刑された人物だ。小栗が江戸を去るに当たり、江戸城から巨額の資金を持ち出し、何処《どこ》かに隠したという伝説が当時から囁《ささや》かれていたのである。

貨車から千両箱が発見されたため、埋蔵金の噂《うわさ》はにわかに現実味を帯び、不平士族、自由党の残党だけでなく、予算不足に悩む政府までが警視庁の警官隊を送り込んだ結果、にわかに上州の地が騒がしくなっていったのだ。

当時の不穏な社会情勢と、小栗埋蔵金伝説を組み合わせた騒動。その渦中に草壁と小野寺の二人が放り込まれるのである。なんとも巧みで魅力あふれる設定ではないか。

第二の魅力が、キャラクターの設定である。元定廻り同心の草壁。御家人《ごけにん》の息子だった小野寺。草壁は先述したように、幕府が瓦解してからは浪人暮らし。一方、当時子供だった小野寺は「御一新になった以上、新しい世の中のために何か役に立つ仕事を」と思い、鉄道局の技手見習となり、本書では一人前の技手に出世している。マイペースですべてが腑《ふ》に落ちないと真相を口にしない小野寺。前巻から引用した先の台詞《せりふ》でわかるように、環境が変わろうと前向きで裏表のない小野寺。ホームズ&ワトソンのバリエーションではあるが、薩長閥《ばつ》が幅を利かす明治の御代で、旧幕臣の二人がコンビを組み謎に挑むという趣向にそそられるのだ。

さらに実在の人物である工部省鉄道局長の井上勝の造形が素敵だ。井上は長州五傑（長州ファイブ）とまでいわれた人物だ。幕末に藩主の毛利敬親《もうりたかちか》に命じられ、後に内閣総理大臣となる伊藤博文《いとうひろぶみ》や内務大臣となる井上馨《いのうえかおる》らとともに英国に渡り、鉄道技術などを学んだ経歴の持ち主なのだ。この渡英の顚末《てんまつ》は「英国密航」として浪曲や落語、講談のネタになっているほどだ。

井上は明治二十六年に退官するまで一貫して鉄道畑を歩んだ。本シリーズでも政治嫌い、現場好きを標榜《ひょうぼう》している。この井上の鉄道に賭ける真摯《しんし》な姿勢がなければ、薩長嫌い、権力嫌いの草壁を動かすことはできなかっただろう。実在の人物ではあるが、おそらく作者にとってもっとも愛着のあるキャラクターなのではなかろうか。

さて本書最大の魅力的なキャラクターを忘れてはいけない。小野寺の妻、綾子《あやこ》である。

ちなみに小野寺は前作で、あまりにも男女の機微に疎《うと》いことを呆れられ、井上から「君はさっさと嫁を貰《もろ》うた方が良さそうじゃのう」と揶揄《からか》われた男である。ようやく本書の前年に結婚した。見合いとはいえ小野寺の一目惚れである。綾子は当時としてはかなり遅い二十五歳という年齢だが、その理由が本書での彼女の言動で明らかになる。美人で頭脳明晰《めいせき》、活動的で、好奇心旺盛《おうせい》という当時としては破格の女性なのだ。母方の実家が高崎ということもあり、草壁と夫の跡を追い現地にやってきて小野寺を驚かせるのである。それ以降の活躍ぶりは読んでのお楽しみである。

そして第三の魅力が、事件をめぐる推理の筋道だ。

1）千両箱を積み込んだ人物は誰なのか。そしてその目的は。

2）脱線事故を起こした人物は誰なのか。そしてその目的は。

二つのフーダニットとホワイダニット。二つの事件は別物なのか、あるいは連動しているのか。後に起きる殺人事件はどう関連するのか。さらに不平士族や自由党など怪しい者たちの蠢動《しゅんどう》も加わり、事件を覆う霧がなかなか晴れないのである。

鉄道をめぐる状況と時代背景がしっかりとからみ合った謎解きに、魅力たっぷりなキャラクター、さらに西部劇映画を髣髴《ほうふつ》させるアクションシーンも用意されている。なんとも贅沢《ぜいたく》な歴史鉄道ミステリではないか。

作者の山本巧次は二〇一五年に現代の元OLが江戸時代にタイムスリップする『大江戸科学捜査　八丁堀のおゆう』で第十三回「このミステリーがすごい！」大賞の隠し玉となり、

デビューした。その後は順調に作品を上梓《じょうし》し、「おゆう」シリーズはすでに七作に及ぶ。『開化鉄道探偵』(二〇一七年)で初の鉄道ミステリを発表した後は、第六回大阪ほんま本大賞を受賞した『阪堺《はんかい》電車177号の追憶』(二〇一七年)、本書(二〇一八年)、『途中下車はできません』(二〇一九年)、『希望と殺意はレールに乗って　アメかぶ探偵の事件簿』(二〇二〇年)、『留萌《るもい》本線、最後の事件　トンネルの向こうは真っ白』(二〇二〇年)、『早房希美《はやふさのぞみ》の謎解き急行』(二〇二〇年)という具合に鉄道ミステリを量産しているのは嬉しい限りだ。

他に『江戸の闇風　黒桔梗《くろききょう》裏草紙』(二〇一八年)、『花伏せて　江戸の闇風　二』(二〇二〇年)、『軍艦探偵』(二〇一八年)、『江戸美人捕物帳　入舟《いりふね》長屋のおみわ』(二〇二〇年)、『鷹の城』(二〇二一年)、『江戸美人捕物帳　入舟長屋のおみわ　夢の花』(二〇二一年)がある。

鉄道黎明《れいめい》期の鉄道ミステリは実に貴重である。小野寺綾子という得がたいキャラクターもお目見えを果たした。ぜひとも第三弾を読める日が近いことを期待します。

本書は二〇一八年、小社より刊行された『開化鐵道探偵　第一〇二列車の謎』の改題・文庫化です。

検印
廃止

著者紹介　1960年和歌山県生まれ。中央大学法学部卒。第13回「このミステリーがすごい！」大賞の隠し玉となった『大江戸科学捜査 八丁堀のおゆう』で2015年にデビュー。18年、『阪堺電車177号の追憶』で第6回大阪ほんま本大賞を受賞。他の著作に『開化鉄道探偵』『軍艦探偵』『早房希美の謎解き急行』などがある。

開化鉄道探偵
第一〇二列車の謎

2021年8月11日　初版

著者　山《やま》本《もと》巧《こう》次《じ》

発行所（株）東京創元社
代表者　渋谷健太郎

162-0814/東京都新宿区新小川町1-5
電話　03・3268・8231-営業部
03・3268・8204-編集部
URL　http://www.tsogen.co.jp
萩原印刷・本間製本

ISBN978-4-488-43922-4　C0193

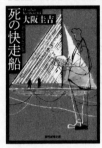